왁자지껄
심리
상담소

시내버스 한 대가 평화시장 앞 버스 정류장에서 멈추자, 어깨에 에코백을 멘 상엽이 혼자 내렸다. 2월 중순에 접어들자 겨우내 차갑기만 하던 공기에도 미세하게나마 온화한 봄기운이 스며들었다. 상엽은 시장 안으로 저벅저벅 걸어 들어가면서 양손에 끼고 있던 가죽장갑을 벗어 코트 주머니에 넣었다.

한때 손님들로 왁자지껄하게 붐비던 평화시장은 언젠가부터 시장이라고 부르기도 무색할 정도로 휑한 곳이 되어버렸다. 몇 년 전 도로 건너편에 대형 마트가 들어서더니 한 해 지나 시장 다른 쪽에 백화점이 들어섰기 때문이다. 편리한 대형 마트나 백화점으로 손님들이 몰리면서 시장에는 점점 빈 점포가 늘어갔고, 지금은 입구에 '평화시장'이라고 쓰인 간판이 없다면 이곳이 시장인지도 구분하기 힘들 정도로 썰렁한 곳이 되어버렸다. 그나마 시장 초입에 몇몇 점포가 문을 열고 있어 시장 지위를 겨우 유지하고 있었다. 수십 년간 시장 안쪽에서 떡집을 운영해 온 상엽의 부모도 두 해 전에 영업을 종료하고 떡집 2층 건물을 세놓고 있었다.

　지난해 봄까지 상엽은 아내와 함께 서울에 있는 한 심리상담센터에서 상담사로 일했다. 하지만 상엽은 아내와의 성격 차이를 극복하지 못하고 결국 결혼 3년 만에 갈라서고 말았다. 전처와 같은 직장에서 일하는 것이 못내 불편할 게 뻔했기에 결국 상엽이 직장을 그만두었다. 새로운 직장을 구하고 있던 상엽은 경기도 서남시에 살고 있는 부모와 통화하던 중 세놓은 떡집 2층 건물이 통 나가지 않는다는 말을 듣고 문득 그곳에서 자신이 심리상담소를 차리면 어떨까, 하는 생각이 스쳤다. 하지만 곧장 결정하지는 않고 좀 더 생각해 보기로 했다. 그러다 건물에 들어올 세입자가 나타난다면 심리상담소를 차리지 말라는 하늘의 계시라고 받아들이면 될 터였다. 만약 상엽이 그곳에 심리상담소를 차린다면 아무리 부모와 자식 간이라고 해도 부모에게 용돈은 못 드릴망정 많고 적든 간에 월세는 꼬박꼬박 내야 한다고 생각했다. 하지만 손님들도 찾지 않는 황량한 시장 골목에 아직도 정신이 이상한 사람들이 다니는 곳으로 오해받을 소지가 다분한 심리상담소를 차린다는 것은 그야말로 모험에 가까운 일이었다. 그렇다고 부모에게 나중에 잘되면 월세를 한꺼번에 낼 테니 당분간 월세는 받지 말라고 공수표를 날릴 수도 없는 일이었다. 그건 지금껏 자신을 뒷바라지해 준 부모에게 면목이 안 서는 일이었다. 상엽이 서울에서 대학에 다니게 되면서 들어간 비용과 스무 살 때 만난 전주희와 오랜 연애 끝에 결혼해 신혼살림을 차리면서 들어간 비용 모두 부모 주머니에서 나온 돈이었다. 더구나 서로 떨어져서는 도저히 못살 것 같으니 더 늦기 전에 하루라도 빨리 결혼하겠다고 했던 것을 까마득히 잊어버리고 결혼 3년 만에 서로를 위한다는 명목으로 깨끗이 갈라서고 말았으니, 상엽은 더욱 부모에게 면목이 없었다.

하지만 무슨 일이든 하게 될 운명이라면 어떻게 하더라도 하는 쪽으로 흘러가게 되는 법. 상엽이 심리상담소를 차리더라도 부담을 조금이나마 덜 수 있는 일이 생겼다. 이종사촌 동생, 그러니까 이모 딸 윤소정이 1층에서 떡 카페를 운영하기로 한 것이었다. 그렇다면 상엽은 가벼운 마음으로 2층에 심리상담소를 차리면 되는 일이었다. 월세를 낼 동지가 생겼으니, 상엽은 그것만으로도 부담이 크게 줄었다. 더욱이 소정은 대단히 사교적인 사람이었다. 처음 만난 사람과도 아주 오래 알고 지낸 사이로 보일 정도로 그녀의 사교성은 상엽도 인정하고 있던 바였다. 그런 소정이 1층에서 딱 버티고 있을 것을 생각하니 천군만마를 얻은 기분이 드는 건 당연했다.

소정은 대학을 졸업하자마자 결혼해 초등학교 3학년 딸 하나를 두고 있었다. 소정의 남편은 장애인복지관에서 사회복지사로 근무하고 있었다. 소정도 사회복지사로 노인복지관에서 일하다가 떡 카페를 운영할 생각으로 일을 그만둔 것이었다. 무엇보다도 소정이 그곳에 떡 카페를 차리기로 한 첫 번째 이유는 자신이 떡을 워낙 좋아하기 때문이었다. 상엽의 부모가 떡집을 할 때 소정은 일주일에 두세 번 들러 떡을 들고 갈 정도로 떡을 좋아했다. 소정이 임신했을 때도 늘 떡을 입에 달고 살아서인지 소정의 딸 지혜 역시 떡이라면 자다가도 벌떡 일어날 정도로 떡을 좋아했다. 상엽은 소정과 지혜가 떡 먹는 모습까지 닮은 걸 보고 신기하듯 쳐다볼 때가 한두 번이 아니었다.

또 다른 이유는 지금까지 사회복지사로 살아온 삶에서 뭔가 변화를 주고 싶었기 때문이었다. 아무리 소정이 사교적인 사람일지라도 사회복지사로서의 일이 결코 쉬운 일은 아니었다. 육체적으로는 어떨지 몰라도 심리적으로는 무척 고된 일이었다. 아무리 사랑과 봉사 정신으로 일한다 해도 그 일을 오래 하다 보면 어느 순간 에너지가 바닥나기 마련이었다. 원래 밝고 유쾌한 성격인 소정도 점점 자신의 빛을 잃어버린 기분이 들었다. 일종의 슬럼프라고 생각하고 원래 자신의 색깔을 찾기 위해서 떡 카페를 차리기로 한 것이었다. 그렇다고 다른 곳에 카페를 차릴 만큼 자금이 넉넉한 편이 아니었던 터라 일명 '조카 찬스'로 시장에서 카페를 열게 되었다.

　그렇게 해서 인구 30만 서남시 하고도 바람 불면 을씨년스럽기까지 한 전통시장 맨 안쪽 새로 하얗게 칠한 건물 1층엔 소정의 떡 카페 '소담'이, 2층엔 상엽의 '왁자지껄 심리상담소'가 들어서게 되었다. 오픈한 지 5개월이 지나면서 '소담'은 카페 사장 소정의 인맥과 재능 발휘로 점차 손님들이 늘어갔고 디저트용 떡 세트와 떡 케이크 배달주문도 끊이지 않고 이어졌다. 하지만 2층 상담소는 이름에 들어있는 '왁자지껄'과는 전혀 어울리지 않게 고요하기만 했다.

　상엽이 심리상담소 이름에 안 어울리는 '왁자지껄'이라는 단어를 붙인 데에는 두 가지 이유에서였다. 첫째는 마음이 경직되고 평온치 않은 내담자들이 자유롭고 활동적이기를 바라는 마음에서였다. 둘째는 '왁자지껄'이라는 이름처럼 시장이 예전처럼 활기가 넘치는 곳이 되기를 바라는 뜻에서였다. 물론 상엽도 처음부터 상담소에 손님이 많을 거로 생각하지는 않았다. 적어도 6개월에서 1년은 인내심 있게 기다려 봐야 한다고 생각했다. 회원은 이제 막 열 명이 되었다. 상엽은 오픈한 지 5개월 만에 회원이 두 자리 숫자로 늘어난 것만으로도 아주 고무적인 일이라고 생각했다. 상엽은 상담소를 차리면서 운영 방식을 고민하던 끝에 회원제로 운영하기로 정했다. 심리 상담은 하루 이틀 만에 좋아지는 경우가 극히 드

물고 적어도 6개월 이상의 장기적인 시간이 필요한 일이었다. 또한 심리 상담에서는 본인 스스로 반드시 좋아질 수 있다는 확고한 믿음이 중요했다. 이를 위해서 상담사와의 신뢰 형성이 필수적이었다. 또한 본인만 힘든 일을 겪고 있다는 생각에서 벗어나도록 하는 것이 필요했다. 그래서 개인 상담만큼이나 집단 상담도 내담자에게 큰 도움이 될 터였다. 회원제로 운영함으로써 내담자와 상담사와의 신뢰 구축에 도움을 줄 뿐만 아니라 내담자들 간에 자연스러운 소통을 통해서 서로 격려하고 지지해 줄 수도 있을 터였다.

상엽은 자신의 상담소가 있는 2층으로 올라가지 않고 1층 떡 카페 소담으로 들어갔다.

"오빠, 좋은 아침!"

떡 공장에서 배달온 떡을 진열하고 있던 소정이 떡 카페 문을 열고 들어오는 상엽을 보고 활짝 웃으면서 말했다.

"그래, 좋은 아침! 오늘은 일찍 문 열었네?"

상담소는 9시에 문을 열지만 떡 카페는 10시에 영업을 시작했던 터라 상엽이 말한 것이었다.

"떡 케이크 주문한 손님이 8시에 찾으러 온다고 해서 일찍 나왔어."

"그렇게나 일찍? 그럼, 지혜는?"

"지혜 아빠가 챙겨서 학교에 보내기로 했지. 아 참, 올라가기 전에 커피 한 잔 마시고 가, 오빠."

상엽은 핸드폰을 꺼내 시간을 확인했다. 8시 30분이었다.

"아직 30분 전이네. 그래 좋아. 따뜻한 커피 한 잔 마시고 가
야겠다."

"오빠, 오늘은 몇 시부터 상담이야?"

소정이 커피추출기에서 머그잔으로 쪼르르 떨어지는 커피
를 보면서 말했다.

"10시부터."

"그럼 느긋하게 있다 가도 되겠네. 떡도 좀 줄까, 오빠?"

"아니, 떡은 괜찮아. 커피만 마시고 올라갈게. 손님은 몇 안
되도 할 일은 많다."

"오빠 혼자 하니까 그래. 상담도 해야지, 문의 전화도 받아
야지, 바쁠 거야."

소정이 커피를 상엽에게 건넸다.

"음, 커피 향 좋다. 잘 마실게."

상엽은 받아 든 커피를 곧장 한 모금 마셨다.

"지금은 예약제로 하고 있어서 편하긴 해. 그런데 상담하고
있을 때 오는 전화를 못 받는 게 여간 미안한 게 아니라서 일
할 사람 한 명 구할 생각이야."

"잘 생각했어, 오빠. 전화도 받고 상담 기다리는 손님에게
차 한 잔이라도 줄 수 있는 아르바이트생이라도 있으면 오빠

가 수월할 거야."

"아무래도 그렇겠지."

"아무튼 나는 오빠가 위층에 있어서 든든해."

"든든한 거로는 내가 더하지. 소정이 네가 여기서 떡 카페를 시작 안 했다면 나도 상담소 못 차렸어. 지금도 서울 어느 상담센터에서 월급 받고 일하고 있을 거야."

"내 생각엔 오빠가 상담소 차리기를 잘한 거 같아. 요즘엔 알게 모르게 심리적으로 도움이 필요한 사람들이 많다고 하잖아. 그래서인지 심리 상담에 대해 아는 사람들이 많더라고. 이런저런 이유로 병원 정신과에 가기 꺼리는 사람들이 있는 것 같던데, 그런 사람들도 앞으로는 심리상담사를 찾지 않겠어?"

"그럴 수도. 근데 나는 큰 욕심은 없고 문 안 닫고 꾸준히 할 수 있을 정도만 되면 좋겠다."

"걱정하지 마, 오빠. 잘 될 테니까."

"그래, 고맙다."

상엽은 소정이 두 살 아래 동생이지만 이렇게 자신에게 격려하는 말을 건넬 때는 마치 누나 같다는 생각이 들곤 했다. 언젠가 한번 상엽은 소정이 자신보다 어른스럽게 느껴져서 "야, 네가 꼭 누나 같다?"라고 했더니 "오빠, 나 이래 봬도 애까지 낳은 여자야."라고 말한 적이 있었다. 물론 소정은 웃자고 한 말이었다. 하지만 상엽은 웃는 대신 유레카를 외쳤다. 백 번 수긍한다는 뜻이었다. 상엽이 "유레카!"라고 외치자, 옆에 있던 소정이 깜짝 놀랐다는 듯이 "아이 깜짝이야. 오빠! 애 떨어지면 어떻게 하려고 그래?"라고 말해 상엽은 혼비백산해 버렸다. 상엽은 소정이 실제로 지혜 동생을 임신 중이라고 생각했던 것이다. 하지만 소정의 농담이었다는 것을 소정이 자지러지게 웃는 걸 보고 알았다. 그날 일을 다시 생각해도 상엽은 가슴이 철렁 내려앉았다. 역시 소정은 못 당하겠다는 게 그날 상엽이 내린 결론이었다. 그것이 애를 낳은 사람과 그렇지 않은 사람과의 차이일지는 모르는 일이나 아무튼 소정이 뭔가 세상일을 많이 알고 있다는 생각이 드는 건 사실이었다.

"그럼 수고해, 소정아. 난 올라간다."

커피를 다 마신 상엽이 일어서면서 평소 든든하게 생각하는 소정에게 말했다.

"그래, 오빠도 수고해."

2층 심리상담소로 올라온 상엽은 대기실을 가로질러 상담실로 들어가 컴퓨터를 켠 후 차분한 클래식 음악을 틀었다. 이윽고 잔잔한 음악이 서서히 상담소를 채웠다. 상엽은 음악을 들으며 오늘 예약 현황을 확인했다. 오늘 상담 예약은 오전 10시, 오후 2시, 4시였다. 상담은 보통 10일에 한 번씩 진행되었다. 내담자가 원하고 상엽이 동의한 경우, 일주일에 한 번씩 상담이 이루어지기도 했지만, 비용 문제 때문에 그런 경우는 많지 않았다. 오늘 10시 상담은 일주일 만에 진행되는 상담이고, 나머지 두 건은 10일에 한 번씩 진행되는 상담이었다. 오늘 상담할 내용을 파악한 상엽은 물조리개를 들고 다니며 상담실과 대기실에 있는 여러 개의 화분에 물을 줬다. 그때 상담소 문에 달아둔 풍경이 울렸다. 화분에 물을 주고 있던 상엽이 고개를 돌려 보니 김숙희였다. 50대 중반인 숙희는 10시에 예약된 내담자였다. 그녀의 상담일은 매주 금요일이었고 오늘이 그녀의 세 번째 상담이었다.

"어, 안녕하세요?"

상엽이 손에 들고 있던 물조리개를 들어 올리며 인사했다.

"안녕하세요, 선생님. 오다 보니 조금 일찍 도착했네요."

숙희가 들어오며 말했다.

상엽이 벽에 붙은 디지털시계를 보니 9시 25분이었다.

"아, 그러시네요. 그럼 앉아서 차 한잔하세요."

"그럴까요?"

"혹시 페퍼민트 차 괜찮으세요?"

"좋죠."

숙희는 대기실 소파에 앉았다. 상엽은 물조리개를 들고 대기실 한쪽에 있는 탕비실로 들어갔다. 잠시 후 상엽이 페퍼민트 차가 든 찻주전자와 찻잔이 올려진 쟁반을 들고 탕비실에서 나왔다. 상엽이 쟁반을 숙희 앞 테이블에 조심스럽게 내려놓았다.

"차를 2분 정도 우려내고 마시는 게 좋다고 하더라고요. 지금 따라서 드시면 될 거예요."

상엽이 말했다. 숙희는 도자기로 된 찻주전자와 찻잔을 보고 표정이 밝아졌다. 찻주전자와 찻잔에는 홍매화 한 송이가 그려져 있어 더욱 운치가 느껴졌다.

"찻주전자랑 찻잔이 너무 예뻐요. 여기에 차를 마시면 차 맛도 더 좋을 것 같네요."

"아, 그거 1층에서 떡 카페를 하는 동생이 선물한 거예요."

"이런 선물 받으면 기분이 좋겠어요."

숙희는 차를 따라 한 모금 마시고는 금세 행복한 표정을 지었다.

"이렇게 마시니까 기분부터 다르네요. 왠지 대접받는 기분이랄까요."

"저도 그냥 머그잔에 마시는 것보다 여기에 마시는 게 기분이 더 좋더라고요."

"저도 집에서 차 마실 때 이렇게 해야겠어요."

"물 한 잔을 마실 때도 가장 예쁜 컵에 마시고, 혼자 밥을 먹을 때도 대충 먹지 말고 식탁에 차려서 먹는 습관을 갖는 것도 자존감을 높이는 좋은 방법이에요. 별거 아닌 것 같은데 그런 사소한 것들이 다 자신을 사랑하는 일이거든요. 그런 사소한 일들을 통해 나 스스로 사랑받을 자격이 있고 고귀한 존재라는 것을 잠재의식 속에 심어주는 거죠."

"맞아요. 살다 보면 가족이나 다른 사람들은 잘 챙겨도 나 자신을 챙기지는 못하거든요."

"그리고 차를 마실 때는 다른 생각은 하지 말고 오롯이 차 마시는 데에만 집중하는 게 좋아요. 그러면 마음이 평온해지거든요. 우리가 행복하지 못한 건 생각을 너무 많이 하기 때문이에요. 차 마실 때는 차 마시는 데에만 집중하는 거예요. 그것만으로도 명상이 되거든요."

숙희는 상엽의 말에 고개를 끄덕였다. 그리고 숙희는 상담이 시작되기 전까지 차를 여러 번 따라 마시며 오로지 차 마시는 데에만 몰입하는 것 같았다.

잠시 후 상담실로 들어온 숙희의 손에는 찻주전자와 찻잔이 올려진 쟁반이 들려져 있었다.

"선생님, 차 마시면서 상담받아도 괜찮을까요?"

"당연히 괜찮고 말고요. 제가 따뜻한 물 좀 더 부어드릴게요."

상엽은 찻주전자를 탕비실로 가져가 뜨거운 물을 채워 다시 숙희가 앉아 있는 소파 앞 테이블 위에 내려놓았다. 이윽고 상엽은 자신의 책상에서 상담일지를 집어 들고 숙희 맞은편 소파에 앉아 상담일지를 자신의 오른쪽 팔걸이 위에 올려놓았다.

"한 주간 어떻게 보내셨어요?"

이렇게 상엽은 숙희와 상담을 시작했다.

요양병원 간호조무사인 숙희는 몇 년 전 남편이 암으로 죽은 이후로 불안장애를 겪고 있었다. 병원에서 숙희의 남편을 위해 할 수 있는 것이 더 이상 남아 있지 않게 됐을 때, 남편은 집으로 퇴원을 원했다. 의사는 남편의 남은 시간이 길어야 4개월 정도라고 했다. 결국 그녀는 진통제만 받아 들고 남편을 집으로 데려와야 했다. 그녀의 남편은 의사의 말대로 정확히 4개월 후에 세상을 떠났다. 그동안 그녀가 서서히 죽어가는 남편의 모습을 지켜보면서 느꼈던 고통은 이루 다 말할 수 없을 정도로 컸다. 자신이 할 수 있는 일이 아무것도 없었기 때문에 무력감을 느껴야 했고 아들, 딸이 있어서 아무런 내색도 못 하고 담담하게 견뎌야 했다. 그녀는 남편이 떠나고 두 자녀를 뒷바라지하기 위해 참으로 열심히 살았다. 이제 아들은 대학을 졸업한 후 직장에 다니고, 딸은 대학생이 되었다. 그런데 언제부터인지 밤이 되면 불안이 엄습했다. 특히 야간 근무 때는 불안과 우울이 더욱 심해졌다. 그녀의 몸이 긴장된 상태다 보니 음식도 제대로 소화할 수가 없었다. 심리적인 요인이 신체 증상으로 나타난 것이었다. 병원에서 종합검진을 받았으나 별다른 이상이 없다는 소견만 들었다. 그래서 용하다는 한의원을 찾아다니며 빠듯한 형편에 비싼 돈을 들여서 한약도 먹고 한방치료도 받았지만, 별다른 효과를 보지 못했다. 결국 정신건강의학과에서 불안장애 진단을 받고 약을 처방받아 복용했지만, 역시 나아지는 것 같지 않았다. 그러던 차에 병원 동료의 소개로 상엽의 '왁자지껄 심리상담소'를 방문하게 되었다. 병원 동료의 친구가 바로 1층 떡 카페 사장 소정이었다.

상엽은 지난 2회기에 숙희에게 한가지 주문한 게 있었다. 그것은 불안이 느껴질 때 가만히 불안을 탐색하라는 것이었다. 특히 몸의 변화를 지켜보고 어떤 기분인지 관찰하라고 했다. 숙희는 상엽이 말한 대로 불안한 마음이 들 때마다 자신의 감정과 신체적 증상을 관찰해 왔다. 상엽은 숙희의 경험을 듣고 불안은 일종의 패턴을 띠고 일어난다는 것을 설명했다.

"불안이 일어날 때 자기 몸과 감정을 탐색하는 연습을 하다 보면 막상 불안이 찾아와도 자동으로 자신을 탐색하는 습관이 생기게 돼요. 아무런 생각하지 말고 단지 호흡에만 집중하면서 탐색하다 보면 불안이 차츰 가라앉게 될 거예요. 무엇보다도 중요한 건 불안은 환상일 뿐이고 김숙희 님 스스로 반드시 불안을 잘 관리할 수 있다는 확고한 믿음을 갖는 겁니다. 사실 김숙희 님에게 문제는 전혀 없습니다. 다만 문제가 있다는 생각이 불안을 초래할 뿐입니다."

"그런데 불안이 닥치면 나도 모르게 순식간에 얼어버린다고 할까요. 그러면 이럴 땐 이렇게 하고 저럴 땐 저렇게 해야지 하는 생각조차 못 하게 돼요."

"맞습니다. 하지만 자기 몸과 감정을 관찰하는 연습을 계속하다 보면 점차 그 증상을 가볍게 넘길 수 있을 거예요. 그리고 평상시에도 항상 그 순간에 집중하려고 해 보세요. 그 순간에 집중하면 과거와 미래가 끼어들 틈이 없게 됩니다. 모든 문제와 걱정, 불안은 우리가 현재에 집중하지 못하고 자꾸 과거나 미래를 끌어들이려고 하기 때문입니다. 김숙희 님은 한 주동안 마음 관찰을 해 보셨으니까, 그만큼 불안을 다스릴 수 있는 마음 근육이 생긴 거예요. 평상시 호흡에 집중하기나 긍정적인 생각이 마음 근육을 단단하게 만드는 자산이 됩니다. 지금 김숙희 님은 이 상담소에 오시기 전과는 전혀 다르다는 걸 잊지 마세요. 그만큼 김숙희 님은 강해진 겁니다."

"선생님 말씀을 듣고 보니 내 안에 강한 무언가가 생겨난 거 같아요. 자신감 같기도 하고요."

"숙희 님 안에는 이미 회복 탄력성이 있었습니다. 다만 해

결책을 밖에서 찾다 보니 내 안에 있는 능력을 보지 못했던 거죠. 이제는 아셨으니 언제든지 꺼내 쓰시기만 하면 됩니다. 사실 자신이 아니면 누구도 자기 삶을 책임져 줄 수 없거든요. 가끔 휘청거릴 때가 있는데, 그럴 때는 주저하지 말고 옆에 있는 사람에게 기대기도 하고 속마음을 털어놓기도 하면서 추슬러야 해요. 그리고 다시 힘을 내서 당당하게 삶을 살아내는 거죠. 삶은 결코 힘들기만 한 건 아니거든요. 그러고 보면 사는 거 자체가 감사할 일이에요."

상엽의 말을 듣고 있던 숙희가 말없이 고개를 떨어뜨리고 어깨를 들썩거리며 흐느끼기 시작했다. 그러다가 테이블에 있는 티슈를 뽑아 눈으로 가져갔다. 하지만 눈물은 쉬이 그치지 않았다. 상엽은 그저 아무런 말 없이 숙희가 우는 모습을 보며 눈물이 그치기를 기다렸다. 잠시 후 숙희가 울음을 그치고 눈물을 닦았다.

"죄송해요, 선생님. 나도 모르게 눈물이 나오네요."

"울고 싶을 때는 마음껏 울어야죠. 우리가 울고 싶을 때 울 수 있고, 웃고 싶을 때 웃을 수 있는 것만 잘해도 우리는 훨씬 행복해질 거예요. 울고 싶을 때 울지 못하고, 웃고 싶을 때 웃지 못해서 탈이 나니까요."

"그러네요. 나는 왜 그렇게 웃지도 않고 심각하게만 살았는지 모르겠어요."

"이제부터 더 알차게 사실 테니 지난 시간이 꼭 가치 없는 것만은 아닙니다. 그런 시간이 있었기 때문에 앞으로는 더 행복하게 살게 될 테니까요."

"그동안 나만 왜 이렇게 힘든지 모르겠다는 생각을 많이 했던 것 같아요. 그러면서도 자식들 때문에 제대로 울지도 못했어요. 그래도 그런 힘든 시간이 결국 나를 더 빛나게 만들 거로 생각하니 마음이 조금은 가벼워지네요."

"앞으로 마음 관찰을 꾸준히 하시다 보면 점점 더 삶이 풍성해지고 윤택해질 거예요."

"감사합니다, 선생님. 또 한 주 동안 연습 열심히 해서 올게요."

숙희가 상담소를 나가고 상엽은 따뜻한 카밀러 차를 마시면서 숙희와의 상담 내용을 컴퓨터에 기록했다. 기록하면서 숙희가 긍정적인 변화를 느끼는 것 같아서 마음이 흐뭇했다. 상엽은 숙희의 상담일지 비고란에 다음과 같이 기록했다.

'어둠 속에 어슴푸레하게나마 빛이 들어왔다면 어딘가에 틈이 생겼기 때문이며, 머지않아 그 틈은 점점 커져서 더 많은 빛이 들어올 테고, 결국 어둠은 흔적도 없이 사라지고 말 것이다!'

3

점심시간이 되자 상엽은 소정과 함께 시장 입구에 있는 가
정식 백반집에 들어가 마주 앉았다. 상엽은 오늘처럼 점심 약
속이 없을 때는 가끔 소정과 함께 밥을 먹었다. 소정은 워낙
사교적인 사람이다 보니 같이 점심 먹을 사람들도 많았다. 조
금 전 상엽이 상담 기록을 마치고 소파에 앉아 잠시 쉬고 있
을 때 소정의 전화를 받았다.

"오빠, 오늘 점심 약속 없으면 나랑 백반집에 가서 밥 먹을
까?"

"점심 약속은 없긴 한데 웬 백반이야? 백반은 집에서 맨날
먹는 거라 물린다고 하지 않았어?"

"그렇긴 한데, 며칠 전에 백반집 사장님이 디저트용 떡 두
상자를 주문했거든. 가는 정 오는 정이라고 나도 한 번씩 가려
고. 시장 사람들끼리 서로 등 긁어 주면서 사는 거지, 뭐."

"푸하하-"

상엽이 갑자기 웃음을 터뜨렸다.

"아- 미안. 네 말이 마치 세상 통달한 사람처럼 들려서
……."

"오빠, 내가 누누이 말했잖아. 이래 봬도 애 낳은 여자라고.

하하하-"

"그래그래, 네 말이 옳다. 네가 하도 말해서 이제는 애 데리고 가는 사람만 봐도 위대해 보이기까지 하더라. 하하하-"

"어머, 그럼 나도 위대해 보이겠네, 오빠? 아이 좋아라. 호호호-"

"갑자기 호호호는 또 뭐야?"

"조금 더 위대해 보이려고. 호호호-"

"하하하-"

"나는 늘 오빠를 위대하게 보고 있어."

"얼씨구, 너한테는 정말 못 당하겠다. 좋아, 점심은 내가 살게."

"그럼 다음에 오빠가 사고 오늘 점심은 내가 살게."

"그러든지."

떡 카페에서 일하는 아르바이트생은 두 명이었다. 한 명은 오전 10시부터 오후 3시까지, 다른 한 명은 오후 3시부터 저녁 9시까지 근무했다. 떡 카페가 시장 안에 있어 평일 점심시간에는 오히려 한가했다. 그래서 소정은 아르바이트생에게 카페를 맡기고 점심 먹으러 나올 수 있었다.

"이 부근에서 여기가 손님이 가장 많을걸."

주문한 음식을 기다리던 소정이 식당 안을 둘러보며 말했다. 식당에는 대여섯 명의 손님들이 밥을 먹고 있었다.

"점심시간인데 이 정도면 손님이 좀 적은 거 아닌가?"

상엽이 목소리를 낮추어 말했다.

"오빠, 이 식당은 배달이 훨씬 많아. 도로변에 있는 가게들은 여기서 많이 시켜 먹더라고."

"아- 그래?"

그때 음식이 나왔다.

"어머, 돼지불고기가 나오네. 맛있겠다."

소정이 나온 음식을 보며 입맛을 쩍쩍 다셨다.

"자, 먹자."

상엽이 젓가락을 들면서 말했다.

"그래, 오빠. 맛있게 먹어."

소정은 제일 먼저 상추에 불고기를 싸서 입에 넣고 만족스러운 표정을 지었다.

소정은 밥을 먹고 나오면서 50대 후반으로 보이는 백반집 여사장과 한참 이야기를 나눴다. 그 모습을 옆에서 바라보던 상엽은 소정의 소통법에 감탄하지 않을 수 없었다.

'소정이는 어쩌면 저렇게 사교적일 수 있을까? 도대체 이모는 어떻게 소정이를 기르신 거지?'

상엽은 이모가 새삼 대단하게 생각되었다. 상엽은 상담할 때를 제외하고는 말이 적은 편이었다. 혼자 있는 걸 더 좋아하고 낯가림도 심한 편이라 처음 보는 사람에게 아무렇지 않게 다가가서 담소할 일은 더더욱 없었다. 상엽은 이론은 누구보다도 잘 알고 있었으나 실제로는 그렇지 않았기 때문에 자신이 사교적인 면을 조금만 보완하면 좋겠다고 늘 생각하던 터였다. 그런 점에서 소정은 상엽에게 변화의 동기를 일깨워준 셈이었다.

소정은 백반집 사장에게 상엽을 떡 카페 2층에서 심리상담소를 하고 있다고 소개했다. 상엽은 '제가 바로 그 사람입니다.'라고 말하듯이 백반집 사장에게 정중히 고개를 숙이며 인사했다. 백반집 사장은 시장 안쪽에 떡 카페와 심리상담소가 생겨서 시장이 훨씬 밝아졌다면서 좋아했다. 상엽은 백반집을 나오면서 소정이 덕에 시장을 오가면서 인사하고 지낼 사람이 한 명 늘어 왠지 뿌듯한 기분이 들었다.

상엽은 밥을 먹고 돌아오면서 소정이 소매를 끄는 바람에 1층 떡 카페에 들러 커피 한잔을 마셨다. 카페에는 세 테이블에 손님들이 앉아 있었다. 아르바이트생은 소정에게 메모를 건네면서 떡 케이크 주문이 들어왔다고 말했다. 소정은 생긋 웃으며 알겠다고 하고선 커피 두 잔을 내려서 상엽이 앉아 있는 테이블로 가져와 마셨다.

"아 참, 인터넷에 구인 광고 올렸어, 오빠?"

소정이 커피를 마시다가 문득 생각났다는 듯이 상엽에게

물었다.

"아직. 안 그래도 오늘 중으로 올릴 생각이야."

"그럼, 오빠, 2층 올라가는 입구에도 구인 안내문 한 장 붙여 보는 게 어때?"

"글쎄……, 거기에 붙여 놓으면 보는 사람이 있을까?"

상엽이 입구 쪽을 쳐다보면서 회의적이란 듯이 말했다.

"이곳에 대해 생판 모르는 사람보다는 조금이라도 아는 사람이면 더 좋지 않겠어?"

"그렇겠지?"

"이 앞을 왔다 갔다 하다가 볼 수도 있으니까 한번 붙여 놔 봐."

"그래, 그럼 퇴근하기 전에 붙여 볼게."

상엽은 소정의 말을 들으면 자다가도 떡이 생길 수도 있다는 생각으로 그러기로 했다.

"오빠, 주희 언니 소식은 들어?"

주희는 상엽이 이혼한 전처였다. 상엽이 이혼하기 전에 소정은 상엽의 전처 전주희와도 사이가 좋았다. 그렇다 보니 상엽의 부부 관계가 점점 위태롭다는 걸 가장 먼저 알아차린 사람 역시 소정이었다. 물론 소정은 상엽에게 두 사람의 관계에 대해 넌지시 묻기도 했지만 다른 사람 특히 자기 어머니나 이모 그러니까 상엽의 어머니에게는 아는 척하지 않았다. 소정은 나름대로 상엽과 주희의 관계가 호전되도록 상당한 노력을 기울였지만, 두 사람의 이혼을 막을 수는 없었다. 소정은 부부 사이에는 아무리 친한 사람이라도 알 수 없는 영역이 있는 법이라 생각하고 상엽 부부의 이혼을 안타깝게 지켜봐야 했다. 소정은 상엽 부부의 이혼 후에도 주희와 가끔 연락을 주고받고 있었다. 소정은 주희와 연락하고 나면 이렇게 상엽에게 주희의 소식을 심상하게 전했다.

"주희? 아니, 요즘엔 연락할 일이 없어서, 뭐 잘 지내고 있겠지. 혹시 주희가 연락했던?"

"어, 며칠 전에 떡 카페는 잘 되는지 궁금하다며 전화했더라고."

"그래? 고맙네, 카페 잘되는지도 물어주고."

"오빠, 주희 언니가 순전히 떡 카페가 잘되는지 궁금해서 전화했겠어?"

"그럼?"

"당연히 오빠 소식이 궁금해서 전화한 거지. 오빠는 주희 언니 소식 안 궁금해?"

"아무리 이혼한 사이라도 난 주희가 잘 살길 바라."

"주희 언니도 같은 마음일 거야. 처음에 주희 언니는 자기 때문에 오빠가 서울을 떠난 것 같다며 미안해하더라고. 그래서 내가 전혀 그렇게 생각하지 말라고 했지. 물론 언니 때문에 다니던 심리상담센터를 그만둔 건 사실인데 결국 오빠가 독립할 수 있었으니 잘된 일이라고."

"맞아. 소정이 네 말대로야. 주희랑 같은 공간에서 일하는 게 불편할 것 같아서 그만뒀으니까. 지금 생각해 보면 그만두길 백번 잘했어. 그래, 주희는 잘 지내는 것 같던?"

"어, 언니는 별일 없는 게 문제지. 별일이 좀 있어야 하는데 ……."

"그게 무슨 말이야?"

"새 출발 했으면 좋겠다는 소리야. 물론 오빠도."

"난 이미 새 출발 했잖아."

"에이, 오빠는 괜히 모르는 척하고 그런다. 새로운 인연 말이야. 두 사람 모두 그랬으면 좋겠어."

"난 지금 이대로가 좋은 걸 보면, 아직 이혼 후유증에서 못 벗어났나 보다."

"시간이 필요할 거야. 그 시간이 길지 않기를 바라."

"그래, 고맙다."

4

상엽과 주희가 처음 만난 것은 대학 1학년 때였다. 정확히 말하면 대학생이 되기 며칠 전이라고 해야 맞다. 다른 대학교에 다니게 된 두 사람이 만난 건 순전히 우연이었다고 밖에 달리 표현할 말이 없을 것이다. 두 사람의 공통점이라고는 같은 경기도민이라는 것이었다. 비록 두 사람이 사는 곳이 서울을 기준으로 정반대 편에 위치하긴 했지만 말이다. 그런데도 두 사람이 만나게 된 것은 친구 덕분이었다. '친구 따라 강남 간다'는 속담처럼 어느 주말 상엽은 중학교 때부터 붙어 다니던 친구 진섭이 강남에서 아르바이트하는 자기 여자친구 S를 만나러 같이 가자고해 진섭을 따라가게 되었다. 그날은 대학교가 정해진 친구들이 홀가분한 마음으로 이태원에 모여 술 한잔하는 날이었는데, 진섭이 여자친구 S를 먼저 만난 다음 친구들과의 약속 장소로 가자고 상엽을 데리고 간 것이었다. 평소 상엽도 진섭의 여자친구 S를 잘 알고 있던 터라 가벼운 마음으로 따라가게 되었다. S가 아르바이트하는 곳은 강남에서 잘 알려진 한 카페였다. 하필 S가 일하는 날이 밸런타인데이였던 터라 남자친구 진섭에게 초콜릿과 선물을 건네줄 시간이 없을 것 같아서 진섭에게 친구들과의 약속 장소에 가는 길에 카페에 잠깐 들르라고 했던 것이었다.

상엽이 진섭과 함께 S가 일하고 있는 카페에 들어갔을 때 S는 갑자기 몰려든 손님들 때문에 정신이 없었다. 심지어 카페에는 빈자리도 없어서 카페 입구로 나와 멀뚱하게 서서 빈자리가 나기만을 하염없이 기다려야 할 판이었다. 카페는 밸런타인데이 특수를 톡톡히 누리는 중이었다. 그때 S를 만나러 온 친구가 상엽과 진섭 말고 한 명 더 있었다. 그 친구가 바로 전주희였다. 진섭의 여자친구 S와 주희는 어렸을 때 이웃이었다. 주희는 고등학교 때 S가 서남시로 이사한 후에도 계속해서 S와 연락하며 지냈다. 두 사람은 자주 만나지는 못하고 주로 전화로 연락을 주고받았다. 그러던 중 주희가 서울에 일이 있어서 왔다가 S가 카페에서 아르바이트한다는 말이 생각나 S의 얼굴이라도 보려고 일부러 들른 것이었다. 그런데 하필 그날이 손님들로 정신없는 날이어서 차분하게 앉아서 이야기할 형편이 안 되었다. S는 오랜만에 만난 주희에게 무척 미안해했다. 더욱이 주희가 서울 지리를 잘 모르는 터라 진섭의 여자친구 S는 주희를 버스 터미널에 데려다주지 못해 걱정하고 있었다. 그때 진섭이 상엽에게 귓속말로 부탁했다.

"미안한데 상엽이 네가 저 친구 좀 터미널에 데려다주면 안 될까?"

"어? 내가?"

상엽은 난감하다는 듯이 뒷머리를 긁적거렸다.

"그래. 난 잠깐 여자친구 좀 도와주다가 나중에 약속 장소로 갈게. 부탁 좀 하자."

"어- 그래, 그럴게."

진섭의 여자친구 S는 상엽이 주희를 터미널에 데려다주기로 했다는 말을 진섭으로부터 전해 듣고 상엽에게 무척 고마워했다. 진섭과 S에게 나중에 연락하자는 인사를 서로 주고받고 상엽과 주희는 카페를 나와 터미널로 향했다.

카페에서 터미널까지는 그리 멀지 않은 거리였다. 하지만 밸런타인데이라서 그런지 밖으로 몰려나온 인파 때문에 버스를 타기도, 그렇다고 택시를 타기도 힘든 날이었다.

"차라리 걸어서 가는 게 더 빠를 것 같아요."

상엽이 주희에게 말했다.

"그게 좋겠어요."

주희는 앞을 가로막은 인파에 당황스러운 표정을 지었다.

상엽이 생각하기로 터미널까지는 빠르게 걸으면 20분가량 걸릴 것 같았다. 하지만 골목길에도 사람들이 워낙 많아 줄지어 가다시피 해서 마음먹은 대로 빠르게 갈 수도 없게 되어버렸다. 터미널 쪽으로 갈수록 점점 더 많은 사람이 거리로 몰려나왔다. 어느새 상엽과 주희는 서로 어깨를 딱 붙은 채로 걷고 있었다.

"오늘은 어디를 가나 이렇게 사람들로 붐빌 거예요."

상엽이 본의 아니게 주희와 어깨를 맞대고 걷는 게 조금 민망해서 한 말이었다. 주희도 민망하기는 마찬가지였다.

"아무리 밸런타인데이라고 해도 이렇게 많은 사람이 거리로 나온 건 처음 봤어요."

주희는 그저 놀랄 따름이었다.

"하필 오늘 밸런타인데이랑 주말이 겹쳐서 더 그런 것 같아요. 윽-"

뒤에서 사람들이 상엽을 힘껏 밀치는 바람에 상엽은 자기도 모르게 윽 하는 소리가 나왔다. 이런 식으로 가다가는 터미널에 도착하기도 전에 바짝 눌린 오징어가 될 판이었다.

"이렇게 계속 가다간 큰일 나겠어요. 일단 옆으로 빠지는 게 낫겠어요."

상엽이 다소 긴장된 목소리로 주희에게 말했다.

"그러는 게 좋겠어요."

주희가 당황한 표정으로 대답했다.

상엽은 잠시 망설이다가 주희 손을 덥석 잡고 옆으로 빠져나가기 시작했다. 주희는 상엽이 갑자기 자기 손을 잡아서 놀랐지만, 지금 두 사람이 처한 상황이 상황인지라 놀람은 금세 사그라들고 오히려 안도감이 들어 상엽의 손을 꼭 잡았다. 그때 상엽의 손은 참 따뜻했다. 주희는 자기 손을 잡고 사람들 사이를 뚫고 앞서 나가는 상엽이 그렇게 듬직할 수가 없었다. 주희는 상엽의 뒷모습만 보면서 상엽이 이끄는 대로 한참 따라갔더니 어느새 사람들이 붐비는 골목길에서 벗어나 큰 도로 쪽으로 나와 있었다.

"휴-, 이제 됐어요."

상엽이 주희의 손을 놓으며 말했다. 주희는 상엽이 자기 손을 놓았을 때 왠지 아쉽다는 생각이 스쳤다.

"고마워요, 괜히 저 때문에 고생하시네요."

주희가 상엽을 바라보며 말했다.

"별말씀을요. 오늘 같은 날은 어디를 가도 마찬가지일 거예요. 여자친구 없는 사람도 밸런타인데이란 말을 들으면 왠지 마음이 심쿵하잖아요. 그래서 저렇게 많은 사람이 밖으로 나왔을 테고요."

상엽이 터미널로 걸어가면서 말했다.

주희는 상엽이 심쿵하다고 말했을 때 자신도 심쿵했다는 걸 알아차렸다. 주희는 한 발짝 앞서 걸어가는 상엽의 옆모습을 슬쩍 바라봤다. 조금 전 상엽이 자기 손을 잡았을 때 느꼈던 따스함이 생각나 자신의 왼쪽 손가락들을 서로 비비적거렸다. 그때 상엽이 뒤돌아보며 주희가 잘 따라오는지 확인했다. 그런데 그때 두 사람의 시선이 마주쳤고 혼자 상엽의 체온을 생각하고 있던 주희는 자기 생각을 들키기라도 한 것처럼 얼굴이 화끈거렸다. 주희의 마음을 모르고 앞만 보고 걷던 상엽은 눈앞에 터미널이 보이자 무사히 자신의 사명을 마친 데서 오는 안도감 때문인지 얼굴에 웃음이 번졌다. 상엽이 핸드폰으로 시간을 확인했을 때 카페에서 터미널까지 오는데 한 시간 넘게 걸렸다는 걸 알아차렸다.

"다 왔네요. 시간은 좀 걸리긴 했지만 그래도 걸어오길 잘한 거 같아요."

터미널 바로 앞 횡단보도를 건너기 위해 신호를 기다리면서 상엽이 웃는 모습으로 주희에게 말했다. 그 순간 주희는 약간 서운해질 뻔했다. 이제 곧 보행신호로 바뀌고 횡단보도를 건너면 상엽과 헤어져야 하기 때문인지 주희는 몹시 아쉬웠다. 야속하게도 신호는 빠르게 바뀌었고 일순간 사람들의 대열이 횡단보도를 우르르 건너기 시작했다. 상엽과 주희도 그 대열의 일원이 되었다. 8차선 횡단보도를 건너는 데는 채 1분도 걸리지 않았다.

"그럼 조심히 가세요."

터미널 입구에서 상엽은 주희를 마주 보고 섰다.

"고마워요. 덕분에 잘 도착했네요."

주희가 상엽을 보며 고마움을 전했다.

'이 남자와는 이대로 끝나는 건가? 아마 두 번 다시 볼 일은 없겠지?'

이런 생각이 들자, 주희는 자신도 모르게 한숨이 새어 나왔다.

"에휴-"

상엽은 주희의 한숨이 무슨 의미인지 궁금하다는 듯이 주희를 바라봤다.

"피곤하시죠? 서울이 좀 피곤한 곳이긴 해요. 저도 서울에 나오면 급피곤해지거든요. 서울특별시민이 아닌 경기도민으로서의 비애 때문인지는 모르겠지만요. 하하하."

상엽이 민망해하는 주희를 보며 말했다.

"상엽 씨도 경기도에 사시나 봐요."

"네, 저는 서남시에 살아요."

"아, 저는 해주시에 사는데……."

서울을 기준으로 상엽이 사는 서남시는 남쪽에 위치해 있었고, 주희가 사는 해주시는 북쪽에 위치해 있었다. 서남시와 해주시는 지리적으로 정반대 편이었다. 주희는 상엽과 동류의식이 느껴지는 동시에 그 먼 거리를 이제 떨어져 있어야 한다는 생각에 서운함이 밀려왔다.

"혹시 다음에 밥 한번 사고 싶은데…… 괜찮을까요? 오늘 너무 고마워서요."

잠시 망설이던 주희는 용기를 내서 상엽에게 말했다. 주희는 말하면서도 처음 만난 남자에게 다음을 약속하자고 말하고 있는 자신이 몹시 낯설고도 대견했다.

뜻밖의 제안이라 상엽은 일순 눈이 커졌다. 하지만 그냥 이대로 헤어지면 아쉽긴 하겠다는 생각이 들어 곧장 "그럼 커피는 제가 살게요."라고 대답했다. 상엽이 조금의 망설임도 없이 대답하자, 주희는 금세 기분이 좋아졌다. 상엽은 핸드폰을 꺼내 주희가 불러주는 그녀의 핸드폰 번호를 입력했다. 상엽은 입력을 끝내고 곧장 그 번호로 전화를 걸었다. 이윽고 주희의 핸드폰이 울렸다. 주희는 자신의 핸드폰 화면에 상엽의 전화번호가 뜨자 더욱 행복한 표정을 지었다.

"그럼, 시간 되실 때 연락 주세요."

상엽이 주희에게 말하자 주희도 그렇게 하겠다고 말하고 둘은 헤어졌다.

해주시행 버스 안에서 주희는 S가 일하는 카페에서 상엽을 만났을 때부터 조금 전 터미널 앞에서 헤어질 때까지 모든 순간을 되돌려 보았다. 솔직히 주희는 S가 일하는 카페에서 상엽을 처음 봤을 때 별다른 관심을 두지 않았다. 상엽은 첫눈에 호감이 가는 스타일은 아니었다. 얼굴이 두드러지게 잘 생겼다거나 키가 차이 나게 크다거나 하지도 않았다. 상엽은 그저 평범한 사람이었다. 그러면서도 보면 볼수록 마음이 끌리는 그런 사람이었다. 상엽이 주희 마음에 들어와 자리를 잡은 것은 밸런타인데이를 즐기려고 나온 인파 때문에 움직이기도 힘들었던 골목길을 빠져나오기 위해 상엽이 주희 자신의 손을 덥석 잡았을 때였다. 그때 상엽의 손에서 전해지던 따스함과 손의 감촉은 아마 쉬이 잊힐 것 같지 않았다. 주희는 같은 또래 남자의 손을 그렇게 오래 잡기도 처음이었다. 주희가 탄 버스가 해주시 터미널에 다다를 때까지 주희는 상엽의 생각을 멈출 수 없었다.

주희와 터미널에서 헤어진 상엽은 친구들과 만나기로 한 약속 장소에 가지 못했다. 워낙 교통이 혼잡해 이태원으로 걸어서 가기 위해 반포대교를 건너고 있을 때 진섭의 전화를 받았기 때문이었다.

"야, 오늘은 안 되겠다."

"안 되다니, 뭐가?"

"그게 아니라, 여기 이태원인데 여기저기 사람들이 쓰러져 있단 말이야. 지나가던 사람들이 나와서 쓰러진 사람들한테 심폐소생술하고 한쪽에선 구급차에 실려 가고 난리라니까."

"도대체 너 지금 무슨 말 하는 거야?"

상엽은 진섭이 무슨 말을 하는지 한 번에 이해가 되지 않았다.

"야, 여기 난리라고 난리! 아무튼 오늘 여기 올 생각하지 말고 그냥 집에 가라. 오늘 약속 취소야, 취소!"

진섭이 말하는 도중 전화기 너머에서 요란하게 울리는 사이렌 소리가 들렸다. 진섭은 나중에 통화하자며 전화를 끊었다. 상엽은 그곳에 무슨 일이 벌어진 것인지 쉽게 짐작되지 않았다. 상엽은 곧장 방향을 바꿔 반포대교를 걸어 나오면서 친구들을 만나지 못해 아쉬웠지만, 주희를 터미널에 데려다 주면서 신경을 써서 그런지 조금 피곤했던 터라 집에 일찍 갈 수 있어서 오히려 잘됐다고 생각했다. 그날따라 상엽은 집이 몹시 그리웠다.

한 시간쯤 뒤 집에 도착해 욕실에서 씻고 나온 상엽은 거실 소파에 나란히 앉아서 혀를 끌끌 차면서 텔레비전 뉴스를 보고 있는 부모 옆에 앉았다.

"무슨 뉴스예요?"

"상엽아, 저기 좀 봐라. 아까운 목숨이 백 명 넘게나 죽었단다. 세상에 어쩌면 저런 일이 있는지 모르겠다."

상엽의 어머니가 텔레비전 화면에 시선을 고정한 채 다소 긴장된 목소리로 말했다. 그녀는 간절한 마음으로 소원을 빌듯이 두 손을 모으고 소파 끄트머리에 간신히 걸터앉아 있었다.

"예?"

상엽은 화면 상단 귀퉁이에 특보라고 쓰인 뉴스 화면을 보면서 자신도 모르게 턱을 떨구었다. 온몸에 냉기가 돌고 심장이 두방망이질했다. 이제야 조금 전 전화에서 진섭이 어떤 장면을 보고 있었는지 알 것 같았다. 상엽은 문득 뭔가 생각났다는 듯이 소파에서 일어나 방으로 들어가 핸드폰을 집어 들었다. 진섭에게 전화하려는 것이었다.

"여보세요?"

진섭이었다.

"야, 너 괜찮냐? 우리 애들은?"

상엽이 다급하게 친구들의 안부를 물었다. 오늘 만나기로 한 친구들은 상엽을 포함해 다섯이었다.

"어, 모두 이상 없어."

"휴- 다행이다. 혹시나 누구 하나라도 다쳤을까 봐 온몸이 떨리더라. 지금도 다리가 후들거린다니까."

"야, 말도 마라. 다행히 약속 장소에 간 애들은 없어. 가던 도중에 워낙 사람들이 많아서 그냥 포기한 거지. 나도 가는 도중에 애들한테 문자 받고 알았고."

"근데 문자 받았다면서 넌 거기 왜 갔냐?"

"나? 나는 그 근처에 있던 터라 사이렌 소리가 하도 요란해서 호기심에 그쪽으로 가본 거지. 막상 가서 봤더니 무슨 재난 영화 찍는 줄 알았다니까. 길거리에서 그렇게 많은 사람이 죽는다는 게 말이 되는 일이냐? 자칫했다간 나도 바닥에 누워 있는 사람 중 한 명이었겠다 싶으니까, 온몸에 소름이 돋더라. 진짜 지금도 가슴이 벌렁거린다니까."

다소 흥분된 진섭의 목소리에서 팽팽한 긴장감과 불안감이 고스란히 전해졌다.

그날 이후로 진섭은 그달 말까지 집 밖으로 나오지 않았다. 친구들이 만나자고 전화하면 자기 집으로 오라고 했다. 상엽도 한 번 진섭의 집을 찾아갔다. 진섭은 위아래 헐렁한 추리닝 차림으로 상엽을 맞았다.

"왜 밖에서 보지 집으로 불러? 집에만 있으면 안 답답하냐?"

상엽이 진섭의 방으로 들어가면서 말했다.

"……"

진섭은 말이 없었다.

"너 무슨 일 있냐?"

상엽은 평소와 다른 진섭을 이상하다는 듯이 쳐다보았다. 진섭은 외향적이고 쾌활한 성격이라 친구들과 있을 때도 잠깐의 침묵조차도 못 견뎌 했던 사람이었다. 그런 진섭이 집 밖으로 나오기를 꺼린다는 건 그에게 뭔가 심각한 일이 있다고 생각하는 게 당연했다.

"아니, 단지 안 나가고 싶었을 뿐이야. 어차피 며칠 있다가 입학하면 나가야 하니까. ……그때까지는 그냥 집에서 조용히 있고 싶어."

"별일이다. 네가 집에서 조용히 있을 생각을 다 하고?"

상엽은 서울에서 진섭이 봤던 장면이 큰 충격이었을 거로 생각하면서도 진섭의 분위기에 같이 동조하는 건 왠지 더 우울해질 것 같아서 괜히 진섭에게 퉁을 줬다. 사실 텔레비전을 통해 그 장면을 봤던 상엽의 어머니조차도 하루 중 멍하게 있을 때가 있었다. 그 장면을 보고도 아무 일 없었다는 듯이 지낸다는 건 동시대를 살아가는 사람으로서 힘든 일이 분명했다. 더욱이 진섭은 가장 가까운 곳에서 그 장면을 봤던 터라 쉬이 잊힐 리 만무했다. 진섭은 한동안 집 밖으로 나가지 않음을 택함으로써 나름대로 그날 차가운 콘크리트 바닥에 누워 있어야 했던 이들을 애도했던 것이었다. 살면서 감당하기 힘든 일을 겪었다 하더라도 마냥 슬퍼할 수만도 없고, 산 사람은 어떻게든 살아가야 하기에 진섭은 당분간이라도 혼자만의 애도의 시간을 갖고 싶었던 거라고 상엽은 생각했다.

3월이 되자 진섭은 예전과 똑같이 밝아졌다. 아니, 어쩌면 예전과 다르게 진섭의 몸에는 힘이 들어가 있는 것 같았다. 좌충우돌하면서 대학에서의 첫 학기를 보내고 보통의 연인들이 그렇듯이 진섭도 여자친구 S와 데이트를 즐기는 일에도 자기 최면과 의지가 작용한 듯했다. 모두가 그렇게 일상을 찾기 위해 애쓰며 살아가고 있었다.

3월 어느 날 상엽은 진섭과 진섭의 여자친구 S를 서남시행 버스 안에서 우연히 만났다. 진섭은 S와 서울에서 영화관 데이트를 즐기고 집에 가는 길이라고 했다. 그때 S가 상엽에게 지난번 자기 친구를 터미널에 데려다줘서 고마웠다는 말을 꺼냈다. 상엽은 자신이 그동안 주희를 잊고 있었다는 걸 깨달았다. 그러면서 주희가 자기에게 연락하겠다고 했던 말이 생각났다. 주희는 상엽에게 밥을 사겠다고 했었다. 그런데 주희는 그 뒤로 아무런 연락도 없었다. 하다못해 문자도 없었다. 그런 주희가 생각할수록 서운했다. 상엽 자신도 잊어버린 건 마찬가지였지만, 그럼에도 왠지 모르게 기분이 씁쓸했다.

"아 참, 그 친구는 잘 지내?"

상엽은 주희의 안부를 물었다. 이름을 알면서도 서운한 마음에 일부러 '그 친구'라고 말한 자신이 조금 속 좁게 느껴져서 약간 짜증이 났다.

"아, 주희? 어…… 저기…… 주희가 집에 일이 있어서 한동안 좀 그랬어."

"좀 그러다니? 무슨 안 좋은 일이라도 있었던 거야?"

"실은 우리 만나고 며칠 뒤에 아버지가 교통사고로 돌아가셨거든. 워낙 갑작스러운 일이라 주희가 아버지 장례 치르고 나서도 한동안 정신이 없었어. 학교에서 주희가 강의 끝나면 곧장 집으로 가야 해서 나도 주희랑 전화 통화만 하고 있어."

상엽은 일순 자신이 오해했다는 생각에 얼굴이 따끔거렸다. 그런 사정이 있는 것도 모르고 연락이 없었던 것에 대해 속 좁은 티를 냈으니 자기 자신이 별로 맘에 안 들었다.

상엽은 집에 돌아와 핸드폰 연락처에서 주희 이름을 찾아 통화버튼을 누를까 말까 망설였다. 하지만 핸드폰을 내려놓고 말았다. 지금 갑자기 전화하면 밥 사달라고 하는 전화로 오해하는 건 아닌지, 하는 생각이 들었고 막상 통화하자니 무척 어색할 것도 같았다. 주희 아버지의 죽음에 대해 위로의 말을 건네고는 싶었지만, 상엽은 주희와는 그냥 스쳐 지나가야 하는 사이인가 보다 생각하고 전화하려던 것을 그만뒀다.

6

상엽을 만난 후로 주희는 틈만 나면 상엽에게 어떻게 밥 먹자고 연락할지 생각하며 지냈다. 목요일이 되었을 때 주희는 그날 상엽에게 전화를 걸어 주말에 밥 먹자고 할 생각이었다. 그렇게 마음먹고 나니 마음이 부산스럽고 책을 읽어도 도통 활자가 읽히지 않았다. 겨우 오전을 보내고 몇 번의 심호흡을 한 후 용기를 내서 마침내 상엽에게 전화를 걸려고 핸드폰을 집어 들었다. 바로 그때 핸드폰이 요란하게 진동했다. 주희는 순간적으로 너무 놀라 소스라쳤다. 모르는 번호였다. 보험을 들라거나 여론조사 하는 전화려니 생각하고 통화버튼을 눌렀다. 보험이란 말이 나오면 곧장 끊을 생각이었다.

"여보세요."

"여보세요, 전주희 씨 되시죠?"

"네? 그런데요."

"여기 해주병원 응급실이에요."

"네? 병원요?"

"주희 씨 부모님께서 교통사고로 해주병원 응급실에 실려 오셨는데, 어머니께서 주희 씨에게 전화해 달라고 하셔서요."

"교통사고요?"

주희는 교통사고란 말에 온몸이 굳어지고 심장이 쿵쾅거리기 시작했다.

"제 부모님이 다치셨어요?"

"다행히 두 분 다 크게 다치신 건 아니고, 지금으로서는 약간의 타박상만 입으신 것 같아요."

주희는 그제야 조금 안심할 수 있었다.

주희가 떨리는 마음으로 해주병원 응급실에 막 들어섰을 때 "주희야!" 하고 부르는 소리가 들렸다. 주희는 소리가 들리는 쪽으로 고개를 돌렸다. 그곳에서 이마에 사각으로 접힌 붕대를 붙이고 있는 여성이 주희에게 손짓했다. 주희의 어머니였다.

"엄마! 어떻게 된 거예요? 많이 다쳤어요? 아빠는요?"

"진정해. 누가 들으면 숨넘어가는 줄 알겠다. 일단 여기 좀 앉아."

주희의 어머니는 주희에게 침대 옆 간이 의자에 앉으라고 손짓했다. 주희가 의자에 앉자, 주희 어머니는 말을 이었다.

"건너편에서 오던 승용차가 바닥에 떨어진 스티로폼 상자를 피하려다가 중앙선을 넘어와 우리 차를 박아버리지 뭐니. 그때 충격으로 다치긴 했는데 다행히 아버지나 나는 타박상만 입었을 뿐 다른 데는 이상이 없단다. 차도 그렇게 많이 찌그러지지는 않았더라. 두 차 모두 천천히 가고 있어서 이 정도였지 만약 속도를 냈더라면 진짜 큰일 날 뻔했지, 뭐냐."

"근데 아버지는요?"

응급실에는 주희 어머니만 있을 뿐 아버지는 보이지 않았다.

"어, 아버지가 머리를 세게 부딪혔는데 혹시 모르니까 뇌 CT 좀 찍어보자고 해서 조금 전에 올라갔거든. 금방 오실 거야. 어, 저기 아버지 오신다."

주희가 입구 쪽으로 눈을 돌리자, 주희 아버지가 주희를 보고 활짝 웃으며 다가왔다.

"주희 왔구나. 많이 놀랐지? 별거 아니니까 걱정할 거 없다."

주희 아버지는 주희에게 다가와 주희의 등을 다독거렸다. 주희는 순간 다리에 힘이 풀려 자리에 털썩 주저앉았다. 병원에 와서 부모를 직접 보고 나니 안도감이 들면서 긴장이 풀렸던 것이다. 주희 아버지의 뇌 CT 촬영 결과는 내일 와서 보기로 하고 주희와 부모는 응급실을 나와 택시를 잡아타고 집으로 돌아왔다.

집에 도착한 시간이 오후 4시경이었다. 주희의 부모는 편한 옷으로 갈아입기 위해 안방으로 들어갔다. 잠시 후 주희 어머니만 밖으로 나왔다.

"아버지는 피곤하시다고 잠 한숨 주무신단다."

"엄마도 좀 쉬지, 그래요? 많이 놀라셨을 텐데."

"난 조금 전에 응급실에서 좀 누워 있었더니 괜찮아졌어."

주희도 긴장했던 탓인지 피곤이 몰려왔다. 그래서 방으로 들어가 침대에 누워 이불을 목까지 끌어올렸다. 눈을 감고 잠을 청하고 있을 때 문득 자신이 상엽에게 전화하려다가 응급실에서 온 전화를 받았던 게 생각났다. 주희는 부스스 일어나 책상에 놓아둔 핸드폰을 집어 들고 다시 침대에 누웠다. 연락처에서 '차상엽'을 찾고는 '내일 전화할게.'라고 속으로 말하고 이내 까무룩 잠이 들었다.

주희가 잠에서 깼을 때, 사위가 어두웠다. 핸드폰을 찾아 시간을 확인했더니 7시가 넘어 있었다. 주희는 침대에서 일어나 문을 열고 거실로 나갔다. 어머니는 주방에서 저녁 식사를 준비하고 있었다.

"깜박 잠들어 버렸나 봐요."

주희가 주방에 들어서며 말했다.

"너도 피곤했겠지. 그나저나 아버지가 오래 주무시네. 일어나서 식사하고 주무시라고 해야겠다."

주희 어머니가 안방으로 걸어가며 말했다. 주희는 저녁 식사가 차려진 식탁에 수저를 놓았다.

"주희야, 주희야!"

안방에 들어간 주희 어머니가 다급하게 주희를 불렀다. 평소 조용조용하던 어머니가 갑자기 자신의 이름을 다급하게 부르는 소리에 깜짝 놀란 주희는 서둘러 안방으로 달려갔다. 주희 어머니는 의식이 없는 주희 아버지를 흔들어 깨우고 있었다. 그러면서 불길한 생각에 휩싸여 얼굴은 백지장처럼 창백해지고 손은 사시나무처럼 떨고 있었다.

그로부터 얼마 지나지 않아 주희 아버지는 구급차에 실려 해주병원 응급실로 옮겨졌다. 낮에 찍어 놓은 뇌 CT 사진을 확인 한 결과 뇌출혈로 판명이나 주희 아버지는 응급수술을 받았지만, 안타깝게도 다시 깨어나지 못했다. 낮에 뇌 CT 사진을 찍고 기다렸다가 뇌출혈을 확인한 즉시 수술을 받았더라면 주희 아버지는 살았을 가능성이 컸다. 환자를 집에 가게 한 병원의 책임도 있었던바 장례식이 끝나면 지루한 법정 공방이 예견되어 있었다. 다행히 장례를 치르고 3개월 후 주희 어머니는 병원과 원만한 합의를 택함으로써 골치 아픈 소송전을 치르지 않게 되었다. 비교적 빠르게 합의한 것은 한번 소송을 걸어 판결이 나와도 가족들은 여전히 괴로울 거란 생각에서였다. 주희 어머니는 죽은 남편을 편안히 보내주고 싶었다. 그리고 죽은 남편도 자신과 주희가 잘 살아가는 모습을 볼 수 있기를 바랄 거로 생각했다.

그해 말 주희네는 해주시에 있는 집을 팔고 서울 강북에 있는 한 빌라로 이사했다. 요리사였던 주희 어머니가 강북에서 요리사인 친구와 함께 출장 요리를 시작했기 때문이었다. 그때부터 주희 어머니는 계속해서 바빴다.

한편 주희는 대학교 1학년을 아무 생각 없이 보냈다는 생각이 들어 장래에 대해 고민에 빠졌다. 주희는 학과를 선택해야 하는 고3 때에도 장래에 대해 뚜렷한 목표나 특별히 하고 싶은 것이 없었다. 결국 주희는 담임 선생님과 상담 끝에 전공으로 국어국문학을 선택했다. 수능 과목 중에서 국어 성적이 가장 잘 나오고 있던 터라 전공으로 정해도 별 거부감 없이 무난하게 해낼 것 같았기 때문이었다. 하지만 주희는 대학에 들어와 공부하면서도 그다지 전공에 흥미를 느낄 수 없었다. 주희는 점차 전공을 열심히 공부하는 다른 학생들을 보면서 자기만 생각 없이 학교에 다니고 있다는 생각이 들었다. 그러면서 자기 마음도 잘 모르는 자신에 대해 생각하다가 우연히 몇몇 심리 관련 유튜브를 시청하게 되었다. 그 결과 주희는 다른 대학 심리학과로 편입을 결정했다.

　주희가 편입한 곳은 바로 상엽이 다니고 있는 대학이었다. 주희는 상엽이 그 대학에 다니는 건 알고 있었지만, 상엽이 어떤 학과인지는 알지 못했다. 그랬던 주희가 편입한 첫날 학과 사무실 입구에서 상엽을 보고 까무러치게 놀란 건 당연했다. 상엽도 그 학과에 다니고 있었던 것이다. 물론 상엽은 주희를 알아보지 못했다. 하지만 주희는 첫눈에 상엽을 알아볼 수 있었다. 1년이란 시간이 흘러 얼굴이 가물가물해졌지만, 그동안 수도 없이 상엽의 얼굴을 떠올렸던 터라 멀리서 상엽이 눈에 들어오자 이내 흐릿해진 기억이 다시 선명하게 복원되었다.

　"저기…… 혹시 저…… 기억해요?"

　주희는 너무 반가운 나머지 호기롭게 상엽의 앞을 막아서고도 금세 주뼛거리며 겨우 말을 꺼냈다.

　상엽은 갑작스레 앞을 가로막고 서서 자신을 기억하냐고 묻는 여학생의 얼굴을 유심히 쳐다봤다. 주희는 상엽과 눈이 마주치자 부끄러워 얼굴이 확 달아올랐다.

　"아-, 혹시 밸런타인데이?"

　상엽이 용케 주희를 기억해 냈다. 상엽이 자신을 생각보다 빨리 기억해 내자 주희는 상엽이 자신을 종종 떠올렸을지도 모른다는 생각에 마음이 짐짓 설렜다. 그렇게 두 사람은 친구가 되었고 상엽에 대한 주희의 솔직한 감정 표현으로 결국 연인으로 발전했다. 연인이 된 두 사람은 과 친구들뿐만 아니라 선후배들로부터도 사이좋은 캠퍼스 커플로 부러움을 샀다.

그러면서도 두 사람은 가끔 다툴 때가 있었다. 그것은 주희가 상엽의 일거수일투족까지 통제하려는 강박 때문이었다. 주희는 무의식적으로 세상을 떠난 아버지를 대신해 상엽을 심하게 애착했다. 상엽의 일정 하나하나까지 알아야 스스로 안심할 수 있었고, 상엽은 그런 주희가 점점 숨이 막혔다. 그런 일로 상엽이 주희에게 한마디 하면, 주희는 자신이 상엽을 너무 사랑해서 그런 거라며 다음부터 주의하겠다고 하면서 넘어가기 일쑤였다. 이런 일이 반복되면서 상엽은 더 이상 참을 수 없다면서 주희에게 헤어지자고 한 적도 여러 번이었다. 그러면 주희는 자세를 낮추고 다시는 그렇지 않겠다고 하면서 또다시 반성 모드로 들어갔다. 상엽은 평소에 모질지 못하고 좋은 게 좋다는 식이라 고개 숙이는 주희를 매몰차게 모른 체 할 수가 없어서 다시 화해했다. 두 사람은 그러기를 되풀이하면서 20대를 보냈다.

그런데 30대에 들어서자, 상엽을 대하는 주희가 180도 달라졌다. 상엽을 배려하는 마음이 커졌고 시도 때도 없이 전화해서 상엽이 어디에서 누구를 만나고 무엇을 하고 있는지 알아야 비로소 안도하던 주희는 서른 살이 되면서 싹 사라진 것이었다. 처음에는 상엽도 어리둥절하면서도 그런 주희가 너무 사랑스러웠다. 10년 가까이 만난 터라 무덤덤할 법도 하지만 상엽은 여유를 찾은 주희를 보면 마냥 행복하기만 했다. 20대는 주희가 상엽에게 다가갔다면, 30대가 되자 상엽이 주희에게 다가갔다. 상엽은 이렇게 좋은 걸 왜 20대에는 알지 못했는지 땅을 치고 싶을 정도였다. 서른의 그들은 한시도 떨어지고 싶지 않고, 보고만 있어도 눈에서 꿀이 떨어지는 그런 아름다운 사랑을 했다. 두 사람은 좀 더 같이 있고 싶어 직장까지 옮기면서 2년 가까이 연애다운 연애를 하고 마침내 서른둘에 결혼식을 올렸다.

하지만 결혼하고 3개월 정도 지났을 때 주희는 다시 상엽의 모든 것을 간섭하기 시작했다. 주희는 마치 마법이 풀리기라도 한 것처럼 예전으로 돌아간 것이었다. 상엽은 주희를 사랑하고 있었기 때문에 될 수 있으면 주희에게 맞추려고 했다. 그러나 상엽이 온갖 노력을 기울였음에도 불구하고 주희는 전혀 변화가 없었고 점점 더 심해질 뿐이었다. 상엽은 그런 주희가 그저 안타까울 따름이었다. 주희 자신도 그러지 말아야겠다고 마음을 다잡아 보지만 자신의 의지와는 달리 상엽을 간섭하고 말았다. 주희는 그런 자신이 견디기 너무 힘들었다.

결국 주희가 먼저 상엽에게 이혼해 달라고 요구했다. 스스로 자신은 사랑받을 자격이 없는 여자라고 하면서 이혼하는 게 자신이 자유로워지는 길이라고 했다. 그러면서 상엽에게 자신을 사랑한다면 놓아달라고 부탁했다. 그런 주희를 보고 상엽도 결국 이혼을 승낙하고 말았다. 그렇게 해서 두 사람은 결혼 3년 만에 남남이 되었다. 주희는 자신 때문에 상엽을 불행하게 만들었다고 생각했기에 상엽에게 항상 미안했다. 상엽은 주희가 걱정되긴 했지만, 자신이 할 수 있는 노력을 쏟아부었던 터라 더 이상 미련은 남지 않았다. 두 사람을 오랫동안 지켜봐 왔던 지인들은 두 사람의 이혼 사유를 성격 차이로 짐작했다.

7

상엽은 상담실 책상에 앉아 인터넷에 구인 광고를 올렸다. 곧이어 소정이 말한 대로 1층 입구에도 구인 공고문을 붙여 놓기 위해 워드로 만든 공고문을 A4용지에 인쇄했다. 2시 상담 전에 내려가서 붙여 놓을 생각이었다. 상엽은 프린터에서 뽑은 공고문과 스카치테이프를 들고 아래층으로 내려갔다. 상엽은 유리문 눈높이에 공고문을 붙이고 내용이 눈에 잘 들어오는지 확인하기 위해 두세 걸음 뒤로 물러서서 자기가 붙인 공고문을 바라봤다.

"글자 크기를 좀 더 크게 할 걸 그랬나?"

상엽이 혼잣말했다.

"아니요, 잘 보이는데요."

상엽은 자신의 혼잣말에 생각지도 않는 대답이 돌아오자, 순간 움찔하고 고개를 돌렸다.

"어? 한솔 씨!"

2시에 상담 예약된 이한솔이었다.

"안녕하세요, 선생님. 그런데 상담소에 직원 구하시나 봐요?"

"아- 네. 상담할 때는 전화도 못 받고 방문한 손님도 상담 끝날 때까지 혼자 기다려야 하고…… 이래저래 빈틈이 많아서요."

"선생님 혼자 힘드시겠네요."

"아니요. 손님들을 허탕 치게 하는 게 문제지 난 힘든 거 없어요. 자, 올라갑시다."

상엽은 자신이 붙인 공고문을 손으로 한 번 더 쓱 매만지고는 계단을 올랐다. 한솔도 상엽을 뒤따라 계단을 올랐다.

스물 세 살 이한솔은 서울 모 여대 3학년 1학기까지 마치고 휴학 중이었다. 남부지방 출신인 그녀는 줄곧 학교 기숙사에서 생활했다. 하지만 휴학하면서 기숙사를 나와야 했다. 갈 곳이 마땅치 않던 한솔에게 서남시에서 독신으로 살고 있는 이모가 한솔이 복학할 때까지 같이 살자고 한 것이었다.

'여자도 남자 없이 하고 싶은 일 하면서 얼마든지 행복하게 살 수 있다. 그걸 증명하기 위해 나는 무소의 뿔처럼 혼자서 간다.'

이것이 독신주의자인 한솔의 이모가 아침에 일어나자마자 요가 매트 위에 양반다리로 앉아서 주문처럼 되뇌는 레퍼토리였다. 한번은 한솔이 이모의 레퍼토리를 듣고 피식 웃으며 "피곤하게 그걸 꼭 증명해야 해요?"라고 말한 적이 있었다. 물론 한솔이 웃자고 한 농담이었다. 하지만 이모는 뭘 한참 모른다는 표정으로 한솔을 쳐다보면서 끌끌 혀를 찼다.

"남자한테 의존할 생각하지 말고 주체적으로 살자는 뜻이거든 이 태평한 조카님아!"

"아-"

한솔은 장난기 가득한 표정으로 고개를 주억거렸다.

"근데 이모, 혹시 남자한테 확 데인 적이라도 있어요? 여자혼자 말고 남자랑 같이 행복하게 살 수도 있는 거 아닌가?"

한솔은 불쑥 속마음을 말해버렸다. 막상 불쑥 말해 놓고 한솔은 '아차!' 싶어 혀를 내밀고 이모 눈치를 봤다. 이모는 '왜 남의 아픈 상처를 건드리냐?'는 표정으로 한솔을 야속하게 쳐다봤다.

"앗! 내가 실수한 건가 보다. 미안해요, 이모."

"사랑하는 조카야! 남 눈치 보지 말고 그렇게 쭉 단순하게

만 살아라. 알겠지?"

"이모, 그게 칭찬이에요, 욕이에요?"

"당연히 칭찬이지. 난 그렇게 못 살았거든. 그래서 방금 너의 그런 태도가 살짝 부럽더라."

"근데 난 이모 앞에서는 말도 잘하는데 밖에 나가서는 왜 주눅이 드는지 모르겠어요. 세상에 이모 같은 사람들만 있으면 얼마나 좋을까요? 이모가 너무 편해서 그런가?"

"편한 게 아니라 만만한 거 아니고?"

"그런가?"

"야, 이한솔! 적당히 해라."

"하하하- 알았어요, 알았어. 이젠 안 그럴게요."

"퍽이나 그러겠다."

한솔은 이모와 통하는 게 많았다. 한솔이 중학생이었을 때 이모는 갑자기 서울 생활을 접고 한솔의 집에 내려와 살게 되었다. 그때 한솔은 이모가 무슨 일 때문에 자기 집에 내려와 있는지 알지 못했다. 한솔이 대학생이 되었을 때 어머니를 통해 그때 이모는 사랑하는 남자와의 긴 이별을 받아들일 시간이 필요했다는 걸 알게 되었다. 한솔이 알기로 이모는 그 이별 이후로 어떤 남자도 만나지 않았다. 한솔은 가슴이 절절한 사랑을 했을 것 같은 이모가 부럽기도 하고 한편으로는 한없이 가엽기도 했다. 그 당시 한솔은 이유 여하를 막론하고 이모와 함께 방을 쓰게 돼서 좋았다. 한솔이 한창 예민한 사춘기였던 터라 이모에게 속마음을 털어놓으면 마음이 훨씬 가벼워졌다. 그렇게 꼬박 1년을 같은 방을 썼던 정으로 이모가 다시 서울로 올라간 뒤로도 한솔은 이모에게 사소한 것까지 털어놓고 있었다.

서울로 올라온 이모는 다음 해에 전혀 연고가 없는 서남시로 내려와 미술 학원을 차렸다. 나중에 한솔은 이모가 서남시에 미술 학원을 차린 것은 이모를 무소의 뿔처럼 혼자 가게한 사람이 그곳에 살고 있기 때문인지도 모른다는 생각이 휙스쳤다. 한솔은 넌지시 이모에게 물어볼까, 생각도 했지만, 그것 또한 겨우 아문 상처를 건드리는 일일 수도 있을 것 같아서 이모가 먼저 말을 꺼내기 전에는 묻지 않기로 했다.

초등학교 교장선생이던 한솔의 아버지는 한솔에게 매우 엄한 편이었다. 그는 본인의 체면을 굉장히 중요하게 생각했던 터라 외동딸 한솔이 밖에 나가서 똑바로 처신하길 바란다는 그 뻔하고 지루한 레퍼토리를 밥상머리 교육이라는 명목으로 식사 때마다 한솔에게 늘어놓았다. 한솔은 사춘기 때 답답한 집 분위기에 반항하고 싶은 충동에 휩싸이기도 했지만, 이모 덕분에 그 시기를 잘 넘길 수 있었다.

막 나이 마흔에 접어든 한솔의 이모가 운영하는 미술 학원은 규모가 조금 있는 편이었다. 한솔은 이모와 함께 살면서 간간이 이모가 운영하는 미술 학원에 나가 도왔다. 이모에게 고맙기도 하고 공짜로 있기 미안하기도 해서 미술 학원에 나가지만 막상 할 일은 많지 않았다. 한솔이 할 수 있는 일이라고는 청소나 비품 정리하는 게 다였다. 한솔은 매달 부모로부터 용돈을 받고 있었다. 하지만 부모에게 휴학하는 동안만이라도 스스로 용돈을 벌어 쓸 테니 용돈을 송금하지 말라고 했다. 그래서 구한 일자리는 교회에서 운영하는 방과후 교실에서 학원에 보낼 형편이 안되는 취약계층 가정 학생들의 학습을 지도하는 일이었다. 그 일은 매일 가는 게 아니라 주말을 포함해 일주일에 3일만 가면 되는 일이었다. 그 외 시간에는 인근에 있는 공공도서관에 가서 책을 읽고 글을 썼다. 한솔은 문예창작과 휴학생이었다.

한솔이 휴학한 것은 본격적으로 소설을 써서 정식으로 신춘문예에 도전해 봐야겠다는 이유도 있었지만, 그보다 더 큰 이유는 점점 심해지는 공황 증상 때문이었다. 평상시 생활하는 데는 이상이 없었다. 하지만 주제 발표 때나 토론할 때 다른 사람 앞에 서서 발표하는 게 문제였다. 왼쪽 가슴에 통증이 느껴지고 자기 귀에 들릴 정도로 심장은 빠르게 쿵쾅거리고 양손은 뻣뻣하게 굳어지면서 극도의 긴장감에 휩싸였다. 처음에는 그럴 수도 있다고 대수롭지 않게 생각하고 지나갔지만, 시간이 갈수록 증상이 심해졌다. 급기야 다른 사람들 앞에

서서 말할 일을 만들지 않았고 의도치 않게 그럴 일이 생기더라도 회피해 버렸다. 그러면서 생기발랄한 젊은 나이에도 불구하고 한솔은 점점 더 위축되어 갔고 자신이 행복하다는 생각도 점점 멀어져 갔다. 다행스럽게도 한솔은 휴학하고 이모와 같이 지내면서 한결 여유로워지고 있었다. 학교에 다니면서는 정신과에서 공황 증상을 완화하는 데 도움을 준다는 약을 처방받아 복용했지만, 휴학하면서 약도 끊은 상태였다.

그런데 어느 날 학원을 마치고 돌아온 이모가 한솔을 보자마자 물었다.

"너 혹시 심리 상담 한번 받아볼래?"

"밑도 끝도 없이 웬 심리 상담?"

거실 바닥에 앉아서 빨래를 개고 있던 한솔이 어리둥절한 표정으로 이모를 쳐다봤다.

"아, 친하게 지내는 학부모가 있는데, 곧 시장에 떡 카페를 차리는가 봐."

"떡 카페랑 심리상담소는 무슨 상관이에요? 카페에서 심리 상담도 해 준대요?"

"그게 아니라 그분 사촌 오빠가 같은 건물 2층에 심리상담소를 차린다더라고. 서울에서도 심리상담센터 상담사로 있다가 이번에 독립하는 거래."

"그럼, 상담사는 남자겠네요?"

"왜, 상담사가 남자면 불편할 거 같아서?"

"꼭 그런 건 아닌데…… 병원에 다닐 때 담당 의사도 여자였는데 어떨지 모르겠네요."

"일단 상담받아 보고 결정하면 되니까 부담 갖지 말고 한번 가봐."

"그럴까, 이모?"

"다양한 사람들을 만나보는 것도 너한테 도움이 되지 않겠니?"

"그렇겠죠? 그럼, 한번 가서 상담받아 볼게요."

며칠 후 한솔이 '왁자지껄 심리상담소'를 방문했을 때 상담소 이름을 보고 풋 하고 웃음이 나왔다.

'왁자지껄 심리상담소? 시장에 있는 심리상담소라 이름을 저렇게 지었나? 평화나 맑음, 아니면 호수 같은 이름을 붙이는 게 보통인데 왁자지껄이라니, 좀 독특하긴 하네.'

그러면서 한솔은 상담사가 궁금해졌다. 잠시 후 한솔이 상엽과 마주 앉았을 때 갑자기 왁자지껄이라는 단어가 생각나 또다시 자기도 모르게 풋 하고 웃었다.

"아, 죄송해요. 다른 생각이 나서 그만."

미안해진 한솔이 어깨를 으쓱하며 상엽에게 말했다.

"웃었으면 된 거죠. 뭐 때문에 웃었는지는 몰라도 웃을 일이 많았으면 좋겠네요."

상엽은 마치 한솔을 따라 하기라도 하듯이 어깨를 으쓱하며 말했다.

"아, 그렇죠. 웃는 건 좋은 거죠. 헤헤헤."

한솔도 약간 미안한 마음이 들었다가 상엽의 말을 듣고 마음이 편안해졌다.

그렇게 상담은 시작되었고 한솔은 자신의 상황을 가감 없이 털어놓았다. 처음에 한솔은 남자 상담사는 약간 불편할 수도 있을 것 같다고 생각했다. 하지만 웬걸 의외로 편안했다. 그래서 한솔은 10일에 한 번씩 상담하기로 예약까지 하고 상담소를 나왔다. 상엽은 한솔과 상담을 진행하면서 한솔이 문창과 휴학생이라는 말을 듣고 한 가지를 제안했다.

"한솔 씨는 글을 쓰는 사람이니까 자신의 자서전을 써보면 어떨까요?"

"네? 자서전이요? 자서전은 나이가 좀 들어야 쓰는 거 아닌가요?"

"물론 그럴 수도 있는데 자서전을 꼭 나이가 들어서 써야 한다는 법은 없어요. 한솔 씨는 단지 자서전의 한 토막을 지금 써보는 거예요. 한솔 씨가 지금까지 살아온 삶을 되돌아보면서 써보는 거죠. 자서전이 아니더라도 가상의 인물을 내세워서 소설을 써도 좋고요. 형식은 한솔 씨가 쓰고 싶은 대로 정해서 쓰면 되겠죠. 자신이 잊고 있었던 자신의 감정을 표현하는 글을 쓰다 보면 자신을 더 잘 이해할 수 있을 테고 그러면 공황 증상이나 불안을 이겨내는 데도 도움이 될 거예요. 어때요?"

한솔은 상엽의 제안이 아주 괜찮은 생각 같았다. 한솔은 아주 천천히 고개를 끄덕이면서 앞으로 글을 어떤 형태로 쓰면 좋을지 생각했다.

"저도 좋을 것 같아요. 선생님 말씀대로 어떻게 쓸 건지 고민 좀 해봐야겠어요."

"혹시 또 모르죠, 한솔 씨가 쓴 글이 신춘문예나 문학상 공모 같은 데 당선이 될지도."

상엽이 신춘문예나 문학상이라고 했을 때 한솔의 눈이 휘둥그레졌다.

"일타쌍피네요."

한솔의 말을 듣자마자 상엽이 입 안에 머금고 있던 차를 푸하고 내뿜어 버렸다. 순간 상엽이 뿜어낸 미세한 수분이 건너편에 앉아 있던 한솔의 얼굴에 흩뿌려졌다. 한솔은 무의식적으로 자리에서 벌떡 일어났다.

"아, 죄송해요."

상엽은 서둘러 옆에 있던 갑 티슈에서 티슈를 빠르게 몇 장 뽑아서 한솔에게 건넸다. 한솔은 상엽이 건넨 티슈로 얼굴을 닦으며 웃음을 터뜨렸다.

"하하하-, 안 그래도 피부가 건조했는데 조금은 촉촉해지겠네요."

"예?"

상엽도 한솔의 대답에 웃음이 나왔다.

"한솔 씨는 좀 엉뚱한 데가 있네요. 거기서 화투 전문용어가 나올 거라고는 전혀 생각 못 했어요."

그날 상담 이후로 한솔은 자신의 유년 시절부터 차근차근 되돌아보며 글을 쓰기 시작했다. 글의 형태는 가상의 주인공을 내세운 자전적 소설이었다.

돌아오는 월요일 아침 시내버스 한 대가 시장 버스 정류장에 멈추면서 조금 가벼운 옷차림의 상엽이 혼자 내렸다. 주말 내내 날씨가 포근했던 터라 겨우내 두르고 다녔던 목도리와 장갑은 아예 집에 두고 나왔고 옷도 코트 대신 조금 가벼운 소재로 된 것을 입고 나왔다. 하지만 버스에서 내리는 순간 자신이 조금 앞서갔다는 생각이 들었다. 바람 끝이 몹시 차가웠다. 얼마 안 가서 백반집을 지나려는데 백반집 사장이 문을 열고 나와 상엽에게 먼저 아는 체했다.

"지금 출근해요? 날씨가 갑자기 추워졌어요."

"아, 네. 그러게요. 수고하세요, 사장님."

"총각도 수고해요."

'총각? 저 총각 아닌데……'

상엽은 총각이란 말이 왠지 듣기 좋았다.

'후훗!'

시장 안으로 걸어 들어가는 상엽의 발걸음이 무척 가벼웠다. 그것은 총각이란 말을 들어서만은 아니었다. 오늘부터 자신을 도와줄 사람이 출근하기로 했기 때문이었다. 그 사람은 바로 이한솔이었다. 지난 금요일 상엽이 구인 공고문을 붙일 때 한솔이 보고는 자신도 지원할 수 있는지 물었다. 처음에 상엽은 아무리 시간제지만 내담자를 직원으로 뽑는다는 게 꺼려졌다. 하지만 밝고 다소 엉뚱한 한솔이라면 괜찮을 것도 같았다. 게다가 그 일은 한솔이 공황 장애를 극복하는 데도 도움이 되겠다는 생각이 들었다. 한꺼번에 많은 사람을 상대하는 일이 아니라 일단 부담은 없을 테고 한두 사람이라도 자꾸 만나다 보면 마음 근육도 그만큼 단단해질 터였다. 상엽은 한솔과 상담 후 상담소에서 해야 할 일에 대해 잠시 이야기하고는 괜찮으면 월요일부터 일하라고 한 것이었다. 한솔은 오전 10시부터 오후 3시까지 하루에 다섯 시간씩 일하기로 했다. 상엽은 한솔을 뽑고 나니 벌써 마음이 여유로워진 것 같았다.

한솔이 있는 시간만큼은 상담하고 있는 도중에 상담실 밖 상황에는 더 이상 신경 쓰지 않아도 되니 발걸음이 절로 가벼웠다.

상엽은 문이 닫혀있는 1층 소담을 지나쳐 2층 상담소로 올라갔다. 상담소 문을 열고 들어온 상엽은 입구 좌측 안내대 안쪽으로 들어섰다. 안내대 서랍을 열어 너저분한 것이 있는지 확인했다. 그동안 쓸 일이 없어서 비교적 깔끔했다. 안내대 구석에 올려져 있던 투명 30센티미터 자와 풀 그리고 스카치테이프를 맨 위 서랍에 가지런히 넣었다. 안내대 위에는 전화기와 각종 필기도구가 꽂힌 스타벅스 머그잔, 그리고 연한 하늘색 메모지 뭉치만 남았다.

"이 정도면 되겠지?"

상엽은 한솔이 앉을 자리를 미리 정리한 것이었다.

9시가 조금 넘어 입구에 달아놓은 작은 풍경이 울렸다. 대기실과 상담실 사이 문을 열어놓고 상담실 책상에 앉아 컴퓨터 모니터를 보고 있던 상엽이 입구 쪽을 쳐다봤다.

"안녕하세요, 선생님."

한솔이었다. 한솔이 입은 털실로 짠 롱 카디건이 따뜻해 보였다.

"어서 와요, 한솔 씨. 오늘 날씨가 좀 춥죠?"

상엽이 대기실 쪽으로 나오며 말했다.

"그래서 저는 단단히 무장하고 나왔죠. 저는 추위를 잘 못 견디는 편이라……."

"나도 좀 챙겨입고 올 걸 그랬어요. 버스에서 내리는 순간 후회되더라니까요."

상엽이 안내대 쪽으로 가면서 말했다.

"여기가 한솔 씨 자리예요. 뭐 필요한 거 있으면 알려줘요."

"아, 네, 알겠습니다."

한솔이 자신의 백팩을 안내대 위에 올리며 말했다.

이윽고 상엽은 한솔을 탕비실로 데려가 차 우릴 때 쓰는 전기포트 사용법을 알려줬다.

"혹시 궁금한 점이 있다거나 필요한 비품이 있다거나 하면 알려줘요."

"네, 그럴게요."

그때 풍경 소리가 들렸다. 상엽과 한솔은 동시에 고개를 입구 쪽으로 돌렸다.

"좋은 아침입니다."

최동희였다. 동희는 지난 금요일 오후 4시에 상담이 예정되어 있었다. 하지만 불과 30분 전에 갑작스러운 사정이 생겼다면서 예약을 월요일로 미뤘다.

"어서 와요, 동희 씨!"

상엽이 동희에게 다가가며 말했다.

"지난 금요일에 갑자기 약속을 바꿔 달라고 해서 무척 죄송했어요, 선생님."

동희는 죄송한 나머지 뒷머리를 매만졌다.

"괜찮아요. 살다 보면 그럴 수도 있죠, 뭐. 그래도 오늘 시간이 나서 다행입니다."

"오늘 월차를 냈거든요."

"상담 때문에요?"

"아, 물론이죠. 상담을 미루면 왠지 불안해질 것 같아서요. 헤헤, 제가 좀 예민하죠?"

"제가 보기에는 좋게 보이는데요."

"제가요?"

"물론이죠. 동희 씨 스스로 조절하고 있는 거잖아요. 그러면서 좋아지는 거예요."

"아, 그런가요? 잘했다는 칭찬 듣고 있는 것 같아서 기분이 좋은데요. 하하하."

"아 참, 여기는 오늘부터 상담소에서 일하게 된 한솔 씨에요."

"반갑습니다. 이한솔이에요."

한솔이 먼저 동희에게 인사했다.

"아, 안녕하세요, 최동흽니다. 앞으로 잘 부탁드립니다."

스물여덟 살인 최동희는 서남시 소재의 한 중소기업에 다니고 있는 평범한 직장인으로 회사에서 지난 연말 모범 사원으로 선정될 정도로 매사에 긍정적이고 활력이 넘치는 청년이었다. 평소에 서핑과 등산을 무척 좋아해서 추운 겨울에도 동호인들과 함께 서핑을 즐기러 강원도 속초까지 원정을 마다하지 않았다. 또한 새벽에 일어나 꾸준히 외국어 공부를 하고 다양한 책을 읽으며 자기 성장을 위해 끊임없이 노력했다. 이런 동희가 왁자지껄 심리상담소를 찾은 이유는 가면성 우울증 때문이었다. 만약 동희 자신이 우울증이라고 지인들에게 말한다면 열에 아홉은 시답잖은 농담으로 치부하거나 동희처럼 긍정적이고 에너지 넘치는 사람이 우울증이 생길리가 없다, 같은 반응이 나올 게 뻔했다. 하지만 동희는 겉보기와는 다르게 혼자 있을 때면 우울해지는 것이 사실이었다. 그는 이유 없이 무기력해지고 기분이 자꾸 처졌다.

상엽은 동희가 그렇게 된 것은 여러 요인이 복합적으로 작용했기 때문이라고 생각했다. 고등학생 때 아버지가 돌아가시자 큰아들인 동희는 무의식적으로 죽은 아버지를 대신해서 이제는 자신이 가장이라고 생각했다. 어머니와 여동생을 지켜주는 듬직한 가장이 되어야 한다는 생각에 항상 웃고 모든 일에 긍정적이며 열성적으로 하루하루를 보냈다. 고등학교 때 성적은 상위권이었지만 취직을 빨리하기 위해 2년제 전문대를 선택했다. 결국 남들보다 빨리 취직하게 되었지만, 그것이 오히려 열등감의 원인이 되어 버렸다. 그러면서 동희는 회사 동료나 가족, 친구들 앞에서는 항상 밝고 긍정적인 사람으로 인정받고 있었지만, 혼자 있을 때는 심한 우울감을 느꼈다.

문제는 동희 자신이 우울이라는 걸 받아들이지 않고 계속해서 숨기려 한다는 것이었다. 상엽은 동희와 상담하면서 스스로 우울 증상이 있다는 것을 인정해야 좋아질 수 있기에 무엇보다도 자신에게 솔직해져야 한다고 조언했다. 동희는 상엽의 조언에 따라 매일 자신의 감정 상태를 일기에 기록하는 시간을 가졌다. 그러면서 어머니와 동생에게 자신이 우울증이 있다는 사실을 털어놓았다. 자신이 우울증이라고 어머니와 여동생에게 말한다는 것은 동희에게는 쉽지 않은 일이었다. 자신이 지켜줘야 할 사람들에게 자신의 연약한 모습을 보이는 것이 몹시 불편했던 것이다. 하지만 동희가 행복하게 살아가기 위해서는 반드시 거쳐야 할 일이었다. 어머니와 여동생의 반응 역시 동희가 우울증이라는 사실을 선뜻 믿지 못했다.

지난 몇 개월 동안 동희는 조금씩 변하고 있었다. 쉽지는 않지만 힘들면 힘들다고 표현하려고 했고 항상 활기 넘치는 사람이 되어야 한다는 강박도 떨쳐버리려고 노력했다. 상엽은 동희에게 존재 자체만으로도 충분히 소중한 사람이니 너무 애쓰지 않아도 된다고 조언했다. 그리고 모든 짐을 혼자서 다 지고 가려고 하면 다른 사람은 어떨지 몰라도 정작 자신은 불행할 수밖에 없고, 만약 나중에 어머니와 여동생이 자신들의 행복이 동희 씨의 희생으로 얻은 것이라는 걸 알게 된다면 얼마나 마음이 아플지 생각해 보라고도 했다.

"동희 씨는 주말 어떻게 보냈어요?"

상엽이 동희에게 물었다.

"동호인들이랑 서핑하러 강원도에 갔다 왔어요."

"물에 들어가기엔 아직 추울 텐데 괜찮았어요?"

"바다에 들어가기 전이 조금 춥지 막상 들어가면 추운 줄도 모르겠더라고요."

"역시 동희 씨는 서핑 마니아라 다르네요. 난 서핑 잘하는 사람들 보면 부럽던데. 그거 엄청 어렵지 않아요? 난 보드 위에 올라서는 것도 힘들 거 같아요. 보드 잘 타는 무슨 비법 같은 거 있으면 좀 알려 줄래요?"

"비법이요? 그냥 보드에서 여러 번 물속으로 빠져봐야 해요. 그렇게 빠지면서 보드 위에서 균형 잡는 법을 몸으로 익히는 거죠."

"근데 그 균형 잡기가 어렵잖아요."

"저는 몸에 힘을 빼고 보드가 내 몸의 일부라고 생각하면 균형 잡기 쉬웠어요."

"기회가 된다면 나도 멋지게 한번 타고 싶네요."

"다음에 우리 동호회에서 서핑하러 갈 때 선생님도 시간 되시면 같이 가셔도 돼요."

"오, 그거 좋겠네요. 가서 구경만 하더라도 힐링 될 것 같아요. 내가 서핑을 한번 해 보고 싶은 이유 중 하나는 서핑하는 것이 상담하는 데 도움이 될 것 같아서예요. 조금 전에 동희 씨가 말한 것처럼 균형을 잡으려면 몸에 힘을 빼고 딴생각도 하지 말고 오로지 그 순간에만 집중해야 하잖아요. 우리의 일상도 파도타기랑 똑같다는 생각이 들어요. 삶에는 균형이 중요한데 균형을 잡으려면 몸에 힘을 빼고 몰입해야 하거든요. 그 순간에 몰입하는 것이 행복의 문을 여는 열쇠가 되는 거죠. 그런 면에서 동희 씨가 서핑하는 것처럼 일상생활을 한다면 우울증은 금세 사라질 거예요. 동희 씨, 이제 힘 빼고 조금 말랑말랑하게 살아도 되지 않을까요? 그러면 삶이 훨씬 여유로울 거예요."

동희는 상엽의 말을 들으며 서핑할 때의 자기 모습을 생각했다. 그러더니 고개를 끄덕였다.

"서핑할 때처럼 힘 빼고 유연하게……. 음, 무슨 말씀인지 알겠어요. 서핑할 때 내가 어떻게 하는지 곰곰이 생각하면서 좀 유연해지는 연습을 해 볼게요."

"그렇게 해 보시고 다음에 자세히 말해주세요. 아 참, 잠깐만요."

상엽은 뭐가 생각났다는 듯이 핸드폰을 집어 들었다.

"며칠 전 SNS를 하다가 좋은 글이 있어서 동희 씨가 생각나 메모해 뒀거든요. 아, 여기 있네요. 제가 한 번 읽어볼게요."

상엽이 핸드폰을 보면서 글을 읽으려 하자 동희는 몸을 살짝 앞으로 기울였다.

"너는 별처럼 매 순간 빛나는 존재라는 걸 잊지 않았으면 좋겠어.

너는 존재 자체만으로 소중하고 아름다운 사람이야.

너는 잊지 말아야 해, 네가 얼마나 소중하고 아름다운지를.

다른 사람들에게 인정받으려고 너무 애쓰지 않아도 돼.

너는 이 세상에 태어난 것만으로도 이미 인정받은 거야.

항상 네가 얼마나 소중하고 아름다운 사람이라는 걸 기억하고

당당하게 그러면서도 유연하게 살아가면 돼.

자, 오늘도 감사와 사랑과 기쁨이 충만한 하루를 살아보는 거야.

파이팅!"

상엽이 고개를 들어 핸드폰 너머로 동희를 바라봤다.

"존재 자체만으로도 소중하고 아름다운 동희 씨! 이젠 혼자

너무 애쓰지 말고 유연하게 살아 봐요."

"네, 선생님."

동희가 잠긴 목소리로 대답했다. 상엽이 '존재 자체만으로도 소중하고 아름다운 동희 씨!'라고 말한 순간 동희는 콧등이 시큰거렸다.

상담실에서 상엽이 동희와 상담하고 있을 때 한솔은 안내대에 앉아 노트북 자판을 타닥타닥 두드리며 무언가를 입력했다가 다시 지우기를 반복했다. 한솔은 상엽이 말한 자전적 소설을 쓰고 있었다. 그러다 어느 순간 바쁘게 움직이던 한솔의 손이 갑자기 동작을 멈췄다. 바로 그때 대기실에서 잔잔히 흐르고 있던 명상 음악이 한솔의 귀에 흘러 들어왔다. 마음이 편안했다. 한솔은 잠시 노트북 화면에 머물던 시선을 들어 올렸다. 문득 대기실 여기저기에 놓여 있는 크고 작은 화분이 시야에 들어왔다.

"그러고 보니 화분이 많네."

한솔은 자리에서 일어나 안내대 앞 허리 높이의 테이블야자가 심어진 화분에 다가가 잎을 만져 보았다. 평온한 음악을 듣고 자라서인지 잎들이 하나같이 윤기가 나고 맑아 보였다.

문득 어떤 상황에서도 아무런 불평 없이 본연의 모습을 드러내며 잘 자라는 식물이 대단해 보였다. 한솔은 마음이 약간 숙연해졌다.

"너흰 잘 사는구나."

한솔은 다른 잎들도 손끝으로 만져 보았다. 손끝이 부드러우면서도 간질였다. 잎을 자세히 들여다봤더니 투명한 호수를 들여다보는 것처럼 맑았다. 한솔의 마음도 덩달아 맑아지는 것 같았다. 한솔의 얼굴에 싱그러운 웃음이 퍼졌다.

바로 그때 상담실 문이 열렸다. 상담을 마친 동희가 밖으로 나온 것이다.

"아, 수고하셨습니다."

한솔이 몸을 동희 쪽으로 돌리며 말했다. 한솔은 여전히 웃는 표정이었다.

"아- 네, 고마워요."

동희는 곧장 자기 가방을 놓아둔 대기실 소파 쪽으로 가면서 말을 이었다.

"좋은 일이라도 있으신가 봐요?"

"네?"

한솔은 동희의 말에 의아한 표정으로 되물었다.

"왠지 한솔 씨 표정이 기분 좋아 보여서요."

"아-, 잠시 식물을 보고 있었더니 마음이 차분해져서 나도 모르게 웃음이 나왔나 봐요."

"식물이 한솔 씨에게 웃음을 선물한 거네요? 그럼, 저도 집에서 식물을 좀 길러 볼까요?"

"그거 좋은 생각이에요. 식물이나 반려견을 기르면서 얻게 되는 즐거움이 많거든요. 물론 그만큼 신경은 써야 하지만요."

상담실에서 나오던 상엽이 끼어들었다.

"미니 선인장이나 다육식물은 신경을 많이 쓰지 않아도 잘자라요. 그래서 초보 식집사에게 강추하는 종류라고 하더라고요."

한솔이 말했다.

"식집사?"

동희가 눈을 둥그렇게 뜨고 한솔을 바라봤다.

"아, 반려동물이나 반려 식물을 가족처럼 돌보며 애정을 쏟는 사람들을 집사라고 부르더라고요. 반려견 집사, 고양이 집사 이런 식이죠."

한솔이 동희를 보며 설명했다.

"그 식집사 여기도 있어요."

상엽이 대기실 소파에 앉으며 말했다.

"어쩐지 상담소에 화분이 많다 했어요."

한솔이 고개를 연달아 끄덕이며 말했다.

"동희 씨도 식집사에 입문할 생각이라면 한솔 씨가 말한 대로 다육식물도 좋고, 작은 산세베리아나, 유칼립투스 같은 공기정화식물도 좋아요. 아니면 해피트리도 괜찮아요."

"해피트리라면 행복나무네요?"

상엽의 말을 듣고 동희가 반색했다.

"행복이라는 단어가 들어 있어서 그런지 그 나무를 곁에 두면 금세 행복해질 것 같죠. 꼭 해피트리가 아니라도 모든 식물은 사람의 마음을 평온하게 하는 능력이 있어요. 다만 사람들이 워낙 바빠서 식물을 찬찬히 들여다볼 여유가 없다는 게 문제죠."

상엽의 말에 동희와 한솔이 동시에 고개를 끄덕였다.

"가는 길에 화원에 좀 들렀다 가야겠어요."

동희가 말했다.

"그럼, 오늘부터 식집사가 한 명 느는 건가요?"

한솔이 빙그레 웃으며 말했다. 그런 한솔을 보며 동희도 빙그레 웃었다.

다음 날 상엽은 사촌 동생 소정 그리고 한솔과 함께 점심을 먹고 돌아오면서 1층 소담에 들러 커피를 마셨다.

"점심도 잘 먹었는데 커피까지 사 주시고 정말 고맙습니다."

한솔이 소정에게 말했다.

"아, 밥은 내가 산 게 맞는데 커피는 아마 오빠가 살 거예요. 그렇지, 오빠?"

소정이 장난기 서린 표정으로 생긋 웃으며 상엽을 바라봤다.

"당연하지. 밥값도 내가 계산하려고 했는데 동작 빠른 모 사모님이 금세 계산해 버렸더구먼."

상엽이 씩 웃었다.

"아, 우리 지혜 미술 학원 원장님 조카가 상담소에서 일하게 됐다는데 그냥 있을 수가 있어야지. 앞으로도 우리 종종 밥 같이 먹어요, 한솔 씨."

소정이 따뜻한 시선으로 한솔을 바라보며 말했다.

"감사합니다, 사장님."

한솔은 소정에게 고개를 살짝 숙여 고마움을 표현했다.

세 사람은 커피를 마시면서 한동안 소정의 딸 지혜에 관해 이야기했다. 그러다 소정이 조금 전 밥 먹다가 했던 말이 생각나 화제를 돌렸다.

"아 참, 조금 전에 밥 먹으면서 말했던 거 계속 해 봐, 오빠."

"아, 이제부터 한 달에 한 번씩 상담소 멤버들 정기 모임을 할 생각인데 장소를 상담소로 할지 아니면 소담으로 할지 생각 좀 해 보라고."

"아무래도 장소가 중요하겠지? 글쎄, 어디가 좋을까? 음-"

소정은 잠시 생각하다가 옆자리에 앉은 한솔에게 시선을 돌렸다.

"한솔 씨는 어디가 좋을 것 같아요?"

"저는…… 상담소에 오는 사람들이 아무래도 편한 곳을 더 좋아할 것 같아요."

"그럼, 상담소?"

상엽이 한솔에게 물었다.

"네, 제 생각에 당분간은 상담소가 더 편할 것 같아요."

상엽도 그렇게 생각했던 터라 한솔의 이야기를 듣고 고개를 끄덕였다.

"그럼, 장소는 상담소로 하고 다과만 준비하면 되겠네."

소정이 말했다.

"다과는 떡이나 쿠키로 하면 되겠다."

상엽이 소정을 보고 말했다.

"그래, 그럼 떡이랑 쿠키는 내가 준비할게."

소정이 대답했다. 그때 소정의 핸드폰이 울렸다. 소정은 핸드폰 발신자를 확인하더니 "나 전화 좀 받고 올게." 하고는 자리에서 일어섰다.

"모임은 무슨 요일에 하실 생각이세요?"

한솔이 상엽에게 물었다.

"주말에 하면 좀 여유가 있을 것 같은데 한솔 씨 생각은 어때요?"

"저도 주말이 좋을 것 같아요. 주중에는 바쁠 것 같거든요."

"그럼, 오전 10시 괜찮겠어요?"

"토요일 오전 10시가 꿀잠 자기에 황금 같은 시간이긴 한데 한 달에 한 번이니까 괜찮을 것 같아요."

"그래요, 그럼. 매달 마지막 주 토요일 10시로 정하고 멤버들에게 공지하는 거로 하죠."

이야기를 마친 상엽과 한솔은 소정이 전화 통화를 막 끝내고 서 있는 계산대로 갔다. 상엽은 소정에게 커피값을 결제할 카드를 건넸다.

"소정아, 커피 잘 마셨다. 그리고 상담소 모임은 마지막 주 토요일 오전 10시로 정했어."

"마지막 주 토요일 오전 10시? 알았어, 오빠. 메모해 둘게."

같은 달 마지막주 토요일 오전 10시에 왁자지껄 심리상담소 멤버들의 첫 모임이 있었다. 상엽은 회원들이 마음을 터놓고 서로의 이야기에 공감하는 자리를 가짐으로써 연대 의식을 갖고 서로를 지지하고 격려해 줄 수 있다고 믿었다. 상담소 이름처럼 왁자지껄할 정도로 소통이 잘 이뤄지는 모임이 된다면 더할 나위 없을 터였다. 소정은 9시 30분이 가까워지자, 상담소 대기실 디귿으로 놓인 소파 한가운데에 있는 테이블에 각개 포장된 떡과 쿠키를 차려 놓았다.

"이야, 정말 먹음직스럽다."

소정이 무지개떡과 하얗고 노랗고 분홍색깔 송편을 차리는 걸 옆에서 지켜보고 있던 한솔이 말했다. 한솔은 9시가 조금 넘어 상담소에 도착해 있었다.

"그래서 보기 좋은 떡이 먹기도 좋다는 말이 있잖아요. 이렇게 예쁘게 만든 떡을 보면 나도 모르게 군침이 돈다니까요. 나는 일년내내 떡만 먹고 살 수 있을 정도로 떡이 좋아요."

소정이 빙그레 웃었다.

"떡을 정말 좋아하시네요."

한솔이 흐뭇한 표정으로 소정을 쳐다봤다.

"좋아하는 정도가 아니라 사랑한다고 해야 할 걸요?"

상담실에 있던 상엽이 대기실로 나오면서 말했다.

"오빠 말이 맞아요. 나 어렸을 때 별명이 떡순이였거든요. 난 그 별명조차도 맘에 들었다니까요."

"하하하-."

소정의 말에 상엽과 한솔이 동시에 웃음을 터뜨렸다.

"떡순이 2세는 지금 뭐 하고 있으려나?"

상엽이 소파에 앉으면서 말했다.

"지혜? 지혜는 아빠랑 숲 체험하러 간다고 하던데."

"숲 체험?"

상엽이 호기심 가득한 표정으로 물었다.

"복지관에서 주관하는 프로그램인데 지혜가 좋아할 것 같다고 지혜 아빠가 신청했더라고."

"숲 체험이라…… 그거 좋다. 우리도 다음에 한번 가면 좋겠네."

소정의 말을 듣고 있던 상엽이 엄지와 중지를 딱! 하고 튕기며 말했다.

"한솔 씨는 어때요?"

"숲 체험 좋죠. 숲이란 말만 들어도 벌써 마음이 차분해지는 것 같은데요."

한솔이 대답했다.

"그럼 내가 지혜 아빠한테 좀 더 자세히 물어보고 오빠한테 다시 말해줄게."

"그래그래, 고맙다, 소정아."

상엽은 다른 멤버들도 좋아할 것 같아 벌써 신이 났다.

다과 준비를 마친 소정이 1층 소담으로 내려가고 얼마 지나지 않아 상담소 입구에 매달린 풍경이 울렸다. 찬합을 손에 들고 상담소로 들어온 사람은 조애리였다.

"어서 오세요."

애리는 상엽, 한솔과 인사를 나누고 들고 온 찬합을 테이블에 내려놓았다. 찬합에는 김밥과 유부초밥이 담겨 있었다.

"혹시나 밥 안 먹고 오는 사람도 있을 것 같아서 제가 한번 만들어 봤어요."

애리가 찬합을 펼치며 말했다.

"이야, 맛있는 김밥에 유부초밥까지, 꼭 놀러 온 기분인데요."

한솔이 침을 꿀꺽 삼키며 말했다.

"역시 이런 날 김밥이 빠지면 안 되죠. 준비하신다고 아침에 바쁘셨겠어요."

상엽이 애리를 보며 말했다.

"아뇨, 애들이 좋아해서 자주 만들다 보니까 이제 금방 해요."

애리는 찬합을 떡과 쿠키 접시 사이사이에 놓으며 말을 이었다.

"어, 내가 좋아하는 무지개떡이네요. 예쁘기도 하다."

"좀 드세요."

상엽이 애리에게 말했다.

"이따가요. 사람들 오면 같이 먹을게요."

애리가 찬합 뚜껑을 한쪽으로 치우며 말했다.

그때 풍경이 울렸다. 김숙희와 최동희가 같이 들어왔다.

"어서 오세요. 어떻게 두 분이 같이 오시네요?"

상엽이 두 사람에게 인사를 건넸다.

"아, 버스 정류장에서 만났어요."

숙희가 말했다.

멤버들은 상엽의 소개로 서로 인사를 나누고 디귿으로 놓인 소파에 자유롭게 앉았다. 벽 쪽에 숙희와 애리가, 그 건너편에 한솔과 동희가 앉았고 상엽은 가운데 의자에 앉았다.

"이제 올 사람은 다 온 건가요?"

동희가 상엽에게 물었다.

"오늘 신청한 분은 다섯 분이니까 한 분만 더 오면 되겠네요."

상엽이 시계를 확인했다. 10시가 막 지나가고 있었다. 상엽은 핸드폰 연락처에서 이름 김희준을 찾아 통화 버튼을 눌렀다. 신호음이 끊겼다가 다시 이어지기를 반복했다. 상대방이 전화를 받지 않자, 상엽은 전화를 끊고 문자를 보냈다.

"무슨 사정이 있는지 김희준 씨하고는 연락이 안 되네요. 일단 우리 먼저 시작하죠."

상엽이 먼저 모임의 취지를 설명했다.

"보통 마음의 감기라고 하는 우울이나 불안을 앓는 사람들은 다른 사람들과 같이 있는 것보다는 혼자 있으려는 경향이 있어요. 그런데 혼자 있다 보면 자칫 더 우울해질 수도 있어서 주의해야 해요. 그래서 서로의 이야기를 편하게 들으면서 격려도 해 주는 이런 모임이 필요해요. 사실 이런 모임에서는 서로 같은 처지라서 숨길 것도 없지만 다른 모임에서는 속마음을 드러내는 게 쉽지 않을 거예요. 내가 이런 말을 하면 상대방이 어떻게 생각할지 걱정돼서 거르고 걸러서 말하게 되고, 그러면 그 자리가 불편하게 느껴지기 마련이죠. 하지만 우리는 서로가 서로에게 도움을 줄 수 있는 사람들이라 이런 거 저런 거 따지지 않아도 돼요. 여러분도 오늘 모임이 끝나면 느끼시겠지만 다른 어떤 모임보다 마음이 편하실 거예요. 저번에 미리 말씀드린 것처럼 속마음을 털어놓는다고 생각하고 돌아가면서 편하게 말씀하시면 되고, 혹시나 마음의 준비가 안 된 것 같으면 오늘은 경청만 하셔도 됩니다. 때로는 다른 사람의 말에 마음을 기울여 경청하는 것만으로도 도움이 되거든요. 다만 여기 있는 사람들은 자신의 마음을 가장 잘 이해해 줄 수 있는 같은 편이라는 것만 잊지 마세요. 그럼, 누가 먼저 말씀하시겠어요?"

상엽이 네 사람을 차례대로 바라보며 말했다. 모두의 얼굴에는 망설임이 역력했다. 상엽은 선뜻 발표할 사람이 없으면 먼저 모두가 공감할 수 있는 사례를 들려줘야겠다고 생각했다. 그때 애리가 오른손을 조심스럽게 들어 올렸다.

"그럼, 제가 먼저 할게요. 일어서서 할까요?"

"편하신 대로 하세요. 혹시 일어서는 게 편하시면 그렇게 하셔도 됩니다."

상엽이 말했다.

"그럼 저는 이대로 앉아서 하는 게 좋겠어요. 내 속마음을 드러낸다는 게 부끄럽기도 하고 긴장되기도 하네요. 그래도 힘든 시기를 어떻게든 이겨내고야 말겠다고 나 자신에게 다짐하는 뜻에서 먼저 할게요."

애리의 말을 듣고 있던 한솔이 힘껏 박수를 쳤다. 그러자 다른 사람들도 애리에게 응원의 박수를 보냈다. 동희는 오른손을 입술에 대고 휙 하고 휘파람을 부는 흉내를 냈다. 그런 동희를 보면서 숙희가 웃음을 터뜨렸다.

"시작도 하기 전에 울컥할 뻔했어요."

애리는 멤버들의 박수를 받고 마음이 한결 편안해졌다.

"저는 중학교 2학년 딸과 초등학교 6학년 아들이 있는 가정주부이자 장애인활동지원사예요. 남편은 평범한 직장인이고요. 음-, 그러니까 제가 왁자지껄 심리상담소를 찾게 된 것은 가족 간에 관계가 힘들어서였어요. 저는 평상시 다른 사람을 배려하는 성격이에요. 어렸을 때부터 그렇게 배웠거든요. '설령 네가 손해를 보더라도 다른 사람을 먼저 배려해야 한다, 사람은 모름지기 그래야 한다'고 아버지께서 늘 말씀하셨죠. 저도 그런 편이 편했어요. 나 자신이 다른 사람을 배려하는 사람이라는 뿌듯한 마음이 드는 것도 좋았고요. 그렇게 별 특별한 것 없이 잘 지내왔는데, 어느 날 갑자기 시누이와의 관계가 얽혀버렸어요. 사실 겉으로는 별일도 아니었어요. 시누이가 나랑 나이가 같아서 결혼하고 친구처럼 지내 왔어요. 시누이가 성격이 불같아서 부부 싸움이 잦은 편이라 주로 내가 시누이 말을 다 들어주면서 시누이를 달래야 했죠. 그럴 때면 시누이가 안 빠뜨리고 하는 말이 있어요. "넌 남편 잘 만나서 내 마음을 몰라. 넌 남편 잘 만난 걸 감사하게 생각해야 해." 그런 시누이에게 나는 "그래 무지 감사하게 생각하고 있어."라고 하면서 애써 웃고 말지요. 그런데 아무리 좋은 말도 한두 번이지 언젠가부터는 그 말이 슬슬 거슬리기 시작하더니, 급기야 더는 견딜 수가 없더라고요. 휴-. 잠깐 물 한 잔만 마시고 할게요."

한솔이 금세 일어나 정수기에서 물 한 잔을 받아다가 애리에게 건넸다.

"고마워요, 한솔 씨."

애리는 목이 말랐던지 물 한 잔을 다 마시고는 빈 컵만 탁자에 내려놓았다. 옆에 앉은 숙희는 그런 애리의 등을 가볍게 토닥여 주었다. 같은 주부로서 충분히 공감할 수 있는 이야기였다. 애리는 숙희에게 고맙다는 뜻으로 싱긋 웃었다.

"시누이 얼굴만 봐도 화가 나고 밉더군요. 그래서 시누이를 피해 버렸죠. 시누이가 집에 온다고 하면 나는 약속이 있다고 나가 버리고, 가족 모임이 있어도 일 핑계 대고 안 갔어요. 전화도 받지 않았죠. 지금까지 내가 시누이한테 어떻게 했는데 나한테 그럴 수가 있나, 이런 생각도 들고……. 그런데 시누이가 남편과 시어머니한테 내가 그럴 수가 있냐고 안 좋은 소리를 하더군요. 그러자 속 모르는 남편하고 시어머니는 시누이랑 오가며 사이좋게 지내야지, 왜 시누이를 피하냐는 식으로 나한테 잘못했다고 하더군요. 그래서 남편한테 그간 있었던 이야기를 했어요. 그랬더니 남편이 나보고 뭘 그런 걸 가지고 속 좁게 그러냐고 하는 거예요. 너무 기가 막혀서 남의 편이라서 남편이라더니 꼭 그렇더라니까요. 결국 시누이와 있었던 일 때문에 우리 부부 사이도 안 좋아졌고, 시어머니와도 멀어진 거죠. 그래도 나를 이해해 주는 아이들이 있어서 견디는 중이에요."

"그동안 힘들었겠어요."

옆자리에 앉아 있던 숙희가 말했다. 그러자 건너편에 앉아 있던 한솔과 동희가 애리에게 힘내라는 뜻에서 손뼉을 쳤다.

"사실 남편이 속 좁은 여자라고 취급하지만 않았어도 남편과의 사이가 지금처럼 안 좋아지지는 않았을 거예요. 나는 그저 남편이 '당신 마음 잘 알고 있어.' 같은 말 한마디 해 주기를 바랐는데, 남편은 그게 아니더라고요. 장애인활동지원사로 일하면서 배우는 것도 많고 느끼는 것도 많아서 모든 일에 감사하며 살아야겠다는 생각을 자주 해요. 그러다가도 집에 와서 남편을 본다거나 시어머니 전화를 받거나 하면 다시 화가 나요. 두 번 다시 나만 배려하고 참으면서 살고 싶지 않다는 생각이 들면서요. 내가 그런 생각을 하는 게 너무 이기적인가요?"

"아니요."

숙희와 한솔이 동시에 대답했다.

"상담사 선생님이 저보고 남편에게 하고 싶은 말을 편지로 써 보라고 하셨어요. 쓰는 동안 감정 조절이 안 돼서 좀 힘들었지만 어떻게든 편지를 쓰긴 썼어요. 쓰고 보니 빼곡하게 쓴 편지지가 열 장이 넘더군요. 그 편지를 오늘 아침에 남편에게 주고 나왔어요."

"잘하셨어요. 남편분의 반응이 중요한 게 아니라 애리 님 속마음이 지금 이렇다는 걸 표현하는 게 더 중요해요. 표현하지 않으면 사람들은 모르거든요. 말 안 해도 내 마음을 다 알 거야, 하고 생각하지만, 상대방은 말하지 않으면 결코 모를 때가 많아요. 물론 상대방도 그런 경험이 없어서 서툰 걸 테지만요. 그러니까 자주 자신을 표현해야 해요. '나는 이렇게 생각해.' '그때 내 마음이 이랬어.' 이런 식으로 표현하는 게 좋아요. 내 마음이 어떻다는 걸 자주 표현하면 상대방도 내 마음을 배려하기 시작할 거예요. 애리 님은 속에 있던 말을 편지로 쓰고 나니 기분이 어떠셨어요?"

상엽이 애리를 보며 말했다.

"그동안 하지 못한 말이 이렇게도 많았나, 싶더군요. 무엇보다도 쓰고 나니 묵은 체증이 내려가는 기분이 들어서 홀가분했어요."

"바로 그거예요. 앞으로도 그때그때 표현하세요. 마음이 훨씬 가벼워질 거예요. 먼저 말씀하신다고 애쓰셨어요."

상엽이 박수를 치자 나머지 세 사람도 애리를 보면서 응원과 지지의 박수를 보냈다. 애리도 두 손을 모은 채로 한명 한명 눈을 마주치며 고마움을 전했다.

다음은 동희가 자신처럼 활동적인 사람이 가면 우울증이 있다는 걸 믿기 힘들다는 말로 시작해서 자신의 마음 상태를 들여다보는 연습을 하고 있고 얼마 전에 상엽과 한솔의 제안으로 식집사에 입문했다는 말로 마무리했다. 동희에 이어 숙희도 남편이 죽은 이후로 자신이 불안 장애를 앓고 있고 명상이나 복식 호흡, 긍정적인 생각을 통해 평온을 찾고 있다는 자신만의 이야기를 털어놓았다. 다음은 이한솔 차례였다. 한솔은 자신이 사람들 앞에서 발표할 때면 심하게 긴장하곤 하는데 지금도 약간 그런 느낌이 있다면서도 절대 포기하지 않겠다는 다짐으로 말을 마무리 지었다.

모두의 발표가 끝나고 상엽의 리드에 따라 10분 정도 명상하는 시간을 가졌다. 명상하는 동안 호흡에 집중하며 생각을 비우는 연습을 해서인지 명상을 마친 모두의 표정이 처음보다 훨씬 밝아 보였다. 이윽고 멤버들 모두 훨씬 편안한 기분으로 테이블에 차려진 음식을 먹으며 오늘 모임에 참여한 소감을 공유했다. 벌써 다음 모임이 기대된다는 것이 오늘 참여한 네 사람의 반응이었다. 비록 많은 사람은 아니지만 모임을 마치고 웃으면서 일상적인 이야기를 나누고 있는 멤버들을 보면서 상엽은 상당히 고무되었다.

상엽이 모임을 마치고 1층 소담에 내려와 앉아 있을 때 핸드폰 진동이 울렸다. 오늘 모임에 오기로 하고 아무런 연락도 없이 나타나지 않은 김희준이었다. 상엽은 혹시 희준이 지난밤 불면증이 도진 것은 아닌가, 하고 생각했다.

서른네 살인 영어 학원 강사 희준은 불면증으로 고생하고 있었다. 상담 중 희준의 불면증이 결혼까지 생각했던 여자친구와 헤어지게 되면서 생겼다는 것을 알게 되었다. 물론 희준이 여자친구와 헤어진 것이 불면증의 유일한 원인이라고 볼 수는 없었다. 희준은 부부 싸움이 잦은 부모 밑에서 자랐다. 결국 희준의 부모는 이혼했다. 희준은 그런 부모를 보고 자라면서 속에 안타까움과 슬픔이 응어리졌다. 그러면서 자신은 부모와 다르게 행복한 가정을 꾸리겠다고 매번 마음먹으며 살아왔다. 마침내 3년 넘게 사귀어 온 여자친구와 결혼 이야기가 오갔다. 그런데 시간이 갈수록 왠지 모를 불안이 희준에게 찾아왔다. 자기 부모도 처음에는 좋아서 결혼했을 터였지만 결국 이혼하고 말았다는 생각이 든 것이었다. 그러다 보니 예민해졌고 여자친구와 다투는 일이 많아졌다. 여자친구는 결혼을 앞두고 점점 더 예민해지는 희준을 이해할 수 없었다. 여자친구는 희준이 자기와의 결혼을 원치 않아서 그럴 수도 있다는 생각까지 하게 되었다. 결국 여자친구는 이대로 결혼할 수 없으니 생각할 시간을 갖자고 했고, 그런 여자친구를 희준은 붙잡지 못했다. 희준은 그 상태로 결혼해서 잘 살 자신이 없었던 것이다. 그게 반년 전 일이었다. 지금 두 사람은 회복될 가능성이 희박한 상태로 별다른 연락 없이 지내고 있었다. 희준은 여자친구를 사랑하면서도 자기만의 불안의 감옥에 갇혀 주저하고 있었다. 수면제를 처방받아 도움을 받아왔지만 자기만의 감옥에서 걸어 나오려고 의지를 불태우는 중이라 수면제도 복용하지 않고 있었다. 상담하면서 희준 자신도 자신이 실체도 없는 막연한 불안 때문에 행복이 눈앞에 있는데도 붙잡지 못하고 있다는 걸 깊이 인식한 터였다.

"여보세요? 희준 씨?"

"네, 선생님. 아무 연락도 없이 모임에 참석 못 해서 너무 죄송해요."

"그것보다 희준 씨, 별일 있는 건 아니죠?"

"사실 지난밤에 불면증 때문에 고생하다가 아침에야 겨우 잠들었거든요. 잠깐 눈만 붙이고 일어나서 모임에 갈 생각이었는데, 나도 모르게 그만 깊이 잠들어 버렸나 봅니다."

"안 그래도 희준 씨가 그랬을 수도 있었겠다는 생각이 들었어요. 그래 기분은 괜찮으신가요?"

"네, 자고 일어났더니 조금 편해진 것 같아요."

"그렇다면 다행이에요. 그럼, 주말 잘 지내고 다음 주 상담할 때 봐요."

"네, 그럼 다음 주에 뵙겠습니다. 선생님도 주말 잘 보내세요."

상엽이 전화를 끊자, 옆에서 듣고 있던 소정이 말했다.

"그러고 보면 애쓰면서 사는 사람들이 참 많아, 오빠."

"그렇지?"

"왜 사람들은 행복하게 살지 못하는 걸까? 욕심이 많아서?"

"욕심도 원인이 되기도 하지만 자라 온 환경이 무의식적으로 영향을 미치기도 해."

"너무 안타깝다. 길지도 않은 인생, 너무 길게 아파하지 않으면 좋겠어."

"내 말이. 매일 웃고 살아도 모자랄 판에 왜 이렇게 마음이 아픈 사람들이 많은지 모르겠다."

"오빠가 잘 도와줘."

"그래야지."

상엽이 일어나려고 가방을 챙겼다.

"가려고?"

"어, 어머니가 저녁 식사 같이하자고 하셔서. 너희 식구도 시간 되면 오든지."

"아니, 지혜 아빠랑 지혜는 숲 체험 갔다 오면 피곤할 거야. 난 다음에 따로 이모랑 이모부 뵈러 갈게."

"그래, 그럼. 주말 잘 보내고 수고해라."

"그래, 오빠도 주말 잘 보내."

상담소를 나와 버스 정류장으로 걸어가던 한솔은 조금 전 모임에서 다른 사람 앞에서 자신의 사연을 소개했던 순간이 여간 뿌듯한 게 아니었다. 비록 많은 사람은 아니더라도 그녀가 자기 신뢰와 자신감을 회복하기에는 충분했다. 모임에서 다른 사람들의 사연을 들으면서도 동행하는 사람들이 있어 이 길이 외롭지만은 않겠다는 생각이 들었다. 앞으로 상담소를 찾는 사람들에게 더욱 따뜻한 마음으로 대해야겠다고도 생각했다. 오늘 모임으로 자신이 쓰고 있는 자전적 소설의 방향이 명확해진 것 같았다. 가능하다면 자기 소설을 통해 사람들에게 혼자가 아니라는 걸 알게 하고 싶다는 바람이 생겼다.

버스 정류장에 도착한 한솔은 도로 건너편에 있는 화원 앞에서 말없이 시선을 끌어당기는 화사한 봄꽃 화분들이 눈에 들어왔다. 한솔은 꽃들을 보자 문득 이모가 생각났다. 이모는 무소의 뿔처럼 혼자서 씩씩하게 주말을 보내고 있을 터였다. 그런 이모에게 노란 봄꽃이 핀 화분 하나를 선물하면 좋겠다는 생각이 들었다. 한솔은 신호등을 기다렸다가 도로를 건너 화원 앞에 놓인 꽃 화분들을 바라보고 앉았다. 앉자마자 진동하는 꽃향기에 코끝이 간질였다.

"음, 향기 좋다."

한솔은 코끝으로 전해지는 노란 후레지아 향기가 온몸에 스며드는 기분이 들었다.

"그렇죠?"

순간적으로 움찔한 한솔은 말소리가 들리는 쪽으로 고개를 돌렸다. 그곳에는 다름 아닌 최동희가 서 있었다. 화원에서 나온 동희의 손에는 애플민트가 심어진 화분이 들려있었다.

"어, 여기서 또 보네요."

한솔이 일어나며 동희를 반갑게 바라봤다. 그리고 한솔은 동희가 손에 든 화분을 보고 말을 이었다.

"어머 애플민트네. 나도 이 향 너무 좋던데."

"허브를 한 번 길러 보려고 뭐가 좋을지 찾다가, 애플민트 향이 너무 좋더라고요. 한참 킁킁거리다가 결국 집으로 납치해 가는 거예요."

동희가 약간 신이 난 표정으로 말했다.

"말씀을 참 재미있게 하시네요. 그러면 제가 애플민트 납치 사건의 목격자인 셈이네요."

두 사람 다 동시에 웃음을 터뜨렸다.

"한솔 씨는 후레지아 납치하실 거예요?"

"아, 네. 이모 선물로 좋을 것 같아서요."

"한솔 씨 이모님도 후레지아처럼 아름다우실 것 같네요."

"풋!"

한솔은 동희의 말을 듣고 웃음을 터뜨렸다.

"이모가 좀 아름답긴 한데 정작 본인은 잘 모르더라고요. 이모한테 동희 씨가 그러더라고 하면 이모 마음이 조금 설레려나 모르겠네요."

"아, 그러면 제가 이모님의 마음을 설레게 할 수도 있는 거네요."

"물론이죠. 혹시 이모가 당장 그 총각 보러 가자고 해도 난 몰라요. 하하하."

"그러면 저도 스탠바이하고 있겠습니다. 하하하."

"좋아요. 근데 마음 단단히 먹어야 할걸요?"

"네? 하하하."

동희와 한솔은 그렇게 한동안 화원 앞에서 가벼운 농담을 주고받았다.

한참 뒤 두 사람은 건너편 버스 정류장에 나란히 섰다. 한솔의 손에는 이모에게 선물할 노란 후레지아 화분이 들려져 있었다.

갑자기 동희가 키득거리며 웃었다.

"왜요?"

한솔이 혼자 웃는 동희를 바라봤다.

"한솔 씨 보니까 갑자기 영화 '레옹'이 생각나서요. 좀 오래된 영환데 혹시 아세요?"

"아, 저도 그 영화 OTT로 본 적 있어요."

"저도 OTT로 봤어요."

"그럼, 제가 킬러 '레옹'이면 동희 씨가 마틸다?"

"하하하-."

두 사람은 동시에 웃어 버렸다.

"그렇게 되나요? 좋아요, 그러면 제가 마틸다 하죠, 뭐."

"마틸다, 저기 버스 와요. 하하하-."

동희와 한솔은 각자 화분 하나씩 손에 들고 얼굴에 웃음을 잔뜩 머금은 채 같은 버스에 올랐다.

상엽은 부모가 사는 아파트에서 오후를 보내고 저녁 식사까지 한 후 집에 돌아왔다. 상엽의 부모가 사는 아파트는 상엽이 사는 빌라에서 걸어서 5분 거리에 있었다. 상엽이 다시 서남시로 돌아오려고 할 때 상엽의 부모는 상엽이 자신들이 사는 아파트로 들어와 살기를 바랐다. 하지만 상엽은 부모가 자기 때문에 노년의 여유를 제대로 즐기지 못할 것이 뻔했기에 부모의 아파트 근처에 있는 빌라를 구해 이사했다. 60대 중반인 상엽의 부모가 떡집을 그만둔 것은 아버지의 허리와 양쪽 팔목이 좋지 않았기 때문이었다. 떡을 만들다 보면 무거운 걸 들어 올릴 일이 많았다. 그런 일을 30년 넘게 해 왔으니, 몸에 무리가 가는 것도 당연했다. 떡집을 그만둔 상엽의 부모는 그동안 돌보지 못했던 몸을 돌보기 시작했다. 물리 치료를 규칙적으로 받았고, 물리치료사의 권유로 수영도 시작했다. 아파트도 평수를 줄여 방 두 칸짜리 소형 아파트로 옮겼다. 관리하는 문제도 있었지만 100세 시대를 대비해서 가계 지출를 줄이기 위한 목적도 있었다. 그리고 상엽의 부모는 요양보호사 교육을 받고 시험을 쳐서 자격증을 취득했다. 상엽이 요양보호사 자격증을 왜 따려 하는지 부모에게 묻자, 나중을 대비해서 부부간에 서로 돌봐주기 위해서라고 했다.

"제가 있잖아요. 그리고 두 분은 그럴 일 없을 테니 아무 걱정하지 마세요."

상엽이 요양보호사 시험을 앞두고 예상 문제를 열심히 풀고 있는 부모에게 말했다.

"당장 내일 무슨 일이 일어날지도 모르면서 몇 년 후를 어떻게 알겠니? 늙는 것도, 아픈 것도, 죽는 것도 다 삶의 일부로 받아들이는 수밖에 없지. 그래서 미리 준비하려는 거야. 우리 둘 다 아프면 어쩔 수 없겠지만, 그렇지 않다면 마지막까지 다른 사람 손에 우리 몸을 맡기고 싶지는 않구나."

상엽의 어머니는 풀고 있는 문제집 너머로 상엽을 바라보며 말했다. 상엽은 어머니 말을 듣고 말없이 고개를 주억거렸다. 부모가 더 나이가 들어 거동이 불편하게 된다면 어떻게 해야 할지 생각해 본 적이 없었다. 자신도 대부분의 다른 사람들처럼 부모를 요양병원이나 요양원에 보내지 않겠냐는 생각이 들었다. 부모는 자식을 기르는 일을 당연하게 생각하지만, 자식은 늙고 거동이 불편한 부모를 돌보는 일을 마치 효자나 할 수 있는 일이라고 생각하기 일쑤였다. 그래서 내리사랑이란 말이 있을 터였다. 그런 생각을 하니 상엽은 부모에게 몹시 죄송스러웠다.

상엽의 부모는 요양보호사 자격증을 딴 후로 하루에 세 시간씩 집에서 가까운 곳에 사는 노인들을 돌보기 시작했다. 얼마간의 보수를 받았지만, 그것보다 이웃에게 도움을 주고 자신들에게도 다가올 노년을 대비하고 있다는 점에서 보람이 컸다. 사실 상엽의 부모는 돈을 벌지 않고도 아껴 쓴다면 어느 정도 노년을 즐길 수 있는 형편이었다. 그런데도 생활비를 줄이기 위해 집도 작은 평수로 옮기고 요양보호사로 활동하는 자기 부모가 상엽은 무척 자랑스러웠다.

"나이 많은 어르신을 돌보시면서 힘들지는 않으세요?"

한번은 상엽이 요양보호 일을 마치고 집에 돌아온 아버지에게 물었다.

"아니, 다시 젊어지는 기분이 들어 좋기만 하다. 내가 돌보는 어르신은 여든이 넘은 할아버지신데 그분은 나를 한참 어리게 보신단다. 어르신이 거동하기가 불편해서 내가 힘써야 하는 일이 있긴 하지만, 희한하게도 그 어르신 앞에서는 힘이 절로 나더구나. 어르신에게서 예전에 겪었던 일을 듣는 것도, 내가 어르신에게 신문을 읽어드리는 것도 재미있단다. 집에 돌아올 때면 힘든 것도 모르겠고 모든 게 고맙다는 생각밖에 안 들더구나."

"그래도 아버지 팔목이랑 허리가 안 좋으시니까 조심하셔야 해요."

"하루에 세 시간이니까 괜찮다. 그리고 힘으로 하는 게 아니라 요령으로 하는 일이라 허리나 팔목에 무리가 가지도 않고."

상엽의 부모는 이따금 집에서 떡을 만들어 자신들이 돌보는 어르신들에게 가져다주곤 했다. 그런 부모가 상엽은 한없이 대단해 보였다.

집에 돌아온 상엽은 친구 진섭이 카톡으로 보낸 사진 여러 장을 들여다봤다. 오늘 오후 상엽이 부모와 시간을 보내고 있을 때 몇몇 친구들이 번개로 모여 술 한잔하자는 연락을 받았다. 상엽이 자주 연락하는 여덟 명의 친구 중에 유부남이 다섯이고, 싱글이 셋이었다. 상엽은 모임에 나가면 주로 결혼한 친구들과 이야기를 나눴다. 같은 유부남으로서 서로 공감하는 부분이 있었기 때문이었다. 하지만 상엽이 이혼한 후로는 유부남들과의 공감대가 사라져 버렸다. 상엽은 그들이 하는 이야기를 듣다 보면 자신의 결혼 생활을 문득문득 떠올려야 했다. 그것이 가끔 상엽을 불편하게 만들었다. 그렇다 보니 모임에 가더라도 싱글들과 이야기하는 것이 더 자연스러워졌다. 싱글들이 하는 이야기란 주로 여가 생활에 관한 것으로 운동, 여행, 반려견이나 반려묘, 식물 기르기 같은 것들이었다. 상엽이 보기에 싱글 두 사람은 확고한 독신주의라 혼자 사는 데 의미를 부여해가며 하고 싶은 일을 다 하면서 사는 부류였고, 자신을 포함한 두 사람은 돌아온 싱글이라 당장에 독신생활을 홀가분한 마음으로 즐기고 있는 부류였다. 오늘 번개를 하자고 처음 제안한 친구는 독신주의자 진섭이었다. 만약 상엽이 부모 집이 아닌 다른 데 있었다면 약속 장소인 서울로 곧장 갔을 터였다. 하지만 상엽은 아무리 바빠도 일주일에 한 번은 부모와 식사하는 시간을 갖겠다고 생각하고 있던 터라 아쉽지만 번개 모임에 못 나간다고 연락했었다.

　상엽은 친구 중에서 진섭이 가장 먼저 결혼할 거로 생각했었다. 진섭에게는 고등학교 때부터 사귀던 S가 있었고 대학에 다니면서도 두 사람은 한 세트로 늘 붙어 다녔기 때문이었다. 그런데 특별할 것 없이도 가벼운 일상이 그저 좋았던 이십 대를 거의 다 보내고 무거운 십자가처럼 느껴지는 삼십 대를 며칠 남겨둔 어느 날 진섭은 S와 헤어졌다. 그런 진섭을 위로할 생각으로 상엽은 진섭을 불러내 술을 마셨다. 진섭은 상엽이 묻는 두 사람의 이별 사유에 대해 헛웃음으로 대답을 대신했다. 술자리가 끝나갈 무렵 진섭이 상엽에게 한 말은 전혀 생각하지 못했던 말이었다. 그것은 진섭의 독신주의자 선언이었다. 시간이 흘러 상엽은 진섭과의 술자리에서 오래 사귀어

온 S와 헤어진 것도 진섭이 독신으로 살기로 한 결심 때문이었다는 것을 알았다. 그리고 진섭은 상담사인 상엽에게 다른 사람들에게 말하지 않았던 속마음을 털어놓았다. 대학교에 입학하던 해 밸런타인데이 때 진섭이 목격한 장면들이 아직도 꿈에 나오고 있고, 그럴 때면 진섭은 경련하듯 잠에서 깨어 어두운 방에 멍하니 앉아 날이 밝아 오기만을 기다려야 한다고 했다. 진섭은 10년 동안 아무렇지도 않은 척 가면을 쓰고 살아온 것이었다. 상엽은 친한 친구라고 자처하던 자신이 진섭이 그런 세월을 보내고 있었다는 것도 몰랐다는 게 무척 미안했다.

"내가 도울 일이 있으면 언제든지 말해, 진섭아."

"난 말이지 언제든지 연락할 상엽이 너 같은 친구가 있다는 것만으로 든든하다."

진섭이 상엽의 어깨를 툭 치며 말했다.

대학 졸업 후 진섭은 서울의 한 시민단체에서 일하고 있었다. 진섭은 그 일을 천직이라고 생각하는 것 같았다. 진섭은 과거에 자신이 목격한 것같이 끔찍한 일이 두 번 다시 일어나지 않도록 하려면 시민의 역할이 크다고 생각했다. 그래서 자기가 하는 일에 적극적이었다. 진섭은 반려묘 한 마리와 반려견 한 마리를 기르는 집사로서 대단한 자긍심을 갖고 서울에서 혼자서도 잘 살아가고 있었다.

진섭이 보낸 사진에는 같은 독신주의자인 친구 한 명과 결혼한 친구 두 사람도 끼어 있었다. 그 사진 아래에는 '주말에 가정을 지켜야 할 유부남들이 내 연락을 핑계로 마음껏 자유를 만끽하는 중'이라는 메시지가 있었다. 그리고 '얘네들이 다음 주에는 상엽이 네 핑계를 댈 수 있게 좀 해 달란다.'라는 메시지가 이어졌다. 상엽은 사진과 문자를 보면서 친구들이 소소한 행복을 찾아가며 잘 살아가고 있다는 생각에 흐뭇한 기분이 들었다. 상엽은 핸드폰을 내려놓으며 친구들의 장난기 있는 표정들이 떠올라 풋! 하고 웃었다.

상엽은 다음 날인 일요일에는 서울에 다녀올 생각이었다. 같은 상담센터에서 근무했던 학교 후배의 결혼식 때문이었다. 그 결혼식에는 이혼한 아내 주희도 오지 싶었다. 상엽은 주희를 결혼식장에서 만나게 되더라도 반갑게 인사를 건넬 생각이었다.

"어, 왔어? 잘 지내지?"

상엽은 거울 앞에 서서 혼잣말했다. 내일 주희를 만났을 때 자신이 먼저 밝은 표정으로 다가가 인사를 건네는 장면을 미리 연습하고 있었다. 그러다가 그게 뭐 연습까지 할 일인가, 하는 생각이 들어 고개를 절레절레 흔들며 냉장고로 걸어갔다. 냉장고에서 캔맥주 하나를 꺼내 몇 번에 걸쳐 나눠 마신 후 잠자리에 들었다.

"윙-."

자정이 넘어서 상엽의 핸드폰이 요란하게 진동했다. 자고 있던 상엽은 무의식적으로 침대 옆 협탁 위로 손을 뻗었다. 핸드폰 불빛에 눈이 부셔 실눈으로 핸드폰 화면에 뜬 발신자를 확인했다.

"어? 김희준?"

상엽은 이름을 확인하고 곧장 일어나 앉았다. 희준의 이름을 확인한 순간 왠지 좋지 않은 예감이 스쳤기 때문이었다. 상엽은 목소리를 가다듬고 핸드폰 통화 버튼을 눌렀다.

"여보세요?"

아무런 대답도 없이 조용했다. 상엽은 다시 "여보세요? 희준 씨?"라고 말했다.

"죄송해요, 선생님."

희준의 힘 없는 목소리가 들렸다.

"아니에요. 근데 희준 씨, 괜찮아요?"

상엽이 묻는 말에 희준은 대답이 없었다. 상엽이 들을 수 있는 건 희준의 무거운 한숨 소리뿐이었다.

"희준 씨? 괜찮아요?"

상엽의 몸에 서서히 긴장감이 돌았다. 하지만 상엽은 침착함을 유지하려고 애썼다.

"선생님, 제가 지금 기분이 너무 이상한데 전화할 사람이 선생님밖에 생각이 안 났어요. 저한테 좀 와 주실 수 있으세요?"

희준이 잔뜩 가라앉은 목소리로 말했다.

"그래요. 지금 갈게요. 거기가 어디예요?"

희준이 있는 곳은 시내의 한 건물 옥상이었다. 그 건물에는 층마다 다양한 종류의 술집과 노래방 같은 유흥 시설이 들어서 있었다.

"희준 씨, 내가 갈 때까지 전화 끊지 말고 핸드폰을 귀에 대고 있어요."

상엽은 서둘러 일어나 운동복으로 갈아입고 핸드폰으로 계속해서 희준에게 말을 걸면서 집을 나섰다. 상엽의 빌라에서 그곳까지는 택시로 10분 거리였다.

상엽은 택시에서 내려 희준이 있는 건물 옥상으로 올라갔다. 옥상 출입문을 열자, 한쪽 구석에 희준이 핸드폰을 귀에 대고 맥없이 쪼그리고 앉아 있었다. 상엽은 침착하게 희준에게 다가갔다. 희준은 상엽을 보고 핸드폰을 귀에서 내렸다.

"이제 괜찮아요. 걱정할 것 전혀 없어요."

상엽은 잔뜩 경직된 희준의 손을 꼭 잡았다.

"죄송해요, 선생님. 친구들이랑 아래층에서 술 한 잔 마시고 헤어졌는데 나도 모르게 내 발걸음이 옥상으로 향했어요. 옥상 문이 잠겨져 있는 줄 알았는데 잠금장치가 안 되어 있더군요. 막상 옥상에 올라와 보니까 갑자기 뛰어내리고 싶은 충동이 생겼어요. 한참 동안 난간에 서서 저 아래 길거리를 바라보는데 덜컥 겁이 났어요. 누가 옆에 있었으면 좋겠는데 마땅히 불러낼 사람도 없더라고요. 그때 선생님이 생각났어요."

"나한테 전화하길 잘했어요. 희준 씨가 힘들 때 언제든지 전화해도 돼요."

"감사합니다, 선생님."

그제야 상엽은 다리가 풀려 희준을 마주 보고 바닥에 털썩 주저앉았다.

"그런데 요즘에 불면증이 심해진 거예요?"

"네, 그런지 일주일 가까이 됐어요."

"그럼, 병원에서 처방받은 수면제를 복용하지, 그랬어요."

"한번 복용하면 계속 복용하게 될 것 같아서 안 먹고 버텼어요. 그러다가 아침에 두 시간 가까이 잠을 잤거든요."

"그 정도 수면으로는 생활에 지장이 있었을 것 같은데 괜찮았어요?"

"학원에서 강의할 때 갑자기 피로가 몰려와 정신이 몽롱해지기도 했는데 막상 집에 와서 침대에 누우면 잠이 달아나 버렸어요. 그러면 몸은 지치고 피곤하니까 눈은 감고 있는데 정신은 말똥말똥한 상태로 또 아침까지 있는 거예요. 그러다 아침에 설핏 잠들어서 한두 시간 자는 거죠. 그래도 오후에 출근하는 직업이라 그럭저럭 버틸 수 있었어요."

"정신과 의사 선생님도 설명했겠지만 내가 보기에 희준 씨는 수면제를 복용해서 잃는 것보다 얻는 게 훨씬 더 많아요. 잠이 우리 정신건강에 엄청나게 영향을 미치거든요. 잠을 제대로 못 자면 그만큼 삶의 질이 떨어질 수밖에 없어요."

"안 그래도 후회하고 있어요. 수면제 의존성이 무서워서 약을 안 먹었다가 끔찍한 짓을 저지를 뻔했으니까요."

"맞아요. 오늘 집에 가면 아무 생각하지 말고 수면제 먹고 편안하게 자요. 그러면 다음 날 몸도 기분도 개운한 상태에서 일어날 수 있을 거예요."

"그래야겠어요."

잠시 후 희준이 고개를 들고 밤하늘을 올려다봤다.

"하늘이 참 맑네요."

"그러네요. 그러고 보니 밤하늘을 올려다보는 것도 참 오랜만이네요. 내가 언제 밤하늘을 올려다봤는지도 기억이 가물가물할 정도예요."

"저도 마찬가지예요. 저는 보통 학원 강의 마치고 나오면 밤인데도 하늘 한번 올려다볼 생각을 못 했네요."

"그러고 보면 우린 참 중요한 것들을 많이 놓치고 사는 것 같아요. 밤하늘에 뜬 별을 올려다볼 여유도 없고, 길거리에 피어있는 꽃을 들여다볼 여유도 없이 살아가잖아요. 우린 무얼 위해 하늘 한번 쳐다볼 여유도 없이 사는 걸까요. 그렇게 사는 게 잘 사는 건 아닌 것 같은데 우린 왜 그렇게 살아가는지 모르겠어요. 결국 나중에 그렇게 살아온 걸 후회할 게 뻔한데도 말이에요. 아―, 희준 씨 덕분에 오랜만에 별도 보고, 좋네요. 서울에서는 1년에 한두 차례 별이 보이려나? 그래도 여긴 별이라도 볼 수 있어서 마음이 조금은 더 여유로워지는 것 같아요."

"그렇네요. 여긴 서울하고 가까운데도 공기부터 확연히 다르니까요."

상엽과 희준은 한참 동안 밤하늘에 떠 있는 총총한 별들을 감상하다 옥상에서 내려왔다. 그리고 건물 바로 앞 도로변에서 택시를 기다렸다.

"혹시 희준 씨가 정신과에 다니고 심리 상담도 받고 있다는 거 누구 아는 사람 있어요?"

상엽이 희준을 보며 물었다.

"아니요. 부모님이 이혼하는 바람에 난 할머니와 함께 살았어요. 그때부터 뭐든지 나 혼자 하는 버릇이 생겼어요. 대학교 다닐 때 학비도 내가 벌어서 썼고 부모님에게선 아무런 경제적 지원도 받지 않았어요. 그건 부모님 의사와 상관없이 내가 그러고 싶었어요. 부모님 사이가 안 좋아서 나는 언제나 부모님 사이에 끼어야 했거든요. 어머니는 나에게 아버지를 험담

하면서 자기편을 들어야 한다고 하고, 아버지도 마찬가지였어요. 저는 제 감정을 꼭꼭 숨기고 묵묵히 부모의 하소연과 비방을 듣고 있어야만 했죠. 그렇다고 내가 누구의 편을 들 수도 없었어요. 그래서 나는 그런 부모로부터 철저히 독립하고 싶었어요. 그때부터 부모님과는 가끔 안부 전화하는 게 다였어요. 그러다 할머니께서 돌아가신 후로는 부모님과 더 멀어지게 된 거죠. 친구들도 있는데 한 번도 속마음을 털어놓은 적은 없어요. 약해 보이기 싫었거든요."

희준은 말하다가 깊은 한숨을 내쉰 다음 다시 말을 이었다.

"난 두려웠던 것 같아요. 한 번 약한 모습을 보이면 더 이상 못 버티고 무너질 것 같다는 두려움 같은 거요. 지금까지 혼자서 꿋꿋하게 잘 살아왔는데 무너지긴 싫었거든요."

"희준 씨 마음이 어떤지 이해할 수 있을 것 같아요. 그러고 보면 희준 씨는 참 대단해요. 누구의 도움 없이 혼자서 이만큼 해냈으니까요."

"그게 대단한 건가요?"

"물론이죠. 그만큼 희준 씨가 강인한 사람이란 뜻 아니겠어요? 아무나 그러지 못해요. 보통 희준 씨 같은 상황에 놓이면 스스로 일어서야겠다는 생각보다 부모 탓, 세상 탓하면서 모든 일에 부정적이기 십상이거든요."

"저는 어렸을 때부터 독립하고 싶었어요. 부모님 사이가 그때부터 안 좋았거든요. 그래서 혼자 사는 게 더 편했어요."

"혼자 있는 게 편해서 그렇게 살다 보니 다른 사람이 희준 씨 사생활에 들어오는 게 불편했을 거예요. 희준 씨만의 사적인 공간을 타인에게 보여 주고 싶지 않다는 생각이 드는 건 자연스러운 거예요."

"안 그래도 저번에 상담할 때 선생님이 그렇게 말씀하셔서 내가 진짜 그랬다는 생각이 들었어요."

"이젠 희준 씨가 너무 혼자서 완벽해지려고 하기보다는 마음의 짐을 내려놓고 좀 더 유연하게 살았으면 좋겠어요. 내가 좀 느슨하게 살아도 남들은 그렇게 나한테 큰 관심이 없거든요. 남들도 자기 살기 바빠서 남들에게 신경 쓰고 싶어도 그렇지 못해요. 희준 씨, 난 가끔 슬리퍼 끌고 편의점에 다녀요. 남들이 나를 어떻게 생각할까, 하는 생각을 조금씩 비워내는 일종의 연습인 거죠. 근데 그게 별거 아닌 것 같아도 은근히 힐링되거든요. 가끔은 볕 좋은 날 공원 벤치에 선글라스를 끼고 앉아서 책 읽는 것도요. 그러고 있으면 '아, 내가 남들 시선에서 조금은 자유로워지고 있구나. 편하구나.' 뭐 이런 느낌이 들어요. 그러면서 조금씩 세상에 마음을 여는 거죠."

"그러고 보니 난 집 앞에 나갈 때도 슬리퍼 끌고 간 적이 한 번도 없었던 것 같네요."

"다른 사람 시선에 신경 쓰는 대신에 '내가 지금 행복한가?'

에만 신경 쓰는 거예요. 조금씩 연습하다 보면 조금씩 여유로워지고 편해질 거예요. 그러면 웃는 일이 많아질 테고, 그게 행복 아니겠어요?"

"처음부터 쉽지는 않겠지만 그래도 조금씩 연습해야겠어요. 무엇보다 내가 미래에도 지금처럼 불안하게 살고 싶지는 않거든요."

"잘 생각했어요. 하루에 조금씩만 마음을 열어 보세요. 제가 응원할게요. '우리는 자신이 생각하는 것보다 훨씬 강하다'는 말처럼 희준 씨 역시 그렇다는 것도 잊지 마시고요."

"네, 선생님."

상엽이 희준과 헤어져 빌라로 돌아왔을 때 새벽 3시가 막 지나 있었다. 한창 잠자다가 전화 받고 나간 터라 아직 밀린 잠이 숙제처럼 남아 있었다. 상엽은 곧장 침대에 드러누웠다. 그리고 상엽은 한동안 뒤척였지만 뭔가 뿌듯한 일을 해냈다는 생각에 마음이 편안해지더니 이내 스르르 잠에 빠졌다.

상엽은 다음 날 11시 서울 잠실에 있는 한 교회에서 진행되는 후배의 결혼식에 참석했다. 예식이 시작되기 전에 주회를 만난 상엽은 지난밤 연습한 대로 웃으며 주희에게 다가가 안부 인사를 건넸다. 그런 상엽을 마주한 주희는 반가워하는 기색이 역력했다.

"교회 결혼식은 처음이다. 그치?"

예식을 보면서 주희가 상엽에게 귓속말로 속삭였다.

"어, 나도 처음이야. 근데 민철이가 교회에 다녔던가?"

상엽도 귓속말로 주희에게 말했다. 민철은 신랑의 이름이었다.

"민철이는 교회에 안 다니고 신부가 이 교회에 다니나 봐."

"그렇지? 난 예전부터 민철이는 교회랑 거리가 좀 멀다고 생각했거든."

"왜 그렇게 생각했어?"

"그렇지 않고서야 술이랑 담배를 그렇게 많이 할 리가 없잖아."

"풋! 맞다 맞아."

주희는 상엽의 말에 웃음을 터뜨리면서 자기도 모르게 손으로 상엽의 어깨를 툭 쳤다. 상엽은 주희가 자기 어깨를 쳤을 때 기분이 아주 묘했다. 두 사람이 부부였을 때가 떠올랐기 때문이었다. 상엽은 약간 어색했지만, 표 내지 않고 신랑 신부를 바라봤다. 주희도 자신이 상엽의 어깨를 건드렸을 때 아차! 싶었다. 상엽과는 이미 끝난 사이라는 걸 잠시 잊고 있었는지

자문해 보았다. 주희는 말없이 신랑 신부를 보고 있는 상엽도 약간 당황스러웠겠다는 생각이 들자, 얼굴이 화끈거렸다. 주희는 아직도 상엽을 사랑하고 있었다. 정확히 말해서 상엽에 대한 사랑이 식은 적도 없었다. 자신이 상엽을 너무 사랑해서 상엽을 힘들게 했을 뿐이지, 상엽에 대한 사랑이 멈춘 적은 단 한 순간도 없었다. 두 사람이 처음 만난 날 상엽이 자기 손을 덥석 잡고 인파 속을 헤쳐 나가던 순간부터 지금까지도. 주희는 자신이 상엽을 너무 구속하지만 않았다면, 상엽과 부부로 이곳에 왔을 거란 생각이 들자, 자신이 한없이 싫었다. 그러면서도 상엽과의 결혼 생활을 망쳐버린 원인이 자신에게 있기에 앞으로 상엽을 만날 때마다 자신이 느끼게 될 죄책감을 마땅히 감수해야 한다고 생각했다.

결혼식이 끝나고 상엽과 주희는 지인들과 함께 피로연에 참석했다. 피로연에서도 두 사람은 나란히 앉았다. 상엽은 주희와 결혼식장에 이어 피로연에서도 나란히 앉게 되자, 처음에는 괜히 뒤통수가 따갑고 어색했다. 하지만 그 감정은 단지 이혼한 사람들이 후배 결혼식장에서 만나 나란히 앉아 있는 걸 보고 다른 사람들이 어떻게 생각할까, 하는 마음에서 비롯되었을 뿐이라고 생각하고 이내 어색함을 털어냈다.

"이야, 너희 둘은 학교 다닐 때도 맨날 붙어다니더니 결혼해서도 여전하구나."

선배 재하가 앞자리로 옮겨와 말을 걸었다. 그는 미국에서 박사학위를 따고 돌아와 지난해부터 지방에 있는 모 대학에서 강사로 일하고 있었다. 재하는 오랜만에 상엽과 주희를 결혼식장에서 보고 몹시 반가워했다. 결혼식이 시작하는 바람에 길게 이야기하지는 못했다.

"아, 선배! 식사 좀 더 하지 그래요? 저기 선배 좋아하는 연어회도 있던데 좀 갖다줄까요?"

상엽은 자신과 주희가 이혼했다는 소식을 재하가 모르고 있다는 걸 눈치채고 말을 돌렸다.

"안 그래도 연어회를 많이 먹었더니 앉아 있는 것도 힘들다."

재하는 장난기 어린 표정으로 불룩 나온 자기 배를 툭툭 쳤다.

"선배 재밌는 건 여전하네요."

주희가 재하를 보고 웃으며 말했다.

"여전한 걸로는 너희 둘만 하겠어? 난 요즘에 쌍둥이 육아 때문에 죽을 맛이다. 내가 배 나온 것도 다 육아가 힘들어서라니까."

"연어회 많이 먹었다고 하지 않았어요?"

상엽이 웃음을 참으며 말했다.

"설마 연어회 좀 먹었다고 배가 이렇게 많이 나오겠냐? 육아에 대해 모르는 걸 보니 너흰 아직 아이가 없구나. 너희도 애 낳아서 키워봐야 내 심정을 알지 지금은 백번 말해도 모를 거다. 암, 모르고말고."

재하의 말을 듣고 있던 상엽과 주희는 더 이상 웃지 못하고 난처한 표정을 지었다. 상엽은 순간적으로 재하에게 자기들은 이미 이혼한 사이라고 말해야 할지 고민했다. 주희도 당황스러웠던지 물잔을 다 비우고 다시 물잔에 물을 채웠다. 그때 재하의 동기가 재하를 밖으로 불러냈다.

잠시 후 돌아온 재하는 몸을 앞으로 기울이며 말했다.

"난 너희들이 워낙 다정해 보여서 이혼한 줄은 꿈에도 몰랐다. 미안."

"그럴 수도 있죠, 뭐. 헤헤."

상엽이 괜찮다는 듯이 일부러 웃었다.

"그렇지? 근데 너희 이렇게 다정한 걸 보면, 머지않아 재결합한다는 소식 듣는 거 아닌가."

재하가 의도치 않게 두 사람을 당황스럽게 한 것이 미안해 두 사람의 재결합을 바란다는 뜻으로 한 말이었다.

"그렇게 되면 제일 먼저 선배에게 알려야겠네요. 헤헤."

상엽은 화제를 다른 데로 돌렸으면 하는 마음에서 서둘러 응답했다.

그 순간 주희는 가슴이 쿵쿵 뛰었다. 어쩌면 상엽이 자신과의 재결합을 바라고 있는지도 모른다는 생각이 스쳤기 때문이었다. 그것에 대해 상엽에게 직접 물어볼 수는 없겠지만, 상엽이 재결합에 대해 편안하게 말하는 것만으로도 좋은 징조라고 생각했다. 조금 전에 자신을 당황스럽게 한 재하가 오히려 고마웠다.

피로연이 끝나고 밖으로 나온 두 사람은 지하철을 타기 위해 역까지 걸었다.

"상담소는 어때? 소정이 아가씨한테 상담소가 점차 안정을 찾아가고 있다는 말은 듣긴 했는데."

주희가 상엽에게 물었다.

"어, 손님은 몇 안 돼도 상담센터에서 일할 때와는 다르게 실적 생각 안 하고 상담할 수 있어서 좋아. 그동안 혼자서 하느라 바빴는데 얼마 전에는 직원도 뽑아서 조금은 여유로워졌어."

주희는 상엽의 말이 오늘따라 유난히 따뜻하게 느껴졌다.

"다행이네. 언제 화분 하나 보낼게. 진작 보내려고 했는데 당신이 달갑게 생각하지 않을 것 같아서 못 보냈거든."

"보내주면 나야 고맙지. 그러지 말고 언제 근처에 올 일 있으면 상담소에 한 번 들러. 1층에 소정이가 하는 떡 카페도 있으니까 온 김에 두 곳 다 둘러보면 되잖아."

언제 한번 들르라는 상엽의 말을 듣자, 주희의 얼굴에 화색이 번졌다.

"어, 그럴게."

그렇게 상엽과 주희는 지하철역에서 헤어졌다. 상엽은 주희를 만나 편하게 대화할 수 있어서 마음이 무척 가벼웠다. 자신을 몹시도 힘들게 한 사람이었지만 지난 일을 다시 꺼내고 싶지는 않았다. 단지 지금 서로가 처한 상황을 있는 그대로 받아들이며 사는 게 중요하다고 생각했다. 그렇게 생각하면 앞으로도 주희를 만나더라도 불편한 마음이 들지는 않을 것 같았다.

상엽이 서울에서 타고 온 광역버스가 왁자지껄 심리상담소가 있는 평화시장 정류장에 도착하자 상엽은 서둘러 내렸다. 잠시 소정의 떡 카페에 들릴 생각이었다. 소정은 보통 일요일에는 아르바이트생들에게 맡기고 카페에 나오지 않았지만, 오늘은 나와 있었다. 메뉴에 추가할 새로운 음료에 대한 아이디어 회의 때문이었다. 상엽도 새로운 음료에 대해 아이디어를 보태달라는 소정의 부탁을 받았다.

"어서 오세요."

상엽이 떡 카페 소담 문을 열고 들어가자, 아르바이트하는 여대생이 상엽을 보고 인사했다. 소정은 창가 테이블에 손님들과 앉아 있다가 상엽에게 손을 들어 인사했다. 상엽은 아르바이트생에게 아는 체하고 이어서 소정에게도 손을 흔들어 보였다. 상엽은 계산대 바로 건너편 자리에 앉았다. 그때 소정이 같이 앉아 있던 여성 한 명을 데리고 상엽에게 다가왔다. 그녀는 나가는 길인 것 같았다.

"오빠, 이분은 한솔 씨 이모님이셔. 오빠한테 인사하고 싶다고 하셔서."

소정이 한솔의 이모를 소개하자 상엽은 자리에서 일어났다.

"안녕하세요. 처음 뵙겠습니다. 저 한솔이 이모예요."

한솔의 이모가 환하게 웃으며 상엽에게 말했다. 그녀에게서 소탈하면서도 우아한 분위기가 느껴졌다.

"반갑습니다. 차상엽입니다."

상엽이 인사하자 한솔의 이모는 지갑에서 명함을 한 장 꺼내 상엽에게 건넸다. 명함을 받고 상엽도 안쪽 주머니에서 지갑을 꺼내 자신의 명함 한 장을 그녀에게 건넸다.

"한솔이가 상담소에서 일하고부터 많이 여유로워졌어요. 이게 다 선생님 덕분이에요."

"별말씀을요. 제가 한솔 씨 덕을 톡톡히 보고 있는걸요. 한솔 씨가 워낙 밝은 사람이라 상담소에 오는 손님들도 다 한솔 씨를 좋아한답니다."

"다행이에요. 안 그래도 지혜 어머니 소개로 한솔이가 선생

님에게 상담받으면서 안정을 많이 찾았거든요. 글 쓰는 방향
도 정했다고 하면서 좋아하더라고요. 앞으로도 한솔이 좀 잘
부탁드려요, 선생님."

"아. 부탁은 제가 드려야 할 것 같은데요. 하하하."

한솔의 이모가 떠나고 소정은 상엽과 아르바이트생이 지켜
보는 가운데 본격적으로 메뉴에 추가하려고 생각해 둔 음료
를 만들기 시작했다.

"이건 시원한 오미자주스야."

소정이 매혹적인 선홍빛 음료가 담긴 근사한 크리스털 유
리잔을 탁자에 내려놓았다.

"이야! 색깔이 정말 예쁘다."

"그렇지, 오빠? 오미자주스는 색이 예술이야."

"난 무조건 오미자주스에 한 표다."

상엽은 선홍 빛깔 주스에 흠뻑 빠져 크리스털 유리잔을 손
으로 돌려가며 바라보고 있었다.

"맛도 안 보고?"

"맛도 맛이지만 일단 색깔에서 합격이야."

상엽은 잔을 살짝 흔들면서 회전하는 선홍빛 오미자주스를
들여다보다가 마침내 맛을 봤다.

"근데 보기와는 다르게 시고 떫은 맛이 좀 강한데?"

오미자주스를 마시는 순간 상엽의 한쪽 눈이 경련하듯 떨렸다.

"오미자 맛이 원래 그래. 그런 독특한 맛을 내는 성분이 피로 해소에 좋대. 문제는 본래의 맛을 살릴 건지, 아니면 요즘 사람 입맛에 맞게 단맛을 추가할 건지야."

"몸에도 좋고 맛도 좋으면 금상첨환데. 세상일이 다 그렇다. 한 가지를 얻으려면 한 가지를 내어놓아야 한다는 거지."

"호호호, 오빠! 오미자 이야기하다가 갑자기 인생을 깨우친 거야? 깨우치는 건 나중에 집에 가서 하시고 일단 오미자주스 맛을 어떻게 할 건지나 생각하시죠?"

소정이 웃겨 죽겠다는 표정으로 상엽에게 말하자 상엽도 씩 웃으면서 어깨를 으쓱했다.

"오케이. 그럼 아메리카노에 시럽 추가하는 것처럼 손님 취향에 맡기면 어때?"

"그게 좋겠어, 오빠. 본래의 맛을 좋아하는 사람은 그대로 마시고 단맛을 좋아하는 사람은 시럽을 넣으면 되니까. 오빠 덕에 하나 해결했다."

"오미자주스에 수박이나 망고 같은 과일을 잘게 잘라서 넣으면 좀 더 고급스럽지 않을까?"

"그러면 좋긴 한데, 가격이 비싸져서 찾는 사람이 많지 않을 것 같아. 일단 그것도 생각은 해 볼게."

"오케이. 다음은 뭡니까, 사장님?"

상엽이 장난스러운 표정을 지으며 물었다.

"다음은 식혜하고 수정과야. 근데 너무 달지 않게 만들어 봤어."

메뉴에 추가할 음료를 정한 뒤 상엽이 카페를 나오려는데 소정이 오늘 결혼식은 어땠는지 물었다.

"결혼식이 다 거기서 거기지 뭐."

상엽이 대답하자 소정은 다시 물었다.

"아니, 주희 언니랑 어땠냔 말이야. 주희 언니 만났을 거잖 아."

"어, 다행히 자연스럽게 넘겼다. 가기 전에는 좀 어색할까 봐 신경이 많이 쓰였거든."

"사실 지난밤에 주희 언니가 전화했었어. 결혼식장에 가면 오빠 만날텐데 긴장된다고 하더라고. 신경 쓰인 건 오빠나 주 희 언니나 마찬가지였던 거지."

"나처럼 주희도 그랬겠지."

"아무튼 자연스럽게 대했다니 다행이야. 그만큼 두 사람 다 여유를 되찾았다는 거니까."

"그렇겠지. 주희가 여기 한번 오고 싶다고 하길래 언제 한 번 오라고 했어. 와서 상담소랑 떡 카페도 둘러보라고."

"오, 놀라운 발전이다. 아마 주희 언니는 그 말 듣고 설렜을 거야. 주희 언니가 아직도 오빠 좋아하고 있는 건 오빠도 잘 알잖아."

"알지. 근데 그 방법이 왜곡돼서 문제지."

"주희 언니는 본인도 상담사면서 자기 마음은 왜 그렇게 다스리지 못하는지 모르겠어."

"중이 제 머리 못 깎는다고 하잖아. 나도 그렇고. 누구나 다 자기 문제는 어려운 법이야. 다만 그 상황에서 조금 빨리 빠져나온다는 것뿐이야. 주희는 자기 성장 과정에서 무의식적으로 집착하는 버릇이 생겼고 스스로도 그게 잘못됐다는 걸 알면서도 어쩔 수가 없었던 거지. 그건 아무리 남편이라도 해결할 수 있는 게 아니었어. 오직 주희 스스로 해결해야 하는 문제였던 거지. 나도 그런 주희를 보면서 힘들고 안타까웠지만 이젠 주희가 편했으면 좋겠다는 생각뿐이야. 나도 그렇고."

"아무튼 오빠도 주희 언니도 각자의 자리에서 잘 살아가고 있어서 다행이야. 나도 다음에 주희 언니랑 전화할 때 한번 다녀가라고 할게."

"그래. 주희도 좋아할 거야."

카페 소담을 나온 상엽은 스무 살 밸런타인데이부터 몇 시간 전 지하철역에서 헤어질 때까지 주희와 있었던 일들을 빠르게 회상하면서 집으로 향했다. 소정의 말대로 각자의 자리에서 잘 살아가고 있다는 생각에 자기도 모르게 "아, 다행이다."라는 말이 나왔다.

4월이 되자 벚꽃 명소에는 하얗게 만발한 벚꽃을 보기 위해 사람들이 구름떼처럼 몰려 들였다. 벚꽃을 낮에 보는 것도 좋지만 밤에 벚꽃길을 걸으며 조명에 비쳐 눈이 부신 하얀 벚꽃을 감상하는 것은 실로 환상적이었다. 벚나무 아래에서 올려다보면 밤하늘을 벚꽃들이 수놓은 듯한 광경도 아주 근사했다.

상엽은 금요일 퇴근 후 부모의 아파트에 들러 부모와 함께 저녁 식사를 했다. 식사 후 걸어서 집으로 오는 길에 문득 벚꽃길에 가고 싶어졌다. 상엽은 버스를 타고 출퇴근하면서 서남시를 가로지르는 하천을 따라 조성된 벚꽃길을 지나다녔다. 벚꽃을 버스 안에서 보는 것만으로도 마음이 풍성해지는 기분이 들어 좋았다. 그런데 낮에 한솔에게서 야간에 가면 더 볼만하다는 소리를 들었던 터라 문득 가보고 싶어졌다. 밥 먹은 지 얼마 되지 않아 소화도 시킬 겸 산책 삼아 천천히 걸어갔다 올 생각이었다.

상엽이 벚꽃길 초입에 다다랐을 때는 8시가 지난 시각이었다. 주말이 시작되는 금요일 밤이라 그런지 커플들이 유독 많아 보였다. 순간적으로 상엽은 이 타이밍이 아닌가, 하는 생각이 들었다. 그런데 조금 더 걷다 보니 운동복 차림으로 혼자서 산책 나온 사람들이 자주 눈에 띄었다. 상엽은 자신도 집에 들러 운동복으로 갈아입고 올 걸 그랬다는 생각이 잠시 들었지만 금세 눈부신 벚꽃에 마음을 빼앗기면서 자신의 옷차림에 대한 생각은 순식간에 사라졌다. 상엽은 가끔 핸드폰으로 벚꽃 사진을 찍으면서 벚꽃 구경에 열중했다.

그때 핸드폰 진동이 울렸다. 핸드폰 화면을 확인했더니 김희준이었다. 그 순간 상엽은 지난번 희준이 한밤중에 전화했던 기억이 떠올라 직전까지 벚꽃을 보며 느끼던 평화로움이 휙 하고 증발해 버렸다. 핸드폰 진동은 그런 상엽의 몸에 긴장감을 퍼뜨렸다.

"여보세요?"

상엽은 침착하게 전화를 받았다.

"아, 선생님, 안녕하세요!"

핸드폰 너머에서 희준의 밝은 목소리가 들려왔다. 희준의 목소리를 듣자, 소름처럼 돋아나던 긴장이 사르르 녹아내렸다.

"희준 씨, 별일 없죠?"

"네, 선생님. 저 선생님 뒤쪽에 있어요."

"뒤쪽? 희준 씨 지금 어디예요?"

"벚꽃 구경하러 나왔다가 앞쪽에 선생님이 보여서 전화한 거예요."

상엽은 핸드폰을 귀에 댄 채로 뒤돌아서서 희준을 찾아 두리번거렸다. 그때 구경 나온 사람들 머리 위로 손을 뻗어 흔드는 희준을 발견했다.

"아, 이제 보여요."

상엽은 통화 종료 버튼을 누르고 사람들 사이로 희준이 있는 쪽으로 걸어갔다. 희준도 상엽 있는 쪽으로 걸어왔다. 희준 옆에는 일행으로 보이는 여자가 서 있었다.

"여기서 보네요."

상엽이 희준에게 말했다.

"네, 선생님. 이런 데서 선생님을 보니까 기분이 새롭네요."

희준이 밝은 표정으로 말했다.

"그러네요."

"여기 벚꽃길 좋다는 소문이 나서 사람들이 많긴 해도 오길 잘한 것 같아요."

희준이 말할 때 상엽이 옆에 있는 여자를 보자, 희준은 "아 참, 여긴 제 여자친구예요, 선생님."이라고 말하며 자신의 여자친구를 소개했다.

"수진 씨, 인사드려요. 이분이 제 상담사 선생님이에요."

"안녕하세요."

상엽이 희준의 여자친구에게 인사했다.

"희준 씨에게 말씀 많이 들었어요. 안 그래도 선생님이 너무 고마워서 언제 인사드리러 갔으면 좋겠다고 생각했는데 여기서 뵙게 되네요. 감사합니다."

희준의 여자친구가 고개를 숙이며 상엽에게 깍듯이 인사했다.

"선생님 덕분에 우리 다시 결혼 날짜 잡기로 했어요."

상엽이 약간 어리둥절한 표정을 짓자, 희준이 말했다.

"이야, 잘됐네요. 두 분 모두 축하드립니다."

"다 선생님 덕분이에요."

희준이 상엽을 바라보며 말했다.

상엽은 앞에 나란히 서 있는 두 사람을 보고 있자니 진심으로 기뻤다. 결혼을 앞두고 헤어졌던 두 사람의 관계가 다시 결혼 날짜를 잡을 정도로 더욱 친밀한 관계로 돌아선 데에는 희준이 자기가 한 조언대로 일생일대의 용기를 냈기 때문이라는 생각이 들자, 순간적으로 상엽은 마음이 뭉클했다.

나중에 희준에게 들은 바로는 옥상 사건 이후로 희준은 지금과는 다르게 살아야겠다고 생각했다. 자신이 변하지 않으면 자신의 장래가 암울하게 느껴졌기 때문이었다. 그러면서 자신이 여자친구를 진심으로 사랑하고 있다는 걸 깨달았다.

쉽지는 않았지만, 희준은 용기를 내서 여자친구에게 자신의 속마음을 털어놓았고, 여자친구는 그런 희준을 이해하고 받아 주었다. 사실 희준은 여자친구에게도 자신의 성장 배경이 약점이 된다고 생각하고 말하지 않았었다. 하지만 희준은 상엽의 조언대로 타인의 시선보다는 자신이 지금 행복한가에 더 초점을 두고 자신과 주위 사람들에게 솔직하게 감정 표현도 하면서 유연하게 살고 싶었다. 결국 두 사람은 사랑하고 있었기에 이해할 수 있었고 사랑의 결실도 맺을 수 있게 되었다. 살다가 부딪힐 때도 있겠지만 힘든 시간을 겪었던 터라 두 사람은 현명하게 잘 이겨낼 거라고 상엽은 믿었다. 희준은 가끔 헐렁한 운동복차림으로 삼선 슬리퍼를 끌고 동네를 돌아다니거나 선글라스를 끼고 공원 벤치에 앉아 망중한을 즐기기도 한다고 했다. 그러면서 그게 별거 아닌 것 같아도 엄청나게 힐링된다는 걸 알았다고 했다. 그 말을 들었을 때 자신이 희준에게 한 말이란 생각이 들자, 상엽은 씩 하고 웃었다.

상엽은 희준 커플과 헤어져 벚꽃길을 계속 걷는데 벚꽃이 더욱 화사하게 느껴졌다. 벚꽃을 구경하는 상엽의 얼굴에서 잔잔한 웃음이 계속해서 새어 나왔다.

"앗!"

누군가 상엽의 앞을 가로막자, 상엽은 부딪히지 않기 위해 옆으로 비켜 가면서 소리를 냈다.

"안녕하세요?"

상엽은 자신에게 하는 인사인 줄도 모르고 무심결에 뒤를 돌아봤다. 그곳엔 한솔이 약간 당황한 표정으로 서 있었다.

"어, 한솔 씨!"

상엽이 한솔을 알아보고 몸을 돌리자, 한솔 옆에 자신이 잘 알고 있는 또 한 사람이 서 있었다. 바로 최동희였다.

"어, 동희 씨!"

상엽의 눈에 동희의 양쪽 뺨이 붉게 보이는 것은 단지 조명 때문인지 아니면 벚꽃 아래서 데이트하다 들킨 연인의 수줍음 때문인지 쉽게 가늠할 수 있을 것 같았다. 상엽은 이미 다 알고 있었다는 듯이 씩 웃고 말았다. 상엽은 한솔과 동희가 근래에 친하게 지내고 있다는 걸 눈치채고 있었다. 동희가 상담하러 한 시간이나 일찍 와 대기실에서 한솔과 이야기하면서 있었다는 점, 가끔 점심시간에 한솔과 함께 밥을 먹고 1층 소담에 들려 커피를 마셨다는 점, 그리고 두 사람이 싱긋싱긋하며 서로를 바라보는 눈빛 등을 고려해 볼 때 그건 서로 호감 있는 남녀 아니면 풍길 수 없는 분위기라고 상엽은 생각했다.

그로부터 30분 후 상엽은 동희, 한솔과 함께 한 호프집에서 생맥주 500cc 잔을 각각 앞에 두고 마주 앉았다. 조금 전 상엽이 두 사람과 헤어져 계속 벚꽃길을 걷고 있을 때 곧이어 두 사람은 상엽 양쪽에 달라붙어 나란히 걸었다.

"선생님, 혹시 시간 괜찮으시면 저희랑 생맥주 한잔 하러 가시지 않겠어요?"

상엽의 오른쪽에 있던 동희가 말했다.

"어, 저야 괜찮지만……."

상엽은 장난기가 발동해서 하마터면 '둘만 있고 싶을 때 아닌가?'라고 말할 뻔했다. 하지만 이제 막 좋은 감정이 싹트는 청춘남녀에게 괜한 농담 했다가 두 사람 사이의 분위기만 더 어색해질 수 있다는 생각이 스쳤다. 상엽은 혼자서나마 그런 생각을 했다는 죄책감에 "그럼 맥주는 내가 살게요." 하고 동희가 가끔 찾는다는 호프집으로 온 것이었다.

"자, 그럼 건배할까요?"

상엽이 건배를 제안하자 동희와 한솔은 각자의 맥주잔을 들어 올렸다.

"우리 모두의 건강과 평화를 위하여!"

상엽이 말하자 곧이어 동희와 한솔이 "위하여!"를 외쳤다. 각자 원하는 만큼 맥주를 들이켠 후 "캬-." 하는 소리를 내며 맥주잔을 내려놓았다.

"생맥주 마시는 것도 오랜만이네요."

상엽이 차가운 맥주잔을 매만지면서 말했다.

"친구분들하고 모임 하면 맥주 마시러는 안 가세요?"

동희가 물었다.

"아, 내 친구들이 워낙 자기주장이 강한 애들이라서 어중간한 맥주파는 없어요. 모임에서도 오로지 소주파와 와인파만 득세하는 꼴이죠. 저는 맥주가 좋은데 나 혼자라서 항상 밀리고 말아요."

"하하하."

상엽의 말에 동희와 한솔이 재미있어하며 크게 웃었다.

"소맥파를 결성해서 같이 즐기는 건 어때요?"

한솔이 웃으면서 말했다.

"친구들이 워낙 단순해서 이거 아니면 저거지 어중간한 것은 없어요. 소맥은 줏대가 없다나 뭐라나 그러더라고요."

"그럼 저는 어중간한 쪽에 속하겠는데요."

동희가 말했다.

"동희 씨도 저랑 같은 파네요."

상엽이 맥주잔을 들면서 말했다.

"우리 이모가 소주파거든요. 그 독한 소주를 뭐가 좋다고 혼자서 마시냐고 물었더니 이모가 그러더라고요, 아직 내가 인생의 쓴맛이 주는 위로를 몰라서 그런 거라고."

한솔이 말했다.

"왠지 한솔 씨 이모님은 멋있는 분일 거 같네요."

동희가 한솔을 보면서 말했다.

"왜요? 이모가 소주파라서?"

"풋!"

한솔의 말을 듣고 있던 상엽은 맥주를 막 마시려다가 웃음
이 터져 버렸다.

"아이고, 또 실수할 뻔했네."

상엽은 냅킨으로 입 주위를 닦고 말을 이었다.

"정말 한솔 씨는 은폭인 거 알아요?"

"은폭? 그게 뭐예요?"

"은근히 웃음 폭탄!"

"제가요?"

한솔은 처음 듣는 소리라는 듯 눈이 동그래져서 되물었다.

"동희 씨는 그런 거 못 느꼈어요?"

상엽이 동희에게 물었다.

"맞아요. 가끔 한솔 씨가 무심한 듯 툭 하고 던진 말이 굉장
히 웃길 때가 있어요."

동희도 상엽의 말에 동의하고 웃으면서 한솔을 바라봤다.

"예를 들면요?"

한솔이 동희에게 물었다.

"어, 며칠 전에 횡단보도를 막 건너려는데 신호가 바뀌어서
못 건넜거든요. 그때 한솔 씨가 뭐라고 했는지 기억나요?"

"아니요. 그때 별말 안 했던 것 같은데?"

"아, 아까비. 다리 짧은 게 죄지, 하면서 태연하게 주위를 두리번거렸어요."

동희가 한솔이 한 말을 흉내 내자 상엽은 손뼉까지 치며 웃었다.

"어? 내가 그랬나? 아무튼 다른 사람을 웃게 하는 건 좋은 거니까 긍정적으로 생각할래요."

한솔이 맥주잔을 들면서 말했다.

"그럼요. 다른 사람 웃게 하는 것도 재능이고 축복이에요. 결국 유머 있는 자가 살아남는다는 말도 있잖아요. 그만큼 유머러스 한 사람이 강한 사람인 거죠."

"유머 있는 자가 살아남는다? 그런 말이 있어요?"

한솔이 상엽에게 물었다.

"글쎄요. 어딘가에 있지 않겠어요?"

"하하하."

상엽의 전혀 예상 못했던 대답에 동희와 한솔은 동시에 웃음을 터뜨리고 말았다.

"자, 우리 다시 건배해요."

한솔이 말하자 상엽과 동희도 맥주잔을 들어 올렸다.

"제가 선창할 테니까 두 분은 그대로 따라 하세요, 아셨죠?"

"네, 좋아요."

상엽과 동희는 한솔이 어떤 선창을 할지 기대하면서 동시에 대답했다.

"왁! 자! 지! 껄!"

한솔이 선창하자 상엽은 곧장 맥주잔을 탁 소리 나게 내려
놓고 탁자에 엎드려 배꼽 잡고 웃기 시작했다. 건배하면서 자
신의 상담소 이름이 튀어나올 줄은 꿈에도 생각 못 했던 터
라 너무 웃겨서 순식간에 무너지고 말았다. 동희도 웃음보가
터지긴 마찬가지였다. 웃는 두 사람을 보고 한솔도 덩달아 웃
었다. 그렇게 세 사람은 밤늦게까지 웃겨서 눈물이 날 정도로
유쾌하고 왁자지껄한 시간을 보냈다.

4월 모임에는 지난달에 참석했던 김숙희, 조애리, 최동희,
이한솔이 참석했고, 지난달에 빠진 김희준도 참석했다. 그리
고 상담소에 다니는 사람 중 나이가 가장 어린 박수찬이 참석
했다. 수찬은 키가 180cm가 넘고 호리호리한 체격을 가진 고
등학생이었다.

상엽이 수찬을 멤버들에게 소개하자 한솔이 가장 먼저 수
찬에게 말을 걸었다.

"근데 수찬 학생은 순정 만화에 나오는 캐릭터 같지 않아
요? 나만 그런가? 혹시 수찬 학생은 다른 데서 그런 소리 들어

본 적 없어요?"

"그거 제 별명인데, 어떻게 아셨어요?"

수찬이 동그란 눈으로 한솔을 바라보았다.

"순정 만화? 우와 소름! 어쩐지 수찬 학생을 처음 보자마자 순정 만화가 떠오르더라니."

한솔은 팔에 소름이 돋았다는 듯이 팔을 쓱쓱 문지르며 다소 신나는 표정으로 말했다.

"아니, 그게 아니라……."

수찬이 허공에 손사래를 쳤다.

"아니라니 뭐가?"

한솔의 옆에 앉아 있던 동희가 물었다.

"별명이요. 순정 만화가 별명이 아니에요."

수찬이 동희를 보며 말했다. 멤버들은 수찬의 별명이 순정 만화가 아니라는 말에 각자 생각에 빠져들었다. 조금 전 한솔이 어떤 말을 했을 때 수찬이 자기 별명이라고 했는지 복기하기 시작했던 것이다. 하지만 순정 만화 말고는 딱히 떠오른 단어가 없어서 전혀 모르겠다는 표정으로 서로의 얼굴을 쳐다볼 뿐이었다.

"그거 말고 한솔 씨가 다른 말은 안 한 것 같은데, 그럼 수찬 학생 별명이 뭐예요?"

동희가 수찬을 보며 물었다.

"캐릭터요."

"네? 캐릭터?"

동희는 전혀 생각지도 않았던 단어라는 듯이 휘둥그레진 눈을 하고선 말했다.

"캐릭터가 제 별명이에요."

수찬의 대답을 듣고 있던 사람들은 누가 먼저라고 할 것도 없이 웃음을 터뜨렸다.

"하하하-"

"세상에 캐릭터가 별명일 줄이야. 난 그것도 모르고 내가 수찬 학생 별명을 알아맞힌 줄 알고 괜히 소름 돋았네."

한솔의 말을 듣고 희준과 동희는 웃느라 거의 자지러졌다.

"어떻게 해서 수찬 학생 별명이 캐릭터가 된 건지 물어봐도 돼요?"

수찬의 맞은편에 앉아 있던 숙희가 말했다. 숙희는 문득 지금 직장에 다니고 있는 아들이 고등학교 때 친구들과의 불편한 관계 때문에 힘들어했던 기억이 떠올라 수찬의 별명을 예사롭게 넘길 수가 없었다.

"제가 좀 특이한 캐릭터래요. 사실 그것 때문에 상담소에 오게 된 거예요."

수찬의 말에 모두의 얼굴에서 웃음기가 사라지고 분위기도 숙연해졌다.

수찬은 평소에 다른 나이대 사람들과는 잘 지냈다. 하지만 같은 나이 또래와는 그렇지 못했다. 고등학교 2학년인 수찬은 학교에서 같은 또래 여학생뿐만 아니라 남학생에게도 인기가 많았다. 쉬는 시간에나 점심시간이면 언제나 수찬의 주위로 학생들이 몰려들 정도였다. 하지만 수찬은 그런 친구들이 불편하기만 했다. 처음에는 그런 친구들을 피해 혼자 있을 만한 곳을 찾아다녔지만, 학교에서 그런 곳을 찾는 데는 한계가 있었다. 그래서 언젠가부터 수찬은 친구들이 주변에 오든 말든 상관없이 귀에 이어폰을 꽂고 음악을 들으며 엎드려 있었다. 그것은 혼자 있고 싶다는 무언의 표현이었다. 수찬의 그런 행동은 효과가 있었다. 수찬에게 와서 말을 걸던 친구들은 대답 없이 엎드려만 있는 수찬의 반응에 멋쩍어 하며 자리를 떴다. 어떤 학생들은 그런 수찬에게 기분이 상해서 욕을 뱉고 가기도 했다. 그러면서 친구들은 수찬을 특이한 캐릭터라고 생각했다. 상황이 그렇다 보니 수찬의 친구들은 '독특한 캐릭터'나 '특이한 캐릭터'에서 듣는 사람이 기분 나빠할 수 있는 형용사를 뺀 '캐릭터'라는 별명을 수찬에게 붙인 것이었다.

수찬이 처음부터 친구들과 어울리는 걸 불편하게 생각했던 것은 아니었다. 수찬에게는 중학교 때부터 둘도 없이 친한 친구가 있었다. 그의 이름은 선우였다. 수찬은 직장 때문에 영국에서 살게 된 부모를 따라가지 않고 어렸을 때부터 외할머니와 이모 이렇게 셋이 살았다. 선우 역시 지방에 사는 부모를 떠나 조부모와 같이 사는 처지였다. 수찬의 외할머니와 선우의 할머니는 오랫동안 같은 교회에 다니면서 친분을 쌓아 온 사이였던지라, 수찬과 선우도 자연스럽게 어울렸고 나중에는 사이좋은 쌍둥이 형제처럼 붙어 다니게 되었다. 둘 다 부모와 떨어져 있었기 때문에 부모와 살지 않는 그들 나름의 고민거리가 있었다. 둘은 서로의 마음을 잘 알았기에 다른 사람에게 할 수 없었던 속에 있는 말을 털어놓을 수도 있었다. 그것 말고도 둘은 서로 통하는 게 많았다. 수찬과 선우는 케이팝을 좋아하는 또래 아이들과는 달리 록 음악을 즐겨 들었는데 그중에서도 퀸이나 부활을 좋아했다. 주말이 되면 수찬과 선우는 수찬의 방에서 퀸이나 부활의 음악 CD를 틀어놓고 반복해서 듣거나 인터넷으로 록 그룹의 공연 영상을 보는 것을 즐겼다.

하지만 선우가 고등학교 1학년 여름 방학 내내 지방에서 살고 있던 부모와 같이 지내고 돌아온 이후로 수찬과의 관계가 틀어지기 시작했다. 선우가 부모와 따로 떨어져 살았던 것은 선우가 사이비 종교에 몸담고 있는 부모의 영향을 받지 않도록 하기 위한 선우 조부모의 조치였다. 여태 선우가 자기 부모가 속한 이단 종교에 빠지지 않았던 것도 독실한 기독교 신자인 선우 조부모의 노력 때문이었다.

그런데 선우가 여름 방학 동안에 자기 부모와 지내고 오겠다고 하자 선우의 조부모가 허락했다. 이제 선우가 사리 분별할 수 있을 만큼 다 컸다고 그들은 생각했던 것이다. 하지만 조부모의 생각과는 다르게 여름 방학이 끝날 즈음 집에 돌아온 선우는 이미 예전의 선우가 아니었다. 방학 내내 자기 부모가 주최하는 사이비 교리 공부 모임에 참석하면서 부모에게 설득당한 선우는 결국 사이비 종교에 심취해 버리고 말았던 것이다.

여름 방학이 끝나자, 선우는 수찬을 사이비 종교에 끌어들이려고까지 했다. 수찬은 한 달 만에 180도로 달라진 선우가 너무도 낯설어 혼란스러울 따름이었다. 그러다 선우 할머니의 부탁으로 수찬은 절친 선우를 사이비 종교에서 빼내기 위해 침착하게 설득했다. 하지만 선우는 수찬이 자신의 종교에 들어올 생각이 없을 뿐 아니라 다른 학생들을 자기 종교에 끌어들이는 데에도 방해가 된다고 생각하고 급기야 수찬에 대해 안 좋은 소문을 퍼뜨렸다. 수찬은 그 소문이 자신과는 무관하고 그저 황당한 내용이라 신경 쓸 가치조차 느끼지 못했다. 종교가 없는 수찬이 사이비 종교에 빠져 있다느니, 부모에게 버림받아 한국에 남았다느니, 손버릇이 좋지 않다는 등의 소문이었다. 그런 소문의 근원지가 형제처럼 지내온 선우라는 걸 알게 된 수찬은 배신감에 치를 떨어야 했다.

그런 일이 일어난 후로 수찬은 한동안 집 밖에 나가지 않았다. 물론 학교에도 나가지 않았다. 수찬의 이모는 그런 수찬이 걱정되어 영국에 있는 수찬의 부모와 의논한 끝에 수찬을 정신과에서 상담받게 했다. 하지만 정신과를 찾는 사람들이 워낙 많아서 의사는 상담보다는 약 처방에 비중을 더 많이 두는 것 같았다. 수찬은 그런 이유로 정신과에 가지 않았다. 수찬은 점점 혼자 있는 시간이 많아졌고 그러면서 우울도 깊어졌다. 시간이 지나면서 수찬은 다른 나이대 사람들과는 잘지낼 수 있었다. 하지만 수찬의 이모는 학생 신분이면서도 또래 아이들에 대한 거부감이 큰 수찬을 그대로 둘 수만은 없었다. 그래서 수찬의 이모는 수찬에게 심리 상담을 받게 할 생각으로 적당한 곳을 알아봤다. 그러던 참에 모임이 있어 떡 카페 소담에 왔다가 상엽의 왁자지껄 심리상담소를 알게 된 것이다.

"이성적인 판단을 할 줄 모르는 사람들이나 사이비 종교에 빠지는 거라고 하면서 자신은 절대 사이비 종교 같은 데는 안 넘어갈 것 같잖아요. 근데 오히려 그렇게 호언장담한 사람들이 쉽게 사이비 종교에 빠진다고 하더라고요."

수찬의 이야기를 듣고 있던 애리가 말했다.

"맞아요. 내가 아는 집 딸도 명문대에 다니다가 갑자기 사이비 종교에 빠져서 집까지 나가더라니까요."

애리 옆에 앉아 있던 숙희가 안타까운 표정을 지으며 말했다.

"세상에 집까지 나갈 정도라면 정말 심각하네요."

한솔도 안타까운 마음에 고개를 저었다.

"요즘 뉴스에서도 사이비 종교 때문에 시끄럽던데 작은 문제가 아니네요. 휴-."

희준이 한숨을 내쉬었다.

"그래도 수찬 학생이 친구 꼬임에 넘어가지 않아서 다행이에요. 뉴스 보니까 친구 때문에 사이비 종교에 빠진 사람들도 많던데."

동희가 수찬을 보면서 말했다.

"어떤 사람들은 자기가 믿는 종교가 사이비라는 걸 알면서도 나오지 않는다고 하던데요."

"어머 세상에! 사이비란 걸 알면 금방 빠져나올 것 같은데 그건 왜 그런 거예요?"

애리가 상엽의 말을 듣고 놀라며 물었다.

"어떤 사람은 돈 때문이고, 어떤 사람은 자포자기해버린 거죠."

"돈 때문이라는 건 알겠는데, 자포자기는 또 뭐예요?"

숙희가 몸을 앞쪽으로 기울이며 물었다.

"보통 갑자기 비가 내리기 시작하면 너나 할 것 없이 뛰기 시작하잖아요. 그런데 한참 뛰다 보면 뛰지 않고 천천히 걸어가는 사람들이 생겨요. 이미 비에 젖은 몸이니 뛰어간다고 달라질 게 없다고 생각한 거죠. 그 사람들도 그렇게 생각하는 거예요. 한번 버린 몸 그곳을 벗어난다고 달라질 게 없다고 생각하는 거죠."

"세상에! 살다 보면 옷에 흙탕물이 튈 수도 있는 거지, 옷 한 번 버렸다고 아예 인생 자체를 포기한다는 게 어디 말이 돼요? 그런 사람들은 중증장애인들이 얼마나 열심히 사는지 못 봐서 그러네요. 내가 활동 지원하는 장애인은 인권 강사거든요. 그분은 언어장애가 있는 소아마비라 의사소통은 오로지 기기를 통해서만 할 수 있어요. 하고 싶은 말을 키보드로 입력해서 음성으로 바꾸는 기긴데, 그분이 입력할 때 쓸 수 있는 손가락이 하나뿐이거든요. 그런데도 ppt도 만들고 장애인 인권 강의도 해요. 그런 일로 자포자기하는 사람이 있으면 데려다가 그분 강의 좀 듣게 하면 좋겠어요."

장애인활동지원사로 일하고 있는 애리가 다소 흥분한 목소리로 말했다.

"아 참, 지난번에 남편에게 쓴 편지는 어떻게 됐어요?"

애리의 말을 듣고 있던 숙희가 갑자기 생각났다는 듯이 손뼉을 치며 애리에게 물었다.

"아, 내가 쓴 편지를 읽은 남편 반응이 좀 의외였어요. 그날 오후에 집에 들어갔는데 남편이 데면데면하길래 저도 그러려니 하고 잊어버렸죠. 그런데 그날 저녁에 한마디 하더군요. 자기가 내 편을 안 들어준 게 그렇게 섭섭했냐고. 그래서 누가 무조건 내 편을 안 들어줬다고 그런 거냐고 했죠. 무턱대고 시누이 편만 드는 당신을 내가 뭘 믿고 같이 살아야 하는지 고민에 빠질 수밖에 없었다, 난 단지 인간적으로 너무 외로워서 우울증까지 앓았다고 말했죠, 뭐."

"그랬더니 남편분 반응이 어땠어요?"

숙희가 물었다.

"'참 나', 그 말뿐이었어요."

"참 나요?"

한솔이 애리에게 되묻자, 애리가 풋 하고 웃었다. 외국인처럼 양손을 벌리고 어깨를 으쓱하는 한솔의 표정이 애리의 웃음을 장전시키고 발사하기에 충분한 트리거였던 것이다.

"조금 전 한솔 씨 표정이 일품이네요. 아이고, 한솔 씨 덕분에 이렇게 또 한 번 웃네요."

어리둥절해하던 한솔도 애리가 웃자 아무튼 좋다는 듯이 흐뭇한 표정을 지었다.

"……근데 남편이 내 눈치를 살피는 것 같다는 생각이 들긴 했어요. 다른 때 같았으면 생각 없이 이것 좀 갖다 줘라, 저것 좀 갖다 줘라, 했을 텐데, 어쩐 일인지 뭐 갖다 달라는 말을 안 하더라고요. 그런 다음부터는 자기가 알아서 가져다 쓰더라고요. 그 모습을 보니까 내가 진즉 남편에게 편지 쓸 생각을 왜 못했나 싶더라니까요."

"대개 가까운 사람일수록 내가 표현 안 해도 다 알 거로 생각하지만, 표현하지 않으면 모르는 사람들도 있어요. 조금 어색해도 편지나 문자로 속마음을 전해보세요. 상대방도 처음에는 당황할 수 있지만, 시간이 조금 지나면 오히려 더 좋아할 거예요. 상대방의 속마음을 모를 때면 자꾸 짐작하게 되거든요. 그런데 상대방이 미리 속마음을 말해주면 짐작하는 데 에너지를 낭비하지 않아도 되잖아요. 결국 상대방도 이쪽에서 먼저 속마음을 말해주는 걸 더 좋아하게 되는 거죠."

"저는 아무래도 편지가 더 나은 것 같아요. 문자는 언제든지 할 수 있는 거라 왠지 무게감이 덜한 것 같거든요."

상엽의 말을 애리가 곧장 이어받았다.

"오늘 좋은 거 배운 것 같네요. 안 그래도 결혼할 여자친구 속마음이 궁금해서 혼자 넘겨짚을 때가 종종 있었거든요. 이젠 속에만 담아두지 말고 그때그때 표현하자고 해야겠어요."

결혼을 앞둔 희준이 말했다.

"맞아요. 그때그때 표현하는 게 서로에게 좋은 방법인 것 같네요. 때로는 의견이 다를 수도 있겠지만 그러면서 서로에 대해 알아가는 거죠, 뭐."

한솔이 말할 때 상엽의 시선이 서서히 동희에게 옮겨갔다.

상엽은 눈으로 '동희 씨, 한솔 씨가 속마음을 털어놓자고 하네요.'라고 말하고 있었다. 동희도 마치 상엽이 무슨 말을 하려는지 알았다는 듯이 고개를 끄덕였다. 그러면서도 멤버들의 시선이 더해지자 쑥스러워했다.

"저는 그게 말처럼 쉽지는 않아요. 보통 직장에서는 표현을 자제하거든요. 그런데 듣다 보니 직장에서도 적절하게 자기 의사를 표현하는 게 좋을 것 같아요. 제가 다니는 병원에서도 자기 의사 표현이 확실한 사람에게는 잡무 같은 걸 덜 시키거든요. 말로는 '믿을 사람은 너밖에 없다'고 하면서 일을 시키지만, 생각해 보면 그 사람이 만만해서 시키는 거거든요."

요양병원에서 간호조무사로 일하고 있는 숙희가 말했다.

"그럼, 호구가 학교에만 있는 게 아니라 직장에도 있는 거네요."

수찬이 놀란 눈을 하고 말했다.

"맞다. 수찬 학생 말대로 호구네요, 호구."

숙희가 수찬의 말을 받았다.

"숙희 님이 말씀하신 대로 직장에서도 본인의 의사를 적절한 방법으로 표현하는 게 좋아요. 그렇지 않으면 사람들이 맡기 꺼리는 일은 결국 적극적으로 의사 표현을 하지 않는 사람에게 돌아오게 되거든요."

"직장에서 일을 공평하게 해야 하는데, 왠지 좀 씁쓸하네

요."

상엽에 이어 한솔이 입술을 비쭉거리며 말했다.

"그나저나 수찬 학생은 오늘 모임에 참석한 소감이 어때요?"

동희가 수찬에게 물었다.

"나만 우울한 게 아니었구나, 같은 편이 생겼구나, 하는 생각이요?"

소감을 묻는 동희의 말에 수찬이 대답했다.

"그래요. 수찬 학생 말대로 우린 서로 같은 편이니까 포기하지 말고 열심히 해 보기로 해요."

한솔에 이어 상엽이 웃으면서 "이럴 땐 건배라도 해야 하는데." 하고 말했다.

"그럼 우리 물컵이라도 들고 건배해요."

다시 한솔이 말을 받았다.

"설마 그 왁자지껄?"

동희가 한솔을 보면서 말하자 상엽이 웃음을 터뜨렸다.

"하하하-"

갑자기 웃는 상엽을 보고 다른 사람들이 어리둥절해하자, 한솔이 건배할 때 '왁! 자! 지! 껄!'이라고 해서 웃었던 에피소드를 상엽이 멤버들에게 들려줬다. 에피소드를 들은 멤버들도 일제히 웃음을 터뜨렸다.

"역시 한솔 씨랑 같이 있으면 유쾌해진다니까요."

애리가 한솔을 보며 말했다.

곧이어 멤버들 모두 물컵을 들고 한솔이 '왁! 자! 지! 껄!' 하고 선창하자 나머지 멤버들도 한솔을 따라 '왁! 자! 지! 껄!'을 외쳤다. 그리고 모두 까르르 웃었다. 하나같이 파티에 참석한 사람들의 표정처럼 밝았다.

모임을 마치고 심리상담소에서 나온 한솔과 동희, 그리고 수찬은 나란히 걸으며 버스 정류장으로 향했다.

"혹시 수찬이는 등산이나 서핑 좋아해?"

동희가 물었다.

"등산은 힘들어서 별론데, 서핑은 재미있을 것 같아서 꼭 배워보고 싶긴 했어요. 근데 왜요?"

"아, 내가 등산이랑 서핑 동호회라서 혹시 관심 있으면 다음에 데려가려고."

"우와! 정말이요?"

"그럼. 시간 되면 다음에 갈 때 같이 가자고."

"고맙습니다, 형. 아 참, 동희 형, 한솔 누나라고 불러도 되죠?"

"물론이지. 그럼 나도 말 편하게 할게."

"그럼요. 편하게 부르세요. 저도 그게 편해요."

동희에 이어 한솔이 "나도 수찬이라고 부를게. 수찬 학생이라고 부르기가 좀 어색했거든." 하고 말했다.

"안 그래도 조금 전에 모두가 '수찬 학생, 수찬 학생'이라고 불러서 나중엔 '술 취한 학생'이라고 들리더라니까요. 아무튼 듣기 불편했어요."

수찬이 머리를 긁적이며 말했다.

"술 취한 학생? 술찬학생! 어머, 듣고 보니 그러네."

한솔이 재미있다는 듯 쿡쿡거리며 웃었다. 동희도 그런 한솔을 따라 웃었다.

"상담사 선생님도 다음에 서핑 갈 때 알려 달라고 하셨는데 그때 다 같이 가면 되겠다."

동희가 문득 상엽이 했던 말이 떠올라 심상하게 말했다.

"왁자지껄 멤버들이랑 다 같이 가는 것도 재미있을 것 같은데, 한번 추진해 보면 좋을 것 같아요."

동희의 말을 듣고 한솔이 말을 받았다.

"그러죠, 뭐. 일정을 주말로 맞추면 되니깐, 좋아요. 그럼 한솔 씨가 멤버들에게 참가 여부를 물어보는 걸로 하죠."

"좋아요. 그럼 서핑 갈 일정 잡히면 알려 줘요."

"이야, 벌써 신나는데요. 내 핸드폰 배경 화면도 서핑하는 사진이거든요."

동희와 한솔의 대화를 듣고 있던 수찬이 들뜬 목소리로 자신의 핸드폰을 꺼내 보였다.

"오-, 내가 말을 꺼내길 잘했네."

"고마워요, 동희 형."

"고맙긴, 뭐. 근데 수찬인 지금 집에 가는 길이야?"

"네. 형이랑 누나는요?"

"우린 플로깅 갈 거야."

한솔이 대답했다.

"플로깅? 그게 뭐예요?"

"아, 그거…… 스웨덴어로 플로가라고 하는 건데, 간단하게 말해서 조깅하면서 쓰레기 줍는 거야. 운동도 하고 자연도 보호하고, 도랑 치고 가재 잡는 식이지. 어때? 수찬이도 시간 되면 같이 갈래?"

동희가 수찬을 보며 말했다.

"그래, 같이 가자. 오늘은 경사진 산책로라 달리지는 못하고 천천히 걸으면서 쓰레기 줍는다고 생각하면 돼."

한솔도 수찬에게 같이 가자고 거들었다.

"혼자서는 못 할 것 같은데, 형이랑 누나랑 같이하니까 한번 해 보죠, 뭐. 그럼, 점심은 어떻게 해요?"

"가는 길에 밥 먹고 가야지. 뭐 먹고 싶은 거 있으면 말해.

내가 살게."

"고마워요, 형. 저는 아무거나 괜찮아요. 그냥 형이랑 누나 드시고 싶은 걸로 정하세요."

"그럼, 한솔 씨 드시고 싶은 걸로 정하면 되겠네요."

동희가 한솔을 바라봤다.

"며칠 전부터 가고 싶은 데가 있긴 한데, 두 사람이 좋아할지는 모르겠네요."

"어딘데요, 누나?"

"음-, 기사식당."

"기사식당이요? 거긴 기사들이 가는 데 아니에요?"

"아니, 기사식당이 맛있다는 소문이 퍼져서 이젠 기사 아닌 사람들도 많이 가."

"그래요? 오가면서 봤긴 했는데, 전 기사들만 가는 줄 알았죠. 그럼, 오늘 한번 가봐요. 형은요?"

"나도 좋아. 기사식당에 가본 적은 없는데, 오늘 한번 가보지, 뭐."

"그럼 내가 아는 기사식당으로 가요. 여기서 버스로 세 정거장만 가면 돼요. 전에 이모랑 갔었는데, 그때는 돼지불고기랑 고등어구이가 꽤 맛있었거든요. 오늘 메뉴가 뭔지 몰라도 실망하지는 않을 거예요."

"좋아요. 저기 오는 버스 타면 되겠네요."

동희가 버스 정류장 쪽으로 다가오는 버스를 손으로 가리키자, 한솔과 수찬이 고개를 돌려 버스를 확인했다.

한 시간 후 세 사람은 기사식당에서 밥을 먹은 뒤 다시 버스를 타고 조선시대에 만들어진 성곽이 있는 산책로 입구에서 내렸다.

"밥을 너무 많이 먹어서 쓰레기를 제대로 주울 수 있으려나 모르겠어요."

"그건 밥 두 그릇 먹은 내가 할 소리야. 수찬이 넌 밥 한 그릇밖에 안 먹었잖아."

수찬의 말에 한솔이 픽 웃었다.

"그 정도면 많이 먹은 거예요. 전 평상시에 반 공기가 적정량이거든요."

"뭐? 반 공기? 한참 많이 먹어야 할 때 그거 먹고 되겠어? 지금 잘 안 먹어놓으면 나중에 골다공증 올 수도 있다, 너."

"네? 골다공증이요? 에이, 그거 노인들이나 걸리는 거 아니에요? 전 이제 열여덟이거든요, 누나."

"노인들이나? 꼭 그렇지도 않아. 지금 잘 먹어놓지 않으면 뼈가 부실해져서 젊은 나이에도 골다공증으로 고생할 수 있다, 너."

"그래요? 그럼 나도 먹는 양을 좀 늘려야 해요?"

"물론이지. 그리고 수찬이 넌 키가 크니까 더 많이 먹어야 할 거야. 그나저나 난 너무 배가 불러서 허리가 안 굽혀지는 건 아닌지 모르겠다."

한솔이 어정쩡한 몸짓으로 쓰레기를 줍는 시늉을 했다.

"걸으면서 쓰레기 줍다 보면 금세 소화될 테니까 너무 걱정하지 말아요, 한솔 씨."

그런 한솔을 보며 동희가 껄껄 웃으며 말했다.

한솔과 동희의 대화를 듣던 수찬이 두 사람을 슬쩍슬쩍 쳐다보더니 미묘한 웃음을 흘렸다.

"누나랑 형 되게 잘 어울리는 거 알아요?"

"정말?"

한솔과 잘 어울린다는 말에 동희는 헤벌쭉한 표정을 지으며 되물었다.

"정말요. 아마 다른 사람들도 그렇게 생각할걸요?"

"수찬인 누구 좋아한 적 있니?"

한솔이 수찬을 일견하더니 물었다.

"초등학교 6학년 때 잠깐 그런 적 있었어요."

"잠깐? 그럼 짝사랑이었나 보네."

"그런 셈이죠."

"지금도 수찬인 학교에서 인기가 많아서 좋다고 고백하는 여학생들도 있을 것 같은데?"

"그런 애들이 있긴 하지만, 제가 지금 누굴 좋아할 처지가 아니라서요."

"수찬이도 어서 친구들이랑 편하게 지냈으면 좋겠다. 대개 고등학교 때 친구들이 오래가거든. 그러지 않아요?"

한솔의 시선이 수찬에게서 동희에게로 향했다.

"나도 고등학교 때 친구들이 편하긴 해요. 만나서 속마음을 털어놓거나 하지는 않는데, 서로 다 알고 있다고 생각해서 그런지 만날 때 부담이 없어서 좋아요."

"맞아요. 꾸준히 연락하는 친구가 많지는 않아도, 순수한 마음으로 안부를 묻고 지지해 줄 수 있는 친구가 있다는 게……. 뭐랄까, 마음이 든든하다고 할까. 그래서 좋아요."

한솔이 동희 말에 맞장구치며 말했다.

"나도 그런 친구들이 있으면 좋겠어요. 그런데 저는 그러기가 좀 힘들 것 같아요."

"그게 무슨 말이야. 미리 단정 짓지 마. 어느 날 갑자기 그런 친구들이 생길 수도 있는 거니까. 사실 지금도 수찬이 네 주위에는 너랑 친구 하고 싶어 하는 애들이 있잖아. 네가 마음을 조금만 열고 다가가면 그 친구들도 좋아할 거야."

수찬은 한솔의 말을 듣고 자기도 그럴 수 있기를 바란다는 뜻으로 고개를 끄덕이더니 말을 이었다.

"전 고등학교 마치면 영국에 갈 거거든요. 누나 말대로 졸업하기 전에 내가 오래도록 연락할 수 있는 친구 한 명이라도 생겼으면 좋겠어요. 그럴 수 있을까요?"

"그럼, 생각하는 대로 된다는 말이 있잖아. 꼭 그렇게 될 거야."

한솔이 주먹을 불끈 쥐고 수찬을 응원했다.

"그럼 영국에서 대학 다닐 거야?"

동희가 물었다.

"딱히 뭘 배우고 싶다는 건 아닌데, 새로운 환경에서 공부하다 보면 진짜 하고 싶은 게 생길 수도 있을 것 같아서요. 사실 여기서 힘들었던 기억에서 벗어나고 싶은 바람도 있어요."

"그렇다면 서핑은 영국에 가기 전에 마스터하게 해 줄게."

"정말요?"

"그럼. 한솔 씨가 그랬잖아, 생각하는 대로 된다고. 수찬이 너도 그 말 한번 믿어 봐."

"좋아요. 믿을게요."

한솔은 자기 이름이 나오자, 동희와 수찬의 대화를 들으며 흐뭇한 표정을 지었다.

세 사람이 참가한 플로깅은 동희가 속한 등산 동호회에서 주최하는 행사였고, 한솔은 이번이 두 번째였다. 참가자들은 동호회에서 준비한 집게와 20리터짜리 종량제 봉투를 하나씩 받아서 경사진 산책로를 따라 걸으며 쓰레기를 주었다. 한 시간쯤 지나자 세 사람이 각각 손에 든 봉투는 테이크아웃 플라스틱 컵과 일회용 도시락 용기, 담배꽁초 같은 쓰레기들로 반 이상 차 있었다.

"근데 다른 건 그렇다 치고 산에서 담배 피우는 사람은 도대체 무슨 생각일까요?"

수찬이 자신의 봉투를 들어 올리며 한심하다는 듯이 한숨을 내쉬었다.

"수찬인 담배 피우더라도 그러지는 마라. 얼마 전에 이모랑 동네 산책로를 걷는데, 한 운동복 차림의 젊은 사람이 여봐라는 듯이 담배 연기를 내 쪽으로 내뿜더라니까. 그래 내가 입을 막고 콜록거리면서 지나갔더니, '거 되게 예민하게 구네' 그러더라고, 참 나."

"세상에, 그래서 가만있었어요?"

동희가 급흥분해서 하는 말이었다.

"이모가 그 남자한테 한 소리 하려고 하는 걸 내가 말렸죠. 전혀 말이 안 통하는 사람 같았어요. 안 그랬다면 그런 데서 담배를 피웠을 리도 없었겠죠."

"하기야 내가 사는 아파트 게시판에 베란다나 화장실에서 담배 피우지 말라는 협조문이 얼마 전부터 붙어 있더라고요."

수찬의 말을 듣고 있던 한솔이 쯧 혀를 찼다.

"왜 그렇게 자기만 생각하면서 살까?"

한솔은 잠시 생각하더니, "그건 아닌 것 같다. 나도 가끔은 나만 생각하기도 벅찰 때가 있었으니까. 그 사람들도 자기 생각만으로 벅차서 남들 생각을 못 하는 걸지도 몰라. 그만큼 살기가 힘들다는 건가?"

한솔이 갑자기 맥 빠진 소리로 혼잣말하듯 내뱉자, 동희와 수찬도 한솔의 말을 곱씹어 보더니 고개를 끄덕였다.

"한솔 씨 말을 듣고 보니 저도 그랬던 적이 있었네요. 유치원에서 배운 기본적인 것조차 떠오르지 않을 때가 있었거든요."

동희가 세 사람의 쓰레기를 한곳으로 옮겨 담으면서 말했다.

"분위기가 왜 자책 모드로 흘러가요? 그럼 나도 반성해야하는 거예요?"

수찬이 뒷머리를 긁적였다.

"그건 아니고, 일단 다음에 그런 사람을 보면 생각이 달라질 것 같긴 해."

한솔이 빙긋 웃으며 말했다.

5월 어느 날 한솔은 안내대에 앉아 노트북 자판을 두드리며 소설을 쓰고 있었다. 그때 입구에 매달린 풍경이 흔들렸다. 한솔이 시선을 입구 쪽으로 돌리자 60대 후반으로 보이는 머리카락이 희끗희끗한 남성이 상담소에 들어섰다. 그는 마른 체격에 안색이 파리했다.

"어서 오세요."

한솔이 자리에서 일어나 그를 보며 말을 이었다.

"무슨 일로 오셨어요?"

"여기가 심리 상담하는 데라고 하던데……."

그가 안내대 맞은편에 서서 한솔을 건너다보며 말했다.

"네, 선생님께서 상담받으시게요?"

"그럴 생각이에요."

"그럼, 저쪽 자리에 편하게 앉으셔서 이 질문지 좀 작성해 주시겠어요?"

한솔이 처음 온 내담자들이 작성하는 질문지를 클립 보드에 끼워 그에게 건넸다.

그는 소파에 깊숙이 앉아 클립 보드를 오른쪽 팔걸이에 올려놓고 질문지를 작성하기 시작했다.

"혹시 차 한 잔 드려요, 선생님?"

한솔이 안내대 자기 자리에서 선 채로 말했다.

"그럼, 한 잔 부탁해요."

그는 고개를 들어 한솔을 힐긋 보면서 대답하고선, 곧장 질문지에 시선을 고정하고 진지한 표정으로 볼펜을 느리게 움직였다. 잠시 후 한솔이 찻잔을 바로 앞 테이블에 내려놓자, 그는 한솔에게 옅은 미소를 띤 표정으로 "고마워요."라고 했다. 그리고 몸을 앞쪽으로 당겨 앉고 찻잔을 들어 올려 향을 맡더니 곧이어 한 모금 음미했다.

"이거 허브차 같은데, 이름이 뭔가요?"

"아, 재스민차예요."

"아, 재스민⋯⋯."

그는 나지막한 소리로 말하더니 다시 차를 한 모금 마셨다.

"향도 좋고 맛도 좋군요."

"네, 마음이 차분해진다고 해서 저도 자주 마셔요."

그가 차를 다 마신 후 작성한 질문지를 한솔에게 건네자, 한솔이 질문지를 받아 들고 상엽이 있는 상담실로 들어갔다.

"선생님! 상담실로 들어가시면 돼요."

상담실에서 나온 한솔이 그에게 말했다.

상담실에 들어선 그는 상엽의 얼굴을 확인하고는 얼굴에 연한 웃음기가 번진 채로 상엽의 맞은편 의자에 앉았다.

"안녕하세요?"

상엽이 인사를 건넸다.

"안녕하세요."

그도 인사를 건넸다.

"박희동 선생님이시네요."

상엽이 희동이 작성한 질문지를 보면서 말을 이었다.

"어, 새한아파트에 사시네요."

"사실 상담사 선생님 부모님이랑 같은 라인에서 살아요. 얼마 전에 상담사 선생님 아버지가 한번 가보라고 해서 온 거예요."

"아, 그러셨구나. 아무튼 반갑습니다. 음……, 몇 달 전에 사모님께서 돌아가시고 우울증이 있으시다고요? 그동안 힘드셨겠어요."

질문지를 보던 상엽이 고개를 들어 희동을 보며 말했다.

"치매였어요. 나이 60도 안 돼서 치매를 진단받고는 딱 6년 더 살고 떠났어요."

"보통 초로기 치매는 그렇다고 하더군요. 사모님이 먼저 떠나셔서 슬픔이 크셨겠어요."

"그야 그렇지요."

"치매 환자 돌보는 게 보통 힘든 게 아니라고 하던데, 선생님도 고생 많이 하셨겠어요."

"치매 진단받고 5년은 내가 선생님 부모님처럼 요양보호사 자격증을 따서 집사람을 돌봤고, 나머지 1년은 요양병원에서 돌봤어요."

"아, 그러셨군요. 5년 동안 수발하셨으면 선생님께서 할 수 있는 건 다 하신 거네요."

"꼭 그렇지만도 않아요. 만약 내가 최선을 다했다면 아내가 죽은 후로 죄책감이 들진 않았을 테니까요."

"죄책감이요?"

"그래요, 죄책감. ······집에서 아내를 돌볼 때 애처럼 변한 아내를 보면서 별의별 생각을 다 했어요. 그렇게 사는 게 인간의 존엄을 지키는 일인지 의문도 들더군요. 그래도 아내를 밖에 데리고 나가서 산책도 하고 시장에도 다니면서 예전하고 똑같이 살려고 했어요. 그런데 아내를 보는 사람들의 시선이 곱지만은 않더군요. 그런 일을 자주 겪다 보니 다른 사람들이 아내에 대해 입방아 찧는 것도 달갑지 않아서 아내를 밖에 데리고 나가는 일이 점차 줄어들더군요. 바깥바람도 쐬면서 산책도 하고 그래야 했는데, 언젠가부터는 아예 그렇지 못했어요. 그러면서 같이 죽어 버릴까 하는 생각을 한두 번 한 게 아니에요. ······나중에는 내 몸무게가 갑자기 10kg이나 줄더군요. 병원에 갔더니 당뇨에 심부전까지 있어서 그런 건데, 당분간 병원에 입원해서 치료받지 않으면 내가 더 위험하다고 했어요. ······결국 아내를 요양병원에 보내고 나도 병원에 입원해서 치료받았죠.

한 달 후에 퇴원해서 아내에게 가보니까 아내의 장기가 제기능을 못 하고 있어서 퇴원시킬 수가 없었어요. 다시 병세가

악화된 아내를 집으로 데려와 예전처럼 사는 건 어렵게 되어 버렸어요. 처음에는 아내가 걱정돼서 일이 손에 안 잡혔는데, 그것도 점차 적응이 되더군요. 그렇게 아내가 요양병원에서 1년을 지냈고, 결국 아내는…… 세상을 떴어요. 아내가 죽고 처음에는 정신 빼놓고 그렇게 더 사느니 차라리 죽는 게 더 나은 거라고 생각했어요. 아내도 그걸 바랄 거라고. 그런데 아내가 떠나고 문득 그런 생각이 들더군요. 만약 내가 치매에 걸렸었다면 아내는 어땠을까, 하는 생각이요. 아내는 끝까지 내 옆에서 나를 보살폈을 거란 생각이 들자, 죄책감이 점점 커지면서 우울해지더군요."

희동의 눈에 고인 뜨거운 눈물방울이 곧 흘러내릴 기세였다. 상엽이 티슈를 뽑아 희동에게 건넸다. 희동은 티슈를 그대로 두고 손바닥으로 쓱 눈물을 닦았다.

"사모님을 끝까지 직접 보살피지 못하고 요양병원에서 지내시게 한 것에 대해 죄책감이 있으신 거군요."

"아내가 떠나고는 아내가 생전에 나한테 잘했던 것만 떠올랐어요. 그런데 나는 같이 죽을 생각이나 했으니……."

"저도 부모님에게서 치매 환자 돌보는 이야기를 몇 번 들었거든요. 가족 중에 치매 환자가 있으면 가족들 모두 우울증에 걸린다는 말이 있을 정도로 수발하기가 만만치 않다고 하셨어요. 그런데 제 생각엔 선생님께서 사모님에게 최선을 다하셨다는 생각이 듭니다. 선생님께서 건강하셨으면 집에서 계속 돌보셨겠지만, 선생님도 병원에 입원하셨으니 어쩔 수 없으셨잖아요. 사모님도 선생님 마음을 충분히 아셨을 거예요."

희동은 한 시간 가까이 상담받은 후 한솔에게 차 잘 마셨다는 인사를 남기고 상담소를 나섰다. 상담소를 나서는 희동의 표정이 들어왔을 때와는 달리 밝아 보여 한솔은 다행이란 생각이 들었다. 희동은 다음 상담 약속을 잡지 않았다. 희동은 지속적인 상담이 필요했던 것이 아니라 그간의 우울한 마음을 상엽에게 다 털어놓고 다시 새롭게 시작하고 싶었던 것이다. 상엽도 그런 희동의 마음을 알고 상담실을 나서는 희동에게 "마음이 답답하실 때는 언제든지 상담소에 들르세요."라고 말했다.

상담소를 다녀간 날 희동은 재가복지센터에 들러서 앞으로 치매 환자를 돌보겠다고 요청했다. 희동은 치매 환자를 돌보기가 무척 힘들다는 걸 절실하게 느꼈던지라 자신이 치매 환자를 돌봄으로써 먼저 떠난 아내를 애도하고 싶었던 것이다.

"벌써 점심시간이네요. 난 1층 동생이랑 밥 먹기로 했는데, 한솔 씨는 점심 어떻게 할 거예요? 별 약속 없으면 우리랑 같이 가요."

상엽이 상담실을 나오면서 말했다.

"아, 저도 점심 약속이 있어서요."

"그래요? 혹시 내가 아는 사람은 아니죠?"

"네?"

한솔은 약간 놀란 표정으로 상엽을 바라보자, 상엽이 손사래를 쳤다.

"에이, 그냥 농담이에요, 농담."

"아, 그게 아니라 동희 씨가 온다고 했는데, 선생님이 어떻게 아셨나 해서요."

"아−, 그랬구나. 아 참, 동희 씨 만나면 나중에 우리 서핑하러 갈 때 준비물 좀 알아봐 줘요. 장비 대여비도 있을 거니까, 그것도 좀 확인해 주고요. 나는 벌써 기다려진다니까요."

"수찬이도 선생님처럼 그날이 기다려진다고 하던데, 저는 오히려 선생님이랑 수찬이가 어떻게 파도타기를 할지가 더 기대되네요. 혹시 보드 위에서 한 번도 못 일어서는 건 아니겠죠? 그럼 물 좀 먹을 텐데."

한솔이 손으로 입을 가린 채 쿡쿡 웃었다. 그 모습을 보고 상엽이 뭘 모른다는 표정으로 "이래 봬도 내가 균형감각이 좀 뛰어난 편이라 물먹는 일은 없을 거예요."라고 말하며 보드 위에서 균형 잡는 포즈를 취했다.

"이야, 선생님은 자세부터 다르시네요. 슬슬 내가 걱정이네요. 나 혼자 바닷물로 배 채우는 건 아닌지 모르겠어요."

"한솔 씨도 처음이라고 했던가요? 그래도 강사가 워낙 믿을 만하니까, 우린 걱정 붙들어 매고 갑시다."

"강사만 믿어도 될까요?"

그때 풍경이 요란하게 울리더니 동희가 들어왔다.

"이야, 동희 씨 이제 봤더니 호랑이였네."

상엽은 동희의 어깨를 툭 치며 씩 웃고는 밖으로 나갔다.

"호랑이? 그게 무슨 말이에요?"

동희는 휘둥그레진 눈으로 한솔에게 물었다.

"아, 선생님이 서핑 갈 때 준비물 좀 알아봐 달라고 하시면서 동희 씨 이야기하고 있었거든요."

"아, 난 또 뭐라고. 자, 그럼, 우리도 밥부터 먹을까요?"

동희는 들고 있던 쇼핑백을 테이블 위에 올려놓고 안에서 도시락을 꺼냈다.

"점심시간에 맞춰 여기서 먹기에는 초밥이 좋을 것 같아서 포장해 왔어요. 한솔 씨는 초밥 좋아해요?"

"그럼요. 저도 초밥 좋아해요."

동희가 도시락 뚜껑을 열자, 한솔도 도시락 뚜껑을 여는 걸 거들었다.

"유부초밥도 있고, 생선 초밥도 있네요. 이야, 먹음직스럽다."

"우리 회사 근처에 있는 초밥집인데, 맛이 꽤 괜찮더라고요. 이 집은 특히 새우튀김이 유명해요. 자, 여기요."

동희가 마지막으로 뚜껑을 연 도시락에는 맛있게 보이는 큼지막한 새우튀김이 타르타르소스와 함께 들어 있었다.

"이야, 진짜 맛있겠다."

노르스름하게 튀겨진 새우튀김을 본 한솔은 초롱초롱한 눈으로 새우튀김을 바라보며 입맛을 다셨다.

"음, 역시 맛있네요."

한솔이 손으로 새우튀김 하나를 집어 타르타르소스에 찍고는 입에 넣고 오물거리면서 말했다.

"다음에 이 초밥집에 한번 같이 가요. 요리사가 손님들 바로 앞에서 초밥을 만들어 주는 것도 볼만하거든요."

"그래요. 바로 앞에서 요리사가 직접 만들어 주면 더 맛있으려나? 그렇겠죠? 생각만 해도 재미있겠는데요."

한솔이 새우튀김을 마저 먹으면서 대답했다.

한솔과 동희는 초밥 도시락을 깨끗하게 비운 후 오는 길에 1층 소담에서 사 온 아이스 라떼를 마셨다.

"아 참, 우리 단톡방 만드는 게 어때요?"

한솔이 말했다.

"단톡방이요?"

"왁자지껄 멤버들끼리 단톡방을 열면 편리할 것 같아서요. 도움이 필요할 때 즉각적으로 도움도 주고받을 수 있잖아요."

"그거 좋겠어요, 한솔 씨. 언제든지 소통할 수 있어 좋고, 이 번에 서핑 갈 때도 공지할 것 있으면 단톡방에 띄우면 되니까 요."

"사실 김숙희 선생님, 조애리 선생님이랑 서핑 얘기하다가 단톡방이 있으면 좋겠다는 말이 나왔어요. 두 분은 이일 저일 바쁘다 보면 잊어버리기 일쑨데, 단톡방이 있으면 안 잊어버 릴 것 같다고 하시더라고요."

"일단 난 찬성이에요."

"그럼, 나중에 상담사 선생님에게도 말씀드려서 이번 주 중 으로 개설할게요."

"네, 좋아요. ……근데 한솔 씨는 그분들 호칭을 선생님으로 통일한 거예요?"

"아, 상담소에서 일하면서 호칭을 고민하다가, 누구누구 님 이나 누구누구 씨라고 부르는 것도 좋은데, 나이 차이가 있는 분들에게는 그냥 선생님이라고 부르기로 했어요. 동희 씨는 어때요?"

"저도 그게 좋을 것 같아요. 다음에 나도 두 분 만나면 선생 님이라고 불러야겠어요. 근데, 저는요?"

"저라니요?"

"저는 다른 호칭 없어요?"

"글쎄요. 혹시 동희 씨가 듣고 싶은 호칭이라도 있어요?"

"있긴 한데, 조금 민망하네요."

"뭔데요? 말해 봐요."

"……오빠?"

"풋!"

한솔이 '오빠'라는 말을 듣고 웃어버렸다.

"왜요? 좀 이상한가?"

동희는 멋쩍게 웃으며 한솔을 바라봤다.

"아니요. 사실 동희 씨라고 부르는 게 좀 그랬거든요. 알았어요. 이제부터 그렇게 부를게요."

"정말요?"

"그럼요, 동희 오! 빠!"

동희는 한솔이 오빠라고 부르자 입꼬리가 올라가 내려올 줄 몰랐다.

한편 상엽과 소정은 시장 입구 백반집에서 점심을 먹고 소담으로 돌아와 커피를 마시고 있었다.

"요즘 한솔 씨 연애하는 거 같던데, 맞지, 오빠?"

소정이 커피를 마시다 말고 상엽에게 말했다.

"왜?"

"동희 씨랑 같이 다니는 거 자주 보이던데. 조금 전에도 동희 씨가 여기서 마실 것 사 들고 올라갔거든."

"아, 한솔 씨랑 동희 씨가 가깝게 지내는 것 같더라. 두 사람을 보고 있으면 왠지 모르게 기분이 좋고 흐뭇해진다니까."

"오빠 연애할 때가 생각나서?"

"풋풋하던 때가 생각나긴 하는데, 그것보다 둘 다 많이 밝아졌거든."

"나도 두 사람 보기 좋더라. 그렇게 밝은 사람들이 그동안 그늘져 살았다는 게 안타깝더라니까."

"왁자지껄 멤버들 다 같이 서핑 가기로 한 것도 동희 씨랑 한솔 씨가 추진한 거야. 두 사람만 놀러 갈 수도 있는데 다른 멤버들이랑 같이 갈 생각하는 마음이 너무 예쁘잖아."

"정말 그러네. 멤버들끼리 서로 챙겨주는 것도 보기 좋고……."

"같은 편이란 인식이 있어서 그래. 서로 응원하면서 같이 가고 싶은 거지."

"아무튼 멤버들이 서로 잘 지내서 다행이야. 그리고 상담받으러 오는 사람들이 많아지는 것도 다행이고."

"소정이 네 덕이 크다. 네가 1층에서 자리를 잘 잡고 있어서 그래."

"내가 뭘, 다 오빠가 상담을 잘해서 그러지. 그리고 한솔 씨도 손님들한테 싹싹하게 잘하더라고. 가끔 상담소에서 상담하고 가면서 여기에 들른 손님들이 한솔 씨가 참 친절하더란 말을 하거든. 한솔 씨에겐 뭔가 모르게 사람을 기분 좋게 하는 매력이 있어. 나도 한솔 씨 보면 기분이 좋아진다니까."

"안 그래도. 한솔 씨 보면서 배우는 게 많다. 사람들을 가식 없이 대하기가 쉽진 않을 텐데, 한솔 씨는 그러는 것 같거든."

"아무튼 다행이야. 그리고 시장이 조금이라도 활력을 되찾은 것 같아서 기분 좋아. 얼마 전에는 근처 빈 점포에 서점을 하면 어떻겠냐고 하는 사람도 있었어."

"서점? 시장에?"

"어, 오빠는 어떻게 생각해?"

"글쎄……. 좋을 것 같은데. 근데 서점만 하면 운영하기가 좀 힘들지 않을까? 보통 서점에서 커피나 주스, 디저트 같은 것도 같이 팔던데."

"오빠도 그렇게 생각할 줄 알았어. 사실 아는 지인이 나한테 서점을 해 보면 어떻겠냐고 하길래 오빠한테 말해 본 거야."

"하면 좋긴 한데, 서점이랑 같이하려면 일이 너무 많아지는 거 아니야?"

"아무래도 그렇겠지? 나도 그렇게 생각해. 내가 욕심이 많은 것도 아니고 난 지금 이 정도로도 만족하고 있거든."

"잘 생각했어. 일을 더 늘리면 지혜랑 있는 시간도 줄어들 거야."

"맞아. 지금도 지혜랑 있는 시간이 부족한 것 같아서 마음이 안 좋을 때가 있거든."

"아 참, 상담소에서 서핑 갈 때 지혜도 데리고 같이 가자."

"지혜가 서핑하기에는 아직 어려, 오빠. 가서 해변에서 노는 것도 좋겠지만, 지금은 좀 그렇고 지혜가 좀 더 크면 데려가."

"그러자."

"아, 주희 언니가 연락했던데, 이번 주 금요일에 놀러 온다고. 오빠한테도 연락 왔었어?"

"아니. 그리고 난 주희가 언제 오든 상관없어."

"그래도 주희 언니 오면 같이 밥이라도 먹어야지 않아? 혹시 모르니까 오빠도 시간 비워 둬."

"그래, 알았어."

상엽은 주희가 온다는 말에 겉으로는 심상한 척했지만, 사실 완전히 그러진 못했다. 결혼식에서 그랬던 것처럼 편하게 대할 수 있기를 바랄 뿐이었다.

금요일 오후 주희가 서남시에 내려왔다. 주희는 소정의 떡카페와 상엽의 심리상담소를 방문하기 위해 오전 일을 마친 후 반찬를 내고 내려온 것이었다. 주희는 먼저 1층 소담에 들러 소정을 만나 떡 카페를 둘러보았다. 곧이어 소정이 주희를 데리고 2층 왁자지껄 심리상담소로 올라갔다. 두 사람이 상담소에 들어섰을 때 한솔은 퇴근 준비를 하고 있었다.

"한솔 씨 퇴근할 시간이네."

소정이 안내대에 서 있는 한솔을 보고 말했다.

"아, 어서 오세요, 사장님."

한솔이 소정을 보고 반갑게 웃었다. 한솔은 소정 옆에 서 있는 주희와도 눈인사를 나눴다.

"지금 상담 중이에요?"

소정이 상담실을 가리키며 한솔에게 낮은 목소리로 물었다.

"네, 곧 끝날 때 됐어요."

한솔이 대답했다.

주희는 소정의 뒤에 서서 상담소를 두리번거리며 훑어봤다.

"언니, 상담소 어때요?"

소정이 옆에 있는 주희에게 언니라고 부르자 한솔의 시선이 주희에게 향했다.

"아가씨한테 들으며 상상했던 것보다 훨씬 더 좋은데요. 공간이 꽤 넓은데 아늑한 느낌이 드는 것도 맘에 들어요."

주희는 소정의 질문에 대답하면서 실내를 둘러보다가 여기저기 놓여 있는 화분들을 보고는 미소 지었다.

"그 사람 식물 좋아하는 건 여전하네요."

"여긴 언니가 배달시킨 화분인가 보다. 그죠, 한솔 씨?"

소정이 안내대 앞에 놓인 처음 본 서양란 화분을 보고 하는 말이었다. 각각 노란색과 보라색 꽃이 핀 서양란 화분 둘이었다.

"아, 맞아요. 오늘 오전에 배달온 거예요. 꽃이 참 예쁘죠, 사장님."

한솔이 안내대 안쪽에서 화분을 내려다보며 말했다.

"정말 예쁘네요. 언니가 직접 골랐나 보다."

소정이 쪼그리고 앉아서 꽃을 구경하다가 주희를 보며 말했다.

"나도 사진으로만 보고 주문한 건데, 실물로 보니까 더 예쁘네요."

주희도 허리를 숙여 꽃을 들여다봤다.

한솔은 주희를 보면서 '이분이 화분을 보냈나 보다' 하고 생각했다.

바로 그때 상담실 문이 열리고 상담을 마친 수찬이 걸어 나왔다.

"수찬아, 수고했어."

한솔이 수찬에게 웃으며 말했다.

"고마워요, 누나."

수찬이 소파에 둔 백팩을 집어 들면서 한솔에게 말했다.

"누나 퇴근할 시간이죠? 저랑 같이 나가요."

"그러자. 잠깐만 선생님에게 인사하고 나올게."

한솔이 상담실 문을 빼꼼 열고 상엽에게 인사하고 나왔다.

한솔과 수찬이 상담소 문을 열고 막 나가자, 상엽이 상담실 문을 열고 나왔다.

"오빠, 수고했어."

소정이 상엽을 보고 말했다.

"고맙다, 소정아."

이어서 상엽은 소정의 옆에 서 있는 주희를 보고 웃으면서 "어서 와."라고 말했다.

"당신 독립하길 잘한 것 같네. 직접 와서 보니까 더 좋아 보여."

주희가 상엽을 보며 말했다.

"그래? 사실 나도 그렇게 생각하고 있어. 그나저나 꽃 핀 서양란은 비쌀 텐데 화분을 둘씩이나 보내주고…… 고마워."

"고맙긴. 상담소 오픈할 때 보냈어야 했는데, 늦었지만 맘에 든다니 다행이야."

"이 꽃 때문에 실내가 한결 고급스러워진 것 같지 않냐, 소정아?"

상엽이 소정을 쳐다보며 말했다.

"어쩐지 전에 못 느꼈던 우아함이 느껴진다 했더니 바로 이 화분 때문이었네, 오빠?"

소정이 웃으면서 말했다.

"역시 카페 사장님 센스는 알아줘야 한다니까. 하하하."

"하여간 두 사람은 언제봐도 재미있네요. 호호호."

상엽과 소정의 대화를 들으며 주희도 따라 웃었다.

상담소에서 나온 한솔과 수찬은 버스 정류장 쪽으로 걸었다.

"누난 이제 어디 가는 거예요?"

수찬이 한솔에게 물었다.

"난 다른 아르바이트하러. 넌?"

"난 집에 가요. 근데 누난 안 피곤해요?"

"아니, 상담소에서 일하는 것도 재밌고, 지금 가는 과외도 재밌어."

"교회에서 학생들 학습지도 한다는 거요?"

"맞아, 그거. 일주일에 세 번인데 애들이랑 같이 있다 보면 두 시간이 금세 지나간다니까."

"애들이 누나를 잘 따르나 봐요."

"애들이 참 착해. 애들 공부 봐주고 나올 때면 마음이 맑아진 기분이 들 정도로……. 내가 얻는 게 많은데 돈까지 받고 있으니 고마운 거지."

"누나가 착해서 그래요. 애들이 아무나 보고 그러지는 않거든요. 애들도 사람 좋은 걸 아는 거죠."

"수찬인 내가 착한 것 같니?"

"그럼요. 누나도 그렇고 동희 형도 그렇고요."

"난 모르겠고, 동희 오빠가 착하다는 건 인정해. 내가 봤을 땐 수찬이 너도 착해."

"제가요?"

"그래."

"난 아닌 거 같은데요."

"네가 잘 몰라서 그러는데, 네가 착하지 않으면 상담받으러 다닐 일도 없었을 거야."

"그게 무슨 말이에요, 누나?"

"그게 말이야. 불안이나 우울을 아무나 겪는 건 아니더라고. 대개 보면 착한 사람들이 그런 걸 겪는 것 같더란 말이지."

"착한 건 좋은 거잖아요. 그럼 착한 사람은 그런 시련 같은 건 안 겪어야 맞는 거 아니에요?"

"나도 처음엔 그렇게 생각했어. 착한 사람이 호구도 아니고 왜 그런 시련까지 겪어야 하냐고 말이지. 근데 생각해 보니까 그게 일종의 선물 같다는 생각이 들더라."

"선물이요? 우울과 불안이 어떻게 선물일 수 있어요?"

"수찬이 너도 요즘 예전에 비해 너 자신을 더 많이 들여다보는 것 같지 않아? 너 자신이 뭘 좋아하고 뭘 불편해하는 것도 알았을 테고 말이야."

"그렇긴 해요. 이전에 몰랐던 나 자신을 탐색하는 중이라고 할까요."

"그렇게 자신을 탐색하다 보면, 자신이 얼마나 아름답고 소중한 사람인지 깨닫게 될 테니까 선물인 거 아니겠어?"

"그럼 내가 겪는 이 시련이 선물이라는 거죠?"

"난 그렇게 생각하기로 했어. 이 일로 내가 얻는 게 많으면 선물인 거잖아. 수찬이 너도 이 일이 선물인지 아닌지 생각해봐."

"그럴게요, 누나. 근데 선물이라고 생각하니까 기분은 좋아요. 이것만 잘 이겨내면 하루하루가 예전보다 풍성해질 것 같다는 생각도 들고요."

"맞아. '사람은 자신이 생각하는 대로 자신을 만들어 간다'는 말이 있듯이, '나는 지금 선물을 받는 중이다'하고 생각하는 거야. 그러면 그 선물이 실제로 하나하나 드러나게 될 거야."

"'나는 지금 선물을 받는 중이다,' 좋아요. 저도 그렇게 생각할게요. 고마워요, 누나."

"고맙긴. 우린 같은 편이잖아."

"같은 편이란 말도 참 듣기 좋아요."

"그렇지? 상담사 선생님이 같은 편이라고 하길래 나도 처음엔 그냥 예의상 하는 말인가 보다고 생각했어. 그런데 시간이 갈수록 그 말이 빈말이 아니라는 걸 알겠더라. 그러면서 나도 상담소에 오는 분들 보면 남 같지 않고 뭔가 애틋한 마음이 들기 시작하더라고. 그분들 다 잘됐으면 좋겠고 많이 웃었으면 좋겠고 행복했으면 좋겠다는 바람도 생기고 말이야. 같은 편이니까 서로 잘되기를 바라고 그러는 거지, 뭐. 그래서 나도 같은 편이라는 말이 좋아. 마음이 말랑말랑해지는 기분이랄까, 저 구름처럼. 헤헤."

한솔이 손가락으로 하늘에 떠 있는 하얀 구름을 가리키면서 웃었다.

"우와. 구름이 꼭 솜사탕 같아요. 그러고 보면 같은 편이란 말이 솜사탕처럼 달달한 느낌도 들어요."

"달달한 거? 그거 좋다. 이제부터 왁자지껄 멤버들 보면 침 흘리는 거 아닌지 모르겠다."

"웬 침이요?"

"너무 달달해서……."

"푸하하."

한솔과 수찬이 동시에 웃음이 터졌다.

"아 참, 혹시 누나 지금 가는 데 제가 가서 도울 일 같은 거 있어요?"

"도울 일?"

"네. 제가 가서 청소라도 해 주고 싶어서요."

"정말? 그렇게 해 주면 거기 선생님들이나 아이들도 좋아할 거야. 그럼 같이 갈래?"

"네. 저는 가서 청소만 하고 집에 갈게요."

"좋아. 이야, 그런 생각도 하고 수찬이 근사하다. 그래서 네가 착하다고 한 거야."

"이왕 이렇게 된 거, 누나 말대로 이제부터 착해지죠, 뭐. 하하하."

웃고 이야기하면서 정류장에 도착한 한솔과 수찬은 함께 타고 갈 버스를 기다렸다.

"아 맞다. 동희 형이랑은 언제 오빠 동생 사이가 됐어요?"

수찬이 씩 웃으며 말했다.

한솔은 어깨를 으쓱하면서 "그럼 우린 언제 누나 동생 사이가 됐대?" 하면서 웃었다.

"그러네요. 하하하."

상엽과 주희 그리고 소정은 저녁 식사하러 한 일식 전문점에 갔다. 평소에 일식을 좋아하는 주희를 배려해서 상엽이 일식 전문점으로 정한 것이었다.

"언니, 오늘 이렇게 와 줘서 고마워요."

"뭘요, 진작 왔어야 했는데, 오히려 내가 고맙죠."

"오빠, 주희 언니가 선물로 뭐 보냈는지 알아?"

"화분 아니었어? 나는 같은 거라고 생각했는데."

"아니, 뭔지 알아맞혀 봐. 만약 오빠가 맞히면 내가 맛있는 거 살게."

"그래? 뭘까? 설마 떡 좋아한다고 떡 선물한 건 아닐 테고."

"오빠, 우리 카페에서 떡 팔거든."

"하하하. 내가 소정이 네 덕에 웃고 산다."

"소정이 덕에 웃는 게 아니라 소정이 떡에 웃는 거 아니고?"

"뭐? 푸하하. 넌 정말 못 말린다니까. 아이고. 내가 깜박할 뻔했다. 네가 애 낳은 여자란 걸 말이야. 하하하."

"두 사람은 언제봐도 재밌네요."

흐뭇한 표정으로 상엽과 소정을 바라보고 있던 주희가 말했다.

"그렇죠, 언니? 웃고 살아야죠. 헤헤헤."

그때 소정의 핸드폰이 울렸다. 소정의 남편 전화였다. 지혜가 체한 것 같다며 병원에 데려갈지 묻는 전화였다. 소정은 지혜가 걱정돼 집에 가봐야겠다고 하면서 먼저 일어섰다.

식사를 마저 끝낸 상엽과 주희는 일식 전문점 근처에 있는 한 유명 커피전문점으로 자리를 옮겼다.

"당신이랑 소정 아가씨가 어떻게 사는지도 보고, 나 오늘 여기 오길 잘한 것 같다."

주희가 커피잔을 들어 올리면서 말했다.

"그래 잘 왔어. 언제든지 내려와."

상엽이 커피잔 너머로 주희를 보며 말했다.

"오늘 당신이 날 편하게 대해 줘서 고맙기도 하고 미안하기도 했어."

"나한테 더 이상 미안해하지 않아도 돼."

"당신도 알잖아, 내가 당신한테 몹쓸 짓한 거. 이혼도 당신은 줄곧 반대했는데 내가 막무가내로 밀어붙였고."

"다 지난 일인데 다시 말해 뭐해. 지금 잘 지내면 됐지."

"나는 당신한테 항상 미안한 마음을 갖고 살 수밖에 없다고 말하려는 거야."

"이젠 그러지 마. 보다시피 나는 썩 잘 지내고 있어. 이젠 당신도 다른 사람 생각하지 말고 당신 자신만 생각했으면 좋겠어."

"당신 마음 잘 알아. ……내가 가장 견디기 힘들었던 건 나 때문에 힘들어하는 당신 모습을 보는 거였어. 내가 그 사실을 자각하지 않았다면 나는 지금도 당신에게 생채기를 내고 있었을 거야. 다시 말해 내가 나아지지 않으면 또다시 사랑하는 사람에게 상처를 줄 수 있다는 생각이 나를 정신 차리게 하니까. 내가 미안하게 생각하는 건 일종의 주문 같은 거라고 생각해 줘."

주희는 자신이 상엽을 사랑하는 마음은 여전히 똑같고 앞으로도 변함이 없을 거라는 말을 하고 싶었다. 그리고 돌아갈 곳이 있다는 것이 얼마나 큰 힘이 되는지도 말하고 싶었다. 그곳이 바로 상엽이라는 것도. 언젠가는 상엽에게 말할 수 있는 날이 반드시 있을 거로 믿었다.

"처음엔 당신 때문에 내가 너무 힘들다고만 생각했던 게 사실이야. 그런데 지나고 보니까 그런 당신은 오죽 힘들었을까, 하는 생각이 들더라고. 결국 당신 뜻대로 헤어지긴 했지만, 서로 편하게 못 지낼 이유도 없잖아. 그리고 난 당신을 늘 응원해."

주희는 상엽이 자신을 응원한다는 말에 눈물이 핑 돌았다. 그 눈물은 늘 한결같은 상엽에 대한 고마움 때문이었지만, 저렇게 좋은 사람을 자신이 힘들게 했다는 죄책감이 다시 꿈틀거렸기 때문이기도 했다.

"고마워. 나도 당신이 행복하길 바라고 있어."

주희가 냅킨으로 눈초리를 지그시 누르면서 말했다.

"고마워."

그때 흐르고 있던 음악이 바뀌었다.

"어, 저 노래 에피톤 프로젝트의 '첫사랑' 아닌가?"

상엽이 스피커에서 나오는 음악을 듣고 고개를 끄덕이며 말했다.

"아, 그러네. 한동안 들을 기회가 없었는데 오랜만에 여기서 듣네."

주희도 상엽과 함께 자주 들었던 기억이 떠올라 리듬에 맞춰 손가락을 까닥거렸다. 두 사람은 노래가 끝날 때까지 말없이 노래를 감상했다, 각자 나름의 기억을 되살리면서…….

'첫사랑'에 이어 '그대는 어디에'라는 곡이 흘러나왔다.

"당신 요즘 드라마 봐?"

주희가 노래를 듣다가 '챙겨보는 드라마가 하나 생겼고'라는 가사를 듣고는 상엽에게 물었다.

"드라마? 그때그때는 못 보고, 입소문 난 드라마 있으면 몰아 보곤 해. 드라마 보는 것도 상담할 때 도움이 되더라고. 당신은 어때?"

"나도 전에는 드라마 보는 게 시간 낭비라고 생각했는데, 요즘엔 노래 가사처럼 챙겨보는 드라마도 생겼어. 좀 과장되긴 해도 보고 있으면 공감되는 것도 많더라고. 당신 말대로 상담할 때 도움도 되고."

"진섭이가 드라마 마니아잖아. 혼자 보다가 재미있는 드라마 있으면 카톡으로 알려 줘, 나도 보라고."

"아 참, 진섭 씨는 잘 지내?"

"여전히 시민단체 일하면서 잘 지내고 있어. 이따금 번개하자고 연락하는데, 내가 봐도 잘 사는 거 같더라."

"다행이다."

"S도 잘 지내지?"

"어, S도 애 키우랴 직장 다니랴, 맨날 정신없다고 투덜거려도 행복한 것 같더라."

"다행이네. 다음에 S 만나면 안부 좀 전해줘."

"그럴게."

두 사람은 다시 흐르는 음악에 귀 기울이며 커피를 마셨다.

"만약에 말이야."

주희가 커피잔을 내려놓으며 말했다.

"만약?"

상엽은 오른손으로 커피잔을 든 채로 주희를 바라봤다.

"만약에 우리에게 아이가 있었더라면 어떻게 됐을까?"

"글쎄? 어떻게 됐을 것 같아?"

상엽은 커피를 한 모금 더 마신 후 커피잔을 내려놓고는 주희를 바라봤다.

"헤어지지 않고 여전히 같이 살고 있지 않았을까?"

주희가 커피잔에 시선을 둔 채 말했다.

"나도 같은 생각이야. 그래서 내가 당신한테 그랬잖아, 먼저 아이를 갖자고."

사실 상엽은 아이가 생기면 주희가 심적으로 여유로워질 것 같아서 한동안 아이를 갖자고 주희를 설득했었다. 하지만 주희는 상엽과 생각이 달랐다. 아이가 있으면 여유가 생길 거라는 상엽에게 주희는 마음에 여유가 생겨야 아이를 낳을 거라고 했다. 사실 주희는 상엽도 모자라 아이에게까지 상처를 주게 될까 두려웠다. 상엽의 지속적인 설득에도 주희는 끝내 생각을 바꾸지 않았다. 아이를 갖고 안 갖고 하는 일에 있어서 남편 상엽이 아무리 간절히 바라더라도 정작 아이를 낳을 아내 주희가 응하지 않으면 그저 공염불에 불과했다. 결국 상엽도 아이를 갖자고 아내를 설득하는 걸 포기하고 말았다. 상엽은 그때의 기억이 떠올라 속이 답답해졌다. 하지만 이미 다 지난 일이라는 걸 잊지 않으려 했다. 상엽은 주희가 지금에 와서 아이 이야기를 꺼내는 건 스스로도 그 부분에 아쉬움이 남았기 때문이라 생각했다.

"맞아, 그랬었지. 자기가 아이 갖자고 할 때 그러자고 할 것이지, 난 그때 왜 그렇게 고집을 부렸는지 모르겠어."

"그건 내가 묻고 싶었던 말이야. 다 지난 일이지만, 사실 난 그때 정말 속상했거든. 조물주는 왜 애 낳는 능력을 여자한테만 주셨는지…… 그것까지 원망스러울 정도로. 근데 지금 와서 생각하면 뭐 하겠어. 괴롭기만 하지. 당신도 지난 일 생각하면서 너무 속 끓이지 마."

상엽이 우울한 표정을 짓고 있는 주희에게 말했다.

"그래, 이제 안 할게. 소정이 아가씨랑 통화하다 보면 지혜 생각이 나서 우리도 아이가 있었으면 어땠을까, 하는 생각이 들더라고. 내가 괜한 이야기를 꺼냈네, 미안."

"뭐 그런 일로 미안할 것까지야……."

약간 민망해진 상엽은 별소리를 다 한다는 듯이 손사래를 쳤다.

상엽과 주희가 커피전문점에서 나와 주희가 타고 갈 광역버스 정류장에 도착했을 땐 9시가 넘은 시각이었다.

"오늘 고마웠어. 조심해서 잘 가."

상엽이 버스를 타려는 주희에게 말했다.

"오늘 정말 즐거웠어. 당신도 잘 지내."

상엽은 주희가 탄 광역버스가 시야에서 사라질 때까지 그 자리에 서 있었다. 상엽은 자기가 바라던 대로 주희를 편하게 대할 수 있어서 다행이란 생각과 함께 잠깐잠깐 눈에 띄던 주희의 쓸쓸한 모습이 떠올라 씁쓸한 기분도 들었다.

바로 그때 카톡 알람이 울렸다. 얼마 전에 동희와 한솔의 제안으로 개설한 왁자지껄 심리상담소 단톡방 알람이었다. 상엽이 화면의 단톡방 알람 메시지를 누르자 수찬의 사진 두 장이 연달아 올라와 있었다. 수찬이 공부방에서 대걸레를 들고 바닥을 닦는 사진과 화장실 청소하는 사진이었다. 장난기 있는 수찬의 표정을 찍어 올린 이는 한솔이었다. 사진 아래에는 한솔이 올린 메시지도 있었다.

'강제로 공부방에 끌려와 청소 봉사하는 착한 수차니~.'

그 아래는 다른 멤버들의 메시지가 하나씩 올라왔다.

가장 먼저 김숙희가 올린 '수차니 멋있다.'란 메시지와 박수 이모티콘이 보였다. 숙희는 이브 근무 중이라 잠시 후 10시에 퇴근한다고 했다. 그 아래에 조애리가 올린 '수찬이 드라마 찍니? 우리 수찬이 탤런트보다 더 잘생겼다.'라는 메시지와 움직이는 하트 이모티콘이 이어졌다. 희준도 수찬에게 '엄지척' 이모티콘을 올렸다. 이어서 수찬이 올린 메시지가 올라왔다.

'여러분- 사랑해요.'

가장 웃긴 건 동희가 올린 이미지였다. 귀여운 흰 강아지 한 마리가 물개박수를 치고 거기에 '오빠 최고!'라는 말풍선이 달린 이미지였다. 동희의 메시지 바로 아래는 '동희 언니 최고!'라는 메시지가 올라와 있었다. 한솔이었다.

메시지를 보던 상엽은 풋 하고 웃고 말았다. 그러면서 한솔과 동희가 은근히 잘 어울린다는 생각이 들었다. 이어서 숙희와 애리가 올린 '동희 언니 파이팅!', '배꼽 빠지면 누가 책임질 거야?'라는 메시지가 연달아 떴다.

단톡방에 올라온 글을 보면서 웃고 있던 상엽도 웃겨서 바닥에 뒹구는 이모티콘과 함께 '나는 조금 전부터 이러고 있음.'이라는 메시지를 올렸다. 그렇게 한동안 멤버들의 메시지가 올라왔다. 상엽은 비록 소리 없는 메시지이지만, 상담소 이름처럼 왁자지껄하고 활기가 넘친다는 생각이 들어 흐뭇했다. 그러다 문득 멤버들 각자 자신만의 빛을 내며 반짝이고 있다는 생각에 마음이 뭉클했다. 상엽은 다시 한번 자신이 서남시로 내려와 상담소를 차리길 정말 잘했다는 생각이 들었다. 상엽은 집에 가는 내내 단톡방 메시지가 생각나 얼굴에 미소가 사라지지 않았고, 동희가 올린 메시지가 떠오를 때는 자신도 모르게 킥킥 웃었다.

상엽은 집에 들어와 샤워한 후 냉장고에서 캔맥주 하나를 꺼내 들고 소파에 깊숙이 앉았다. 무심하게 맥주를 홀짝이다가 탁자 위에 있는 리모콘을 집어 들고 텔레비전 채널을 계속 변경하더니 드라마 전용 채널에서 멈췄다. 문득 몇 시간 전 커피전문점에서 주희가 했던 질문이 떠올랐다.

'당신 요즘 드라마 봐?'

그러면서 그때 들었던 노래가 생각났다. 상엽은 탁자에 둔 핸드폰을 집어 들고 플레이리스트에 저장된 에피톤 프로젝트의 '그대는 어디에'를 틀었다. 상엽은 헤어진 주희와 자주 들었던 앨범 속에 있던 곡이었는데도 가사를 자세히 들은 적은 없었다는 걸 깨달았다. 가사를 다시 들으니 사랑하다 헤어진 자신과 주희를 두고 쓴 가사 같다는 생각이 들었다.

눈물은 보이지 말기

그저 웃으며 짧게 안녕이라고

멋있게 영화처럼 담담히 우리도 그렇게 끝내자

주말이 조금 심심해졌고 그래서일까?

친구들을 자주 만나고

챙겨보는 드라마가 하나 생겼고

요즘에 나 이렇게 지내

생각이 날 때, 그대 생각이 날 때

어떻게 해야 하는지 난 몰라

……

환하게 웃던 미소, 밝게 빛나던 눈빛

사랑한다 속삭이던 그대는 어디에

사랑하냐고 수없이도 확인했었던

……

웃기도 잘했었고, 눈물도 많았었던

상엽은 같은 노래를 반복해서 들으며 가사를 음미했다. 들으면 들을수록 자신과 주희가 헤어지게 된 것이 안타까웠고, 주희가 안쓰러울 따름이었다. 그러다 '생각이 날 때, 그대 생각이 날 때 어떻게 해야 하는지 난 몰라' 부분에서는 자기도 모르게 눈물이 또르르 흘러내렸다. 순간 주희가 집에 잘 들어갔는지 문자라도 보내 볼까, 하는 생각이 들었다. 하지만 그러지 않았다. 자신이 주희에게 심상한 듯 문자를 보내도 되는지 생각이 깊어졌기 때문이었다. 상엽은 마시던 맥주를 마저 들이켠 다음 소파에 깊숙이 몸을 묻은 채 음악을 듣다가 그렇게 잠이 들었다.

5월 마지막 주 토요일, 드디어 상엽과 수찬이 그렇게 기다렸던 서핑 가는 날이 밝았다. 서핑 장소는 강원도 속초였다. 이동은 고속버스를 이용하기로 했다. 한솔의 이모가 미술 학원에서 운행하는 24인승 승합차를 써도 좋다고 했지만, 운전하는 사람이 너무 피곤할 것 같다며 마음 편하게 다 같이 고속버스로 이동하자는 데에 의견이 모아졌기 때문이었다.

9시에 출발하는 속초행 고속버스를 타기 위해 터미널에 모인 왁자지껄 멤버들은 하나같이 들뜬 표정이었다. 특히 숙희와 애리는 얼마 만에 경기도를 벗어나는지 모른다며 무척 행복해했다. 애리는 점심으로 멤버들과 함께 먹을 유부초밥과 김밥을 싸기 위해 새벽 4시에 일어났는데도 하나도 피곤한줄 모르겠다면서 신나 있었다. 3교대로 일하는 숙희는 한 달전부터 근무 조정을 했던 터라 날짜가 다가올수록 설레기까지 했다고 했다. 상엽과 수찬은 나란히 서서 유튜브에서 봤던 서핑 자세에 관해 이야기했다. 한솔과 동희도 들떠있긴 마찬가지였다. 두 사람도 자주 데이트하긴 해도 서남시를 벗어나는 건 이번이 처음이었다. 그리고 참석자 중 가장 연장자 한명이 더 있었다. 그는 바로 박희동이었다. 상엽과 동희, 한솔이 모여 서핑 여행 계획을 세우다가 한솔에게 문득 희동이 떠올랐다. 말이 나온 김에 혹시나 하고 상엽이 희동에게 전화를 걸었다. 상엽이 상담소 멤버들끼리 속초에 서핑하러 가는 데 바람도 쐴 겸 같이 가지 않겠냐고 했더니 희동이 반색했다. 희동도 죽은 아내가 치매에 걸린 이후로 고속버스를 타고 타지로 여행 가기는 처음이었다. 희동이 참석한다는 소식을 들은 다른 멤버들도 기뻐했다. 이렇게 해서 고속버스를 탈 멤버들은 일곱 명이었다. 희준은 참석하고 싶었지만, 다음 달 결혼식을 앞두고 주말에 준비할 일이 많았던 터라 안타깝게도 참석하지 못했다.

멤버들은 출발 10분 전에 속초행 고속버스에 올랐다. 속초까지는 세 시간 가까이 소요되는 거리여서 피곤하다면 한두 시간 정도 눈을 붙이기에도 충분했다. 하지만 일곱 명 중 누구도 차에서 눈을 감고 잠을 청한 사람은 없었다. 모두 이야기하느라 속초까지 가는 세 시간이 지루한 줄도 모르고 금세 지나가 버린 기분이었다. 속초에 도착해 고속버스에서 내릴 땐 숙희와 애리가 왜 이렇게 시간이 잘 가는지 모르겠다며 아쉬워할 정도였다.

속초 해변에 도착한 멤버들은 먼저 애리가 준비한 도시락을 먹고 30분가량 해변을 거닐며 구경했다. 바다에는 점심시간임에도 파도타기에 여념이 없는 서퍼들이 간간이 눈에 들어왔다. 상엽과 한솔 그리고 수찬은 그쪽으로 몰려가 어떤 자세로 타는지 자세히 보면서 서퍼들의 몸동작을 따라 했다. 그런 모습을 보고 있던 동희가 씩 웃으며 세 사람에게 다가갔다.

"강사가 미덥지 않아 지금 눈 동냥하시는 건 아니죠? 혹시 그렇다면 막 섭섭해지려고 그러는데요."

"어머 그게 티 나요?"

한솔이 혀를 내밀면서 동희에게 말했다.

상엽과 수찬은 그저 웃고 말았다.

"수찬인 왜 아무 말 없이 웃고만 있지?"

동희가 수찬에게 장난기 있는 말투로 말했다.

"형이랑 누나 둘만 남겨두고 다른 데로 가야 하나 생각 중이었어요."

"다른 데로 가다니, 그게 무슨 말이야?"

한솔이 수찬에게 물었다.

"에이, 다 알면서…… 난 저쪽으로 가봐야겠다."

수찬은 희동, 숙희, 애리가 앉아 있는 평상으로 두 팔을 휘저으며 걸어갔다. 그런 수찬을 보고 한솔과 동희는 거의 동시에 어깨를 으쓱했다.

"하하하."

그런 두 사람을 보고 상엽이 웃었다.

"두 사람 방금 거의 동시에 어깨를 으쓱한 거 알아요? 어째 두 사람이 점점 닮아가는 것 같네요."

상엽은 싱긋 웃으며 다른 멤버들이 있는 곳으로 걸어갔다.

"헉, 우리가 그랬었나."

"조금 전에 그랬어요. 사실 나도 오빠가 나랑 똑같은 제스처를 하는 거 보고 좀 놀랐어요."

"뭘 놀랄 것까지야. 근데 우리가 점점 닮아가나 봐."

동희가 씩 웃으며 한솔을 바라봤다.

"오빠, 선생님이 괜히 농담하신 거잖아요. 오빠도 순진하긴."

"그래도 난 기분 좋은데. 한솔이는 안 그래?"

"오빠도 참. 우리도 멤버들 있는 데로 가요."

한솔은 웃으며 동희의 어깨를 떠밀었다. 그런 두 사람을 다른 멤버들이 흐뭇한 표정으로 지켜보고 있었다.

잠시 후 서핑용 슈트로 갈아입은 멤버들이 모래사장에 마련된 서핑 강습장에 나타났다. 속초에 오기 전에는 자신은 그냥 따라가서 다른 멤버들이 서핑하는 거 구경이나 할 거라고 했던 희동도 슈트를 입고 수찬 옆에서 기본 동작을 연습했다. 희동이 슈트를 입고 나올 때는 모두가 환호했다. 희동을 보고 숙희와 애리도 용기를 내서 도전하기로 했다. 키가 작고 통통한 애리는 슈트를 입은 자기 모습이 여간 부끄러운 게 아니었다.

"이거, 멤버들이 하나같이 늘씬해서 키 작고 뚱뚱한 내가 제일 눈에 띄는 거 아닌지 몰라."

애리가 슈트를 갈아입고 막 나오면서 하는 말이었다.

"애리 씨는 나처럼 뼈밖에 없는 사람의 심정을 모른다니까. 나이 들면서 어느 정도 살이 있어야 하는데, 난 그러지 못해서 체력도 금방 떨어지고 얼굴 살까지 빠져서 보기 영 그렇더라고. 근데 애리 씨는 적당하게 통통하고 피부도 좋고 얼마나 귀여워. 난 애리 씨 체형이 부럽기만 하는구먼."

살이 많이 빠진 상태인 숙희가 애리를 부러워하는 표정으로 바라보며 말했다.

"언니는 너무 말라서 살을 좀 찌워야 해요. 일이 너무 힘들어서 그러는 거 아니에요?"

애리는 마른 숙희가 진심으로 걱정되어 하는 말이었다.

"그러게 말이에요. 안 그래도 위장약을 먹는 데도 소화가 잘 안돼서 당분간 일을 좀 쉬어야 하나, 생각 중이에요."

"한의원에도 다닌다고 하지 않으셨어요?"

"다니고 있는데 별 효과가 없더라고요. 거기다가 약값이 워낙 비싸서 이번 달까지만 다녀야 할 것 같아요."

"그럼, 당분간 힘든 야간 근무 좀 빼달라고 하면 안 되나요?"

"3교대로 돌아가는 시스템이라 나만 빼달라고 할 수도 없는 실정이에요. 그래서 한두 달이라도 쉬어야 하나, 생각하는 거예요."

"일보다 몸이 우선이니까 좀 쉬는 쪽으로 생각해 보세요, 언니."

"아무래도 애리 씨 말대로 해야 하지 싶어요."

그때 동희가 숙희와 애리에게 다가왔다.

"두 분 선생님은 슈트가 잘 어울리시네요. 혹시 슈트가 불편하면 다른 걸로 바꿔도 됩니다."

"말이 나와서 말인데 내 슈트는 너무 꽉 끼는 것 같은데, 동회 씨가 보기엔 어때요?"

애리가 두 팔을 벌리면서 말했다.

"슈트를 처음 입으면 조금 쪼이는 느낌이 있어서 답답하실 거예요. 근데 선생님은 딱 맞는 것 같은데요? 조금 움직이다 보면 금방 적응되실 거예요."

"그런가? 일단 우린 동희 씨만 믿어요."

애리가 흐뭇한 표정으로 동희를 바라봤다.

"넵. 그럼, 이제 준비 운동부터 할까요?"

동희가 앞으로 나가면서 말했다. 멤버들은 모래사장에 간격을 두고 놓인 서핑 보드 옆에 서서 동희를 바라봤다. 이윽고 멤버들은 동희가 준비 운동으로 하는 동작을 일제히 따라하기 시작했다. 동희의 동작을 따라하는 멤버들의 표정이 하나같이 밝았다. 다음엔 동희가 보드 위에 엎드린 자세에서 재빠르게 일어서는 동작을 시범 보였다. 동희의 민첩한 동작을 보고 멤버들은 감탄하며 박수를 쳤다. 그러자 동희는 입꼬리가 올라간 채 멤버들에게 두 손을 흔들어 보였다. 곧이어 일제히 동희의 구령에 맞춰 동희가 하는 동작을 따라 했다.

"엉덩이를 너무 뒤로 빼면 보드에서 일어서지도 못하고 곧장 물에 빠지니까 조심해야 해요."

동희가 주의해야 할 동작을 직접 시범 보이면서 하는 말이었다. 동희가 엉덩이를 과장되게 뒤로 빼는 동작을 할 때는 모두가 웃음을 터뜨렸다.

"하하하. 하여간 재밌는 형이라니까."

수찬은 우스꽝스러운 동희의 동작을 보며 고개를 절레절레 흔들었다. 곧이어 수찬은 희동이 헷갈린다는 동작을 희동에게 천천히 알려줬다. 손자 또래의 수찬이 친절하게 동작을 알려주자, 희동도 여간 흐뭇한 게 아니었다. 한참 수찬의 도움을 받아가며 동작을 연습하고도, 희동은 전혀 힘들어하지 않았다.

"할아버지는 평소에 운동을 꾸준히 하시나 봐요. 전 벌써 지치려고 하는데, 할아버지는 전혀 안 그러시네요."

수찬이 희동을 보고 말했다.

"젊었을 때 운동을 좋아하긴 했지. 그런데 최근 몇 년 동안 운동을 통 못 했어. 그러다가 오늘 오랜만에 밖에 나와서 그런지 몸이 가볍네. 나중에 집에 가서 끙끙 앓을지도 모르겠지만 말이야. 허허허."

희동이 엎드린 자세에서 일어나는 자세로 바꾸는 연습을 하면서 말했다.

그 바로 옆에서 한솔과 상엽이 동희가 알려준 자세 바꾸기를 한창 연습 중이었다.

"한솔 씨는 동희 씨한테 따로 과외라도 받고 온 거예요? 어쩜 그렇게 자세가 안정적이죠? 이전에 바닷물로 배 채울 것 같다고 걱정하던 사람 폼이 아닌데요?"

상엽이 제법 민첩하게 자세를 바꾸는 한솔을 보고 말했다.

"어떻게 아셨어요?"

한솔이 상엽의 질문에 대답 대신 되물었다.

"뭐가요?"

"따로 과외받은 거요."

"진짜로? 이야, 어쩐지 자세가 안정적이다, 했어. 근데 은근히 소외감 들라고 하네요. 한솔 씨 과외 받을 때 우리도 좀 끼워주지, 그랬어요?"

상엽이 장난스러운 표정으로 한솔에게 말했다.

"그 과외 말고요."

"예? 그럼 무슨 과외를 받았다는 거예요?"

상엽이 궁금하다는 표정으로 한솔을 바라봤다.

"물에 빠지는 걸 두려워하지 말라는 마인드 컨트롤 같은 거요."

"아, 마인드 컨트롤―."

상엽은 한솔의 예상치 못한 대답에 고개를 끄덕이며 한솔의 다음 말을 기다렸다.

"바다를 푹신한 솜이불처럼 생각하거나, 퐁퐁장에서 논다고 생각하라고 하더라고요. 근데 내가 지금 겁 없이 이러고 있는 거 보면 그 말이 효과가 있는 것 같긴 해요."

"이야, 동희 씨가 더 믿음직스러워 보이는데요."

상엽이 돌아가면서 멤버들의 동작을 교정해 주고 있는 동희를 보며 말했다.

"나도 그렇게 생각했어요. 동희 오빠가 마냥 가벼운 것 같으면서도 진지한 구석이 좀 있더라고요."

한솔도 동희를 쳐다봤다.

"여기 두 분은 몸을 움직여 가면서 연습해야 하는데 너무 입으로만 하는 거 아닙니까?"

동희가 한솔과 상엽에게 다가오며 말했다.

"하여간 동희 씨는 호랑이라니까."

"웬 호랑이? 그럼 내 말하고 있었던 거예요?"

"강사가 워낙 잘 가르쳐서 벌써 서핑을 몇 날 며칠 탄 것 같다고 했어요. 호랑이 강사님."

"그렇죠? 우리 강사님 최고!"

상엽이 말하는 소리를 듣고 숙희와 애리가 맞장구쳤다.

동희가 조금 쑥스러워하는 표정으로 두 손을 들어 칭찬에 응답했다. 그런 동희를 보며 못 말린다는 듯 고개를 절레절레 흔드는 수찬도 재밌어서 웃고 있었다. 희동도 흐뭇한 표정으로 동희를 바라봤다.

그렇게 모래사장에서 30분 넘게 연습한 멤버들은 각자 자신의 보드에 고리를 연결하고 마침내 바다로 뛰어들었다. 상엽과 수찬은 몇 번 물에 빠지더니 금세 균형을 잡고 자연스럽게 파도를 탔다. 두 사람은 타고 있는 보드가 물가로 밀려 나올 때까지도 보드에서 떨어지지 않았다. 두 사람은 서핑이 처음이라는 말이 믿어지지 않을 정도로 능숙하게 파도타기를 즐겼다. 한솔은 모래사장에서 연습한 대로 과감하게 파도를 탔다. 한솔은 제법 몸 움직임이 빨랐다. 그러나 보드 위에서 균형 잡기가 육지에서 연습한 것처럼 쉽지는 않았다. 한솔은 한동안 보드에 오르자마자 곧장 물에 빠지기를 반복했다. 그럼에도 한솔은 물에 빠지는 걸 전혀 두려워하지 않고 마냥 신난 표정이었다. 상엽은 한솔이 물에 첨벙 빠지고 또 빠지면서도 재미있어하는 걸 보고 한솔이 그동안 연습했다던 마인드 컨트롤이 효과를 드러내고 있다고 생각했다. 그러나 아무리 한솔이 물에 빠지는 걸 두려워하지 않는다 해도 물에 빠질 때마다 짠 바닷물을 삼켜야 하는 건 피할 수 없는 일이었다.

"누나, 바닷물이 점점 줄어드는 것 같은데, 혹시 누나가 마셔서 그러는 건 아니겠죠?"

보드 위에 앉아 잠시 쉬고 있던 수찬이 보드에 엎드린 채 더 깊은 곳으로 헤엄쳐 나가는 한솔에게 말했다.

"많이 먹긴 했어도 그렇게 티 날 정도는 아닌데, 혹시 수찬이 네가 나 모르게 먹은 건 아니고?"

한솔이 웃음기 가득 찬 얼굴로 수찬을 일견하고 수찬 옆을 지나갔다.

"누나, 너무 무리하지는 말아요."

수찬이 한솔에게 말하자, 한솔이 알았다는 듯이 오른손을 반쯤 들어 올렸다.

숙희와 애리 그리고 희동은 노를 들고 보드 타기를 시도하다가 여러 번 넘어지더니 언젠가부터는 나란히 각자의 보드에 앉아서 파도 타는 사람들을 관람했다.

"이렇게 앉아 있어도 좋죠, 언니."

애리가 옆에서 같은 자세로 망중한을 즐기고 있는 숙희를 보면서 말했다.

"너무 좋다, 애리 씨. 이렇게 보드에 앉아서 발 담그고 있으니까 꼭 구름 위에 올라온 기분이랄까, 사람들 파도 타는 거 보는 것도 좋고. 아-, 행복해."

숙희는 이런 여유를 난생처음 만끽하는 기분이 들 정도로 행복했다.

"어르신은 피곤하지 않으세요?"

애리가 다른 쪽에서 같은 자세로 보드 위에 앉아 있는 희동을 보며 말했다.

"하나도 피곤한 줄 모르겠어요. 거의 십 년 만에 바다에 온 거라 그런지 이렇게 앉아만 있어도 좋아요. 더구나 워낙 좋은 사람들이랑 와서 그런지 꼭 가족 여행 온 것 같네요."

"맞아요, 어르신. 저도 사람들이 다 친절해서 남 같지 않아요."

애리가 희동을 보며 말했다.

"아이고, 저런. 또 빠졌네."

바로 그때 한솔이 바다로 풍덩 빠지는 모습을 보고 숙희가 안타까운 표정을 지으며 말했다.

멋있는 포즈로 파도를 타고 있던 동희가 한솔이 물에 빠지는 걸 보고 보드에서 뛰어내려 재빨리 한솔 쪽으로 헤엄쳐 갔다.

"괜찮아?"

"괜찮아요, 오빠. 물을 먹긴 해도 너무 재밌어서 멈출 수가 없어요. 설마 그만 타자는 말은 아니죠?"

보드 위로 막 올라와 앉은 한솔이 두 손으로 얼굴에 있는 물기를 닦아내며 말했다.

"그게 서핑 중독 초기 증상이야. 그것 때문에 내가 한겨울에도 서핑하러 오는 거잖아."

동희가 한솔의 보드에 두 팔을 걸친 채로 말했다.

"슈트가 생각보다 따뜻해서 겨울에도 탈 수 있을 것 같긴 해요."

한솔이 입고 있는 슈트를 매만졌다.

"그럼, 우리 겨울에도 올까?"

동희가 한솔을 올려다보며 말했다.

"좋아요. 눈만 안 오면 파도 타는 덴 문제 없겠죠, 뭐."

상엽이 보드에 엎드린 채 두 사람 옆으로 다가왔다.

"동희 씨 덕분에 다들 너무 행복한 표정인데, 동희 씨한테 어떻게 보답해야 할지 모르겠어요."

"뭘요, 제가 좋아서 한 일인데요."

동희가 밝게 웃으며 말했다.

"서핑 오길 잘한 거 같아요. 다들 표정도 밝고 피곤한 기색도 없잖아요."

한솔도 멤버들을 둘러보며 말했다.

"우리 다음에도 가끔 이런 시간을 갖는 게 좋겠어요."

상엽이 조심스럽게 보드 위에 앉으며 말했다.

"그래요, 선생님. 다들 좋아하실 거예요."

한솔이 상엽의 말에 동조했다.

"숲 체험은 어때요?"

상엽이 한솔과 동희를 보며 말했다.

"숲도 좋을 것 같아요."

동희가 상엽의 말에 고개를 끄덕이며 말했다.

"높은 데만 아니라면 좋을 것 같아요. 수찬이가 높은 산은 싫어하는 것 같고, 다른 분들도 힘들어 할 것 같아서요."

한솔이 신나게 서핑하는 수찬을 가리키며 말했다.

"초등학생 조카가 갔다 온 거 보니까 높은 산은 아니던데. 다음에 복지관에 연락해서 숲 체험 장소가 어딘지 자세히 알아봐야겠어요."

"이모 학원에서도 가끔 숲 체험하러 가는 것 같던데, 저도 이모한테 알아볼게요."

상엽의 말을 듣고 있던 한솔이 말했다.

"그거 잘됐다. 그럼, 한솔 씨도 알아보고 나중에 다시 얘기해요."

말을 마친 상엽이 뒤돌아 해변 쪽을 바라보았다. 그러다 다시 말을 이었다.

"근데, 우리 지금쯤 밖으로 나가야 하는 거 아니에요? 꽤 시간이 지났을 것 같은데."

상엽의 말을 듣고 동희가 손목에 차고 있는 스마트 워치를 확인했다.

"벌써 4시가 다 됐는데요."

"헉, 벌써 시간이 그렇게 됐어요? 오늘따라 시간이 너무 빨리 간다."

한솔이 아쉬운 표정을 지으며 말했다.

"그럼 제가 수찬이한테 가서 나가자고 말할게요. 선생님은 다른 분들한테 알려주세요."

그러고는 동희는 제법 멀리 나가 있는 수찬에게 헤엄쳐

갔다.

상엽과 한솔이 희동과 숙희, 애리 쪽으로 가서 나갈 시간이라고 말하자, 모두 아쉬워하는 표정을 지으며 물 밖으로 나갔다.

서남시로 돌아가는 고속버스 안에서 동희가 간간이 찍었던 사진과 멤버들이 서핑할 때 서핑 강습소 직원에게 부탁해 찍은 사진들이 단톡방에 줄줄이 올라왔다.

"방금 단톡방에 사진 올렸어요. 확인하시고 저장하세요."

한솔과 나란히 앉아 있던 동희가 건너편 자리와 앞뒤 자리에 앉아 있는 멤버들에게 말했다. 멤버들은 각자 핸드폰으로 단톡방에 올라온 사진을 보면서 좋아했다. 단톡방 제일 상단에는 아쉬운 마음으로 바다에서 나와 슈트를 입은 채로 찍은 멤버들의 독사진과 단체 사진 다섯 장이 연달아 올라와 있었다. 단체 사진을 찍을 때는 서핑 장비 대여소 직원에게 부탁했었다. 그런데 그 직원이 사진을 찍으면서 너무 웃긴 말을 하는 바람에 멤버들이 웃느라 다시 찍고 다시 찍다 보니 다섯 장이 되어버렸다.

"단체 사진이 다섯 장이나 되는데도, 난 너무 웃어서 눈 뜨고 찍은 사진이 하나도 없네."

사진을 보고 있던 애리가 말했다.

"애리 씨, 나도 마찬가지야. 난 그렇게 재미있는 사람 처음 봤다니까."

숙희도 사진 속 자기 표정을 보더니 말했다.

"사실 그분 전직이 레크리에이션 강사였어요."

"어쩐지 뭔가 다르다, 했어요."

동희의 말을 듣고 숙희가 말했다.

"근데 수찬이는 키도 크고 인물도 훤해서 꼭 모델 같다."

"전에 한솔 씨가 올린 사진 보고도 느꼈는데 이 사진 보니까 더 모델 같네."

애리와 숙희가 사진 속 수찬을 보고 하는 말이었다.

"이제부터 수찬이 별명을 모델이라고 해야 할까 봐요."

한솔이 앞자리에 앉아 있는 수찬의 어깨를 쿡쿡 누르며 말했다.

"에이 제가 어떻게 모델을……."

수찬이 손사래를 쳤다. 그런 수찬을 옆자리에서 희동이 흐뭇한 표정으로 바라봤다.

"아니야, 수찬인 모델 해도 잘할 것 같은데."

한솔과 동희 뒤에 혼자 앉아 있던 상엽이 말했다.

"말이 나와서 그런데, 혹시 수찬인 모델이나 탤런트 제안받은 적 없니?"

한솔이 수찬에게 물었다.

"서울에서 몇 번 있긴 했어요."

"헐, 한 번도 아니고 몇 번씩이나? 그래서 어떻게 했는데?"
한솔이 흥미진진해하는 표정으로 머리를 앞에 앉은 수찬 쪽
으로 기울였다.

"어떻게 하긴요. 관심 없다고 했죠, 뭐."

"이야, 아깝다. 나 같았으면 한번 해 보겠다고 했을 텐데."

한솔이 몹시 아쉬운 표정을 지으며 말했다.

"혹시 연예계에 관심 있었어?"

옆자리에 앉아 있던 동희가 연예계에 관심 있어 보이는 한
솔이 새롭다는 듯 물었다.

"누구나 한 번쯤은 연예인을 꿈꾸지 않나."

"맞아요. 나도 고등학교 다닐 땐 가수가 꿈이었는데."

한솔의 말을 듣고 건너편에 앉아 있던 애리가 말했다.

"노래를 잘하시나 봐요. 그럼, 우리 노래방에도 한번 가야겠
어요."

상엽이 애리를 보며 말했다.

"노래를 뛰어나게 잘하는 건 아니고, 그냥 친구들이 잘한다
잘한다 하길래 진짜 잘하는 줄 알고 잠깐 가수 한번 해 볼까,
하는 꿈을 꾼 거예요. 호호호."

"이야, 친구들이 권할 정도면, 버스에서 내리자마자 노래방으로 가야 할 것 같은데요."

애리의 말을 듣고 있던 동희가 말했다.

"오늘은 늦어서 안 되고, 다음에 한번 같이 가요. 그렇다고 너무 기대하지는 말고요. 호호호."

애리가 동희를 건너다보며 말했다.

"그럼, 우리 갈 곳이 한 군데 더 생긴 거네요. 앞으로 갈 데가 하나씩 생겨서 좋은데요."

한솔이 빙그레 웃었다.

"어, 이 사진은 또 언제 찍었대?"

뒷자리에서 사진을 내려보고 있던 상엽이 말했다.

"어떤 사진이요?"

동희가 고개를 뒤로 돌려 상엽에게 물었다.

"한참 아래쪽에요. 한솔 씨가 보드에 앉아 있고, 그 보드에 동희 씨가 두 팔을 걸치고 있는 사진…… 찾았어요?"

상엽의 말을 듣고 다른 멤버들도 그 사진을 보기 위해 각자 핸드폰을 들여다봤다.

"어, 이거 어떤 영화에서 봤던 장면 같은데. 그거 뭐더라. 아, 맞다. 타이타닉!"

동희와 한솔이 같이 찍힌 사진을 보던 애리가 손뼉을 치며 말했다.

"영화 '타이타닉'이요?"

상엽이 애리에게 물었다

"네, 선생님. 마지막 부분에 배가 파선되고, 남자 주인공이 여주인공을 널빤지 위로 올리고는, 자기는 동희 씨 같은 자세로 얼음 동동 떠다니는 차가운 바닷물에 몸 담그고 있는 장면이요."

"아, 맞다. 그 장면 생각난다."

애리 옆에 앉아 있던 숙희가 말했다.

"아, 그 장면. 그러고 보니 두 사람이 타라는 파도는 안 타고 영화를 찍었네요."

상엽이 다시 사진을 보더니 웃으며 말했다.

동희와 한솔은 서로 마주 보며 어깨를 으쓱했다. 두 사람은 그 영화를 모르고 있었다.

"눈치를 보니까 두 사람은 그 영화를 모르나 보네."

애리가 잠자코 듣고만 있는 동희와 한솔의 표정을 보고 하는 말이었다.

"그 영화 나온 지가 20년도 더 됐으니까 두 사람은 모를 수도 있을 거예요."

상엽이 말했다.

"그 영화 나왔을 때 선생님도 어렸을 텐데, 선생님은 어떻게 아세요?"

숙희가 상엽에게 물었다.

"아, 저는 대학생 때 텔레비전에서 방영하는 거 두세 번 봤거든요."

"두세 번 볼 정도로 괜찮은 영화인가 봐요."

한솔이 상엽을 돌아보며 말했다.

"모르긴 해도 동희 씨랑 한솔 씨가 보면 딱 좋을 거예요. 근데 꼭 같이 봐야 해요."

상엽이 하는 말을 듣고 애리와 숙희가 서로 마주 보며 쿡쿡 웃었다.

"그럼, 한솔 씨가 다음에 그 영화 보고 어땠는지 말해줘요."

애리가 한솔을 보며 말했다.

"네, 그럴게요. 그럼, 그 영화를 보려면 OTT 서비스로 봐야겠네요?"

한솔이 애리에게 대답하고는 뒤를 돌아보며 상엽에게 말했다.

"맞아요. 카페 같은 데 앉아서 노트북으로 보면 되겠네요."

상엽이 말하자 동희와 한솔은 그러자는 듯이 서로 마주보고 고개를 끄덕였다.

고속버스가 출발한 지 한 시간이 지날 무렵 상엽은 카톡에 올라온 멤버들의 사진 몇 장을 골라 SNS에 올렸다. 순간 주위가 조용해 고개를 들고 앞을 봤더니 멤버들 모두가 잠들어 있었다. 멤버들과 처음 가는 여행이라 설레는 마음에서 새벽부터 일어난 것도 있겠지만, 서핑하면서 안 쓰던 근육을 썼던 터라 상엽 자신도 근육이 상당히 뻐근한 상태였다. 아무래도 집에 가서 침대에 눕자마자 곯아떨어질 것 같았다. 30대인 자신도 그럴 진데, 40대 이상인 박희동, 조애리, 김숙희는 오죽할까, 생각했다. 곧은 자세로 눈을 감고 있는 희동 옆에서 수찬은 바람 빠진 풍선처럼 앞으로 고개를 푹 숙인 채로 자고 있었고, 상엽의 바로 앞자리에 앉은 한솔은 동희의 어깨에 머리를 기댄 채 자고 있었다. 숙희는 창가에 머리를 기대고 있었고, 애리는 의자를 뒤로 눕히고 얼굴에 손수건을 올린 채로 자고 있었다. 뒷자리에서 멤버들의 자는 모습을 바라보던 상엽은 오늘 있었던 일들이 휙휙 떠오르자 여간 뿌듯한 게 아니었다. 상엽은 어느새 가족처럼 친근해진 멤버들과 이렇게 뜻깊은 하루를 보낼 수 있어서 좋았다. 무엇보다도 멤버들이 하나같이 많이 웃고 밝았던 걸 생각하니, 그저 고마울 따름이었다.

고속버스가 서남시에 도착한 시각은 저녁 9시였다. 한솔은 몹시 피곤했던지, 버스에서 내릴 때 눈 주위가 부어 있었다.

"한솔 씨가 많이 피곤했나 보다. 눈이 많이 부었네."

숙희가 한솔의 얼굴을 쳐다보며 말했다.

"그죠. 제 얼굴 많이 부었죠? 눈도 잘 안 떠져요."

한솔은 두 눈을 깜박거리며 말했다. 동희는 그런 한솔이 귀여워 흐뭇한 표정으로 한솔을 바라봤다.

잠시 후 터미널 밖으로 나온 멤버들은 서로 오늘 하루 즐거웠다는 인사를 하고 각자 집으로 흩어졌다.

다음 날은 일요일이라 상엽은 부모의 아파트를 찾았다. 원래는 점심 식사를 함께할 생각이었다. 하지만 아침에 일어나려고 설정해 둔 알람도 듣지 못하고 자버렸다. 상엽이 눈을 뜬건 정오가 거의 다 되어서였다. 상엽이 곧장 일어나 씻고 커피한 잔을 내려 마신 다음 터벅터벅 걸어서 부모의 아파트에 도착했을 때는 오후 2시 무렵이었다.

"어제 속초에 갔다 와서 피곤했겠구나."

"네, 어머니. 서핑이 쉬워 보였는데, 막상 해 보니까 전혀 아니었어요. 너무 피곤해서 아침에 알람도 못 듣고 자버렸네요."

"박 선생도 어제 거기 갔다 와서 피곤했든지 아침에 운동하러 안 나왔더구나."

상엽의 아버지와 박희동은 아파트 후문과 연결된 체육공원에서 아침마다 운동하고 있었다.

"그러셨을 거예요. 서핑 연습도 되게 열심히 하셨거든요. 박 선생님은 10년 만에 놀러 간 거라고 하시던데요."

"아내가 치매에 걸리고부터는 늘 아내 곁에 붙어 있어야 했을 테니까, 어디 갈 틈도 없었겠지. 아무튼 그렇게라도 바람 쐬러 갔다 와서 다행이다."

희동이 그동안 어떻게 생활했는지 짐작할 수 있었던 상엽의 어머니는 희동이 속초에 가게 되었다는 소식을 들었을 때도 몹시 기뻐했다.

"소정이가 그러던데, 서울에서 주희가 다녀갔다고?"

상엽의 어머니가 다시 말을 이었다.

"아, 소정이 왔다 갔어요?"

"새로 만든 떡 몇 가지 들고 어제 잠깐 들렀더구나."

"네, 저번에 후배 결혼식에 갔다가 주희를 만났는데, 상담소랑 소정이 떡 카페 오픈할 때 못 와서 미안하다고 하길래, 한번 다녀가라고 했었어요."

"그래 주희는 잘 지낸다던?"

"네, 잘 지내는 것 같던데요."

"그렇다면 다행이구나."

대학 2학년 때 상엽이 주희와 사귀기 시작하면서 상엽은 주희를 가끔 부모가 운영하는 떡집에 데려왔었다. 상엽이 데려오려고 한 게 아니라 주희가 떡집에 놀러 오고 싶어 했기 때문이었다. 주희가 상엽의 부모에게 워낙 잘해서 상엽의 부모도 편하게 이름을 부르며 지냈던 터라, 결혼해서도 상엽의 부모는 주희를 딸처럼 생각하고 계속해서 이름을 불렀다. 상엽의 부모는 그런 주희가 상엽과 헤어지게 됐을 때 여간 속상한 게 아니었다. 상엽의 부모는 주희가 마음이 편해지면 다시 상엽과 합칠 수도 있다고 생각하고 있었다. 그렇다고 상엽에게 그런 생각을 하고 있다거나 그랬으면 좋겠다거나 하는 말은 한 번도 꺼낸 적이 없었다. 주희도 자신을 딸처럼 생각했던 시부모에게 불효를 저질렀다는 생각에 무척 죄송스러울 따름이었다.

그때 핸드폰 벨 소리가 울렸다.

'궂은 비 내리는 날 그야말로 옛날식 다방에 앉아……'

"당신 전화네요."

상엽의 어머니가 벨 소리를 듣고는 남편에게 말했다. 2년 전 상엽의 아버지가 그동안 써오던 핸드폰이 망가져 새 걸로 바꿀 때 아버지의 요청에 따라 상엽이 직접 최백호의 '낭만에 대하여'를 내려받아 벨 소리로 설정했었다. 상엽의 아버지는 평소에 그 노래를 즐겨 듣는 터라, 전화가 왔을 때도 전화를 빨리 받기보다는 노래를 '이제 와 새삼 이 나이에' 부분까지 흥얼거리고 나서야 전화를 받았다. 그 모습을 보고 상엽의

어머니는 급한 전화일 수 있으니 빨리 좀 받으라고 재촉하곤
했다. 상엽이 자신의 어머니가 아버지에게 재촉할 걸 미리 짐
작하고 자리에서 일어나 안방에 있는 핸드폰을 아버지에게
가져다 건넸다. 상엽의 아버지는 화면을 잠시 보고는 곧장 통
화 버튼을 눌렀다.

"아이고, 김 사장. 몸은 좀 어때?"

상엽의 아버지가 전화를 받자, 상엽의 어머니는 남편에게
방에 들어가서 전화 받으라며 손짓했다. 그러자 상엽의 아버
지는 전화를 받으며 자리에서 일어나 방으로 들어갔다.

"너도 시장에서 철물점 하던 김 사장님 알지?"

"아, 그럼요. 학교 다닐 때 저한테 용돈도 주고 그러셨는데
요. 김 사장님은 철물점 그만두셨다고 하지 않으셨어요?"

"그래, 철물점 그만두고 24시간 무인 빨래방을 차려서 하고
있지."

"아, 그러셨구나. 그거 요즘 잘되는 것 같던데요."

"잘 되긴 해도 차릴 때 돈이 좀 들어가서 수익을 내려면 시
간이 좀 걸릴 거라더구나. 그래도 노후 준비한다 생각하고 차
린 거라 잘 선택한 것 같다고 그랬지. 그런데 몇 달 전에 김 사
장님이 간암 수술을 받았단다."

"네? 아이고, 어쩌다 그런 일이……. 되게 큰 수술 받으셨네
요."

"글쎄 말이다. 수술은 잘됐다는데 그 집 아들이 안됐지, 뭐냐."

"아들이 왜요?"

"경찰 학교 다니고 있던 아들이 아버지한테 간을 이식해 드렸다더구나. 문제는 아버지한테 간을 이식해 주고 규율상 학교에 계속 다닐 수 없어서 학교를 나와야 했다지 뭐냐. 늦둥이라 이제 스물한 살이라던데, 한편으로는 대견하면서도 다른 한편으론 아들이 너무 안됐더구나. 아버지 살리느라 자기 꿈을 포기해야 했으니까 말이지. 김 사장님도 아들 생각하면 마음이 아프다고 하더구나."

"아들이 대단하네요. 김 사장님이나 아들한테도 더 좋은 일이 있지 않겠어요. 지금은 퇴원하셨나 봐요."

"얼마 전에 퇴원해서 아버지가 수술한 곳에 좋다는 건강식품을 김 사장님 집으로 보냈거든, 아마 그것 받았다고 전화한 걸 거다."

"아, 그러셨구나."

"김 사장님이 아버지한테 형님, 형님 하면서 참 잘했거든."

"그랬던 거 같아요. 아무튼 빨리 건강 회복하셨으면 좋겠네요. 김 사장님 아들도요."

"그래야지."

상엽은 부모와 함께 근처 식당에서 저녁을 먹고 집에 돌아
오는 길에 김 사장의 사연이 생각났다. 김 사장 아들을 본 적
은 없었지만, 대단하다는 생각이 들었다. 아버지를 살리기 위
해 자기 간을 떼어주는 대단한 일을 하고도 자신의 꿈을 포기
해야 했을 때 과연 아들의 심정이 어땠을지 생각하니 가슴이
먹먹했다. 상엽은 문득 십자가에 못 박혀야 할 운명을 받아들
인 예수가 생각났다. 예수도 자신의 운명을 받아들이기까지
많은 고뇌에 휩싸였던 것처럼 김 사장의 아들 또한 예수만큼
은 아니더라도 나름의 고뇌가 있었을 거로 생각하니, 상엽은
마음이 숙연해졌다. 그러면서 김 사장 아들이 이번 일을 자랑
스럽게 생각하고 앞으로 새로운 분야에서 더 멋진 삶을 살아
갈 수 있기를 바랐다.

6월이 되자 시장에 미세한 변화의 바람이 불기 시작했다.
몇몇 대형 마트가 서남시의 핵심 요지에 들어선 영향으로 직
격탄을 맞은 전통시장이 빛을 잃어버린 상황에서 지자체가
지역경제와 문화 활성화 방안의 일환으로 전통시장 활성화
사업을 시작한 것이다. 그것은 진보 진영 소속인 현 시장의 선
거공약이기도 했다. 사업의 골자는 비어있는 점포에 들어와

전통시장 활성화 취지에 맞는 아이템으로 영업을 시작하면 향후 1년간 월세의 일정 부분을 지원해 주고, 대대적으로 홍보해 전통시장을 서남시의 관광명소로 만들어 관광객들을 유치하겠다는 것이었다. 서남시가 이러한 사업을 전국에서 처음으로 시행하는 것은 아니었다. 이미 이와 비슷한 사업을 시행한 몇몇 지자체가 있었다. 그중 일부에서는 활기를 잃었던 전통시장에서 관광명소로 탈바꿈해 관광객이 많이 찾는 성과를 내고 있었다. 하지만 대부분은 소기의 성과를 거두지 못했다. 그렇다 보니 지자체의 지원 기간이 끝나자 다시 빈 점포가 늘어나 활성화 사업 추진 전의 모습으로 돌아가 버렸다. 서남시에서도 이러한 점들을 파악하고 있었다. 그래서 다른 지자체가 겪은 시행착오를 겪지 않기 위해 사업을 성공적으로 이끌고 갈 전담팀을 따로 꾸리기까지 하면서 적극적으로 임했다.

평화시장에서도 전통시장 활성화 전담팀이 주최하는 회의가 잦았다. 그 회의에는 시장 건물주들과 시장에서 영업 중인 몇 안 되는 세입자들이 참석했다. 회의에서 전담팀과 보조를 맞춰 사업을 원활하게 이끌어 갈 시장 측 운영위원을 뽑았는데, 참석자들의 만장일치로 떡 카페 사장 소정이 뽑혔다. 소정도 누구보다 시장이 다시 활성화되기를 바라고 있던 터라 운영 위원직을 흔쾌히 수락했다.

사업의 세부 추진 사항이 설정되고 조직이 갖추어지자, 지자체에서는 온 오프라인을 통해 사업에 참여할 지원자를 모집하기 시작했다. 모집 공고를 보고 지자체 지원사업에 참여 의사가 있는 사람들이 직접 주변 환경과 성공 가능성을 확인하기 위해 시장을 찾았고, 그때 소정이 운영하는 떡 카페 소담이 마치 순례 여정의 필수 코스처럼 되어버려 소정이 일일이 그들을 응대해야 했다. 소정이 사업에 관심 있는 사람들을 응대하느라 카페 일을 거들지 못하게 되자, 아르바이트생 혼자서 늘어난 주문을 받아내기엔 벅찬 상황이었다. 결국 소정은 오전, 오후 시간대에 각각 아르바이트생 한 명씩을 더 구해 자신이 빠진 자리를 메꿨다.

　"요즘 지원사업 때문에 소담에 찾아오는 사람들이 많다면서?"

　한솔과 함께 점심 먹고 오는 길에 커피 마시러 소담에 들른 상엽이 소정에게 물었다.

　"어, 오빠. 창업에 관심 있는 사람들이 생각보다 많더라. 요즘 같은 불경기에 지자체에서 월세 일부를 지원해 주는 게 큰 메리트라고 하더라고. 사실 그 정도 지원이면 나 같아도 솔깃하지, 뭐. 근데 지원받아서 시장에 점포를 차렸는데 막상 사람들이 안 오면 어떻게 하냐는 거지. 지자체에서 대대적으로 홍보한다고 해도 과연 사람들이 얼마나 올까, 생각하니 망설여

진다고 하더라고."

"어떤 데는 청년몰을 운영하는 전통시장도 있던데요. 콘셉트가 청년몰이다 보니 입주하는 점포들도 대개 공방이나 젊은 사람들이 좋아하는 수제 도넛 전문점, 파스타 전문점, 분식집 같은 곳이었어요."

한솔이 지원사업에 대해 듣고 인터넷으로 다른 곳 상황이 어떤지 검색해 알게 된 내용을 말했다.

"청년몰이란 말을 들으면 뭔가 젊어진 느낌이 들어서 좋긴 한데, 왠지 오는 사람을 젊은 사람들로 미리 선을 그어버린 것 같지 않나?"

상엽이 마시던 아이스 아메리카노 잔을 내려놓으며 말했다.

"나도 그래, 오빠. 그래서 우리 시장은 청년몰처럼 대상을 국한하는 것 같은 단어는 안 쓰기로 했어. 남녀노소 할 것 없이 모든 세대가 조화를 이루는 시장으로 만들자는 거지."

"하지만 이곳만의 특색이 있으면 좋겠다는 생각은 들어요. 우리가 밥 먹으러 갈 식당을 검색할 때, 모든 메뉴 잘하는 집을 찾는 게 아니라 김치찌개 잘하는 집, 파스타 잘하는 집, 대개 이런 식으로 검색해서 찾아가는 것처럼요."

라떼를 한 모금 마시고 입꼬리가 올라가 있던 한솔이 자기 생각을 말했다.

"그러고 보니 정말 그러네요. 이야, 한솔 씨가 생각을 많이 했나 봐요."

한솔의 말을 듣고 있던 상엽이 자기는 미처 생각 못 했다는 듯이 놀라워했다.

"한솔 씨 말도 일리가 있어요. 근데 지자체에서 청년몰 같은 단일 콘셉트로 운영하면 어떨지 검토하면서 다른 곳의 사례를 봤더니, 그다지 효과가 없었다는 거예요. 처음에는 반짝하고 인기가 있었는데 금세 시들해졌다는 거죠. 지자체에서 꽤 많은 투자금을 쏟아부었는데도 1, 2년을 못 버티고 점포들이 다시 문을 닫았으니 말짱 도루묵이 된 셈이죠. 그래서 여기는 그런 시행착오를 안 거치기 위해 콘셉트를 다양한 문화공간으로 정하고 진행하는 거래요."

"지자체에서도 생각을 많이 했나 보네요. 아무튼 다들 노력한 보람을 얻으면 좋겠어요."

소정의 말을 듣고 한솔이 고개를 끄덕이며 말했다.

"아, 그리고 사람들을 만나다 보니까 사람들이 만나서 모임을 할 수 있는 공간이 있으면 좋겠다는 생각이 들더라고. 그래서 여기 떡 카페를 이벤트 장소로 대여해 주면 어떨까, 생각 중인데, 오빠나 한솔 씨 생각은 어때요?"

"좋을 것 같은데. SNS에서 보니까 요즘 카페에서 이벤트를 많이 하더라고."

상엽이 아이스 아메리카노를 한 모금 마시고는 말했다.

"소담에서 그런 거 하면 잘될 것 같아요, 사장님. 요즘에 소규모 독서 모임이 인기거든요. 저자와의 만남 같은 이벤트도 빈번해지는 것 같고요. 그런 이벤트를 소담에서 하면 더 많은 사람이 시장을 찾을 테니까, 결국 시장 활성화에 도움이 될 거예요."

한솔이 말했다.

"그럼 지자체에서 소담에도 지원해 줘야 하는 거 아닌가?"

상엽이 그랬으면 좋겠다는 생각으로 말했다.

"그래 주면 좋지, 오빠. 근데 이미 시작한 우리는 해당 사항 없네요. 그나저나 지원사업에 참여하는 사람들이 많아야 할 텐데, 어떨지 모르겠어."

"지금은 처음이니까 망설이는 사람들이 많을 거야. 그러다 먼저 계약한 사람이 나타나면 그 사람들도 움직일 거야. 그때까지는 지자체에서 홍보를 더 하는 수밖에 없지, 뭐."

"그런데 다른 지자체 사례를 보니까, 좀 걱정되는 점이 있었어요. 지원사업이 성공적으로 됐을 때를 대비하는 것도 필요하겠더라고요."

소정과 상엽의 말을 듣고 있던 한솔이 진지한 표정으로 말했다.

"잘됐을 때를 대비해서? 이를 테면요?"

상엽이 한솔에게 물었다.

"활성화 사업이 잘돼서 손님들이 좀 느니까 건물주가 월세를 터무니없이 높여 버리더라고요. 그만큼 월세를 안 낼 거면 나가라는 식이죠. 그러면 세입자는 손님은 많아도 그만큼 월세를 더 내야 하니까 남는 게 없는 거죠. 결국 울며 겨자 먹기 식으로 운영하다가 못 버티고 점포를 비워줄 수밖에 없다는 거예요."

"듣고 보니, 건물주가 좀 그렇다. 세입자가 고생해서 손님들을 늘려 놓은 거나 마찬가진데, 손님 좀 늘었다고 금세 월세를 올리냐. 진짜 너무하다."

상엽이 쯧쯧 혀를 찼다.

"한솔 씨 말이 맞아요. 내가 운영위원을 맡고 좀 알아봤더니, 성공한 시장에서 문제가 되는 게 바로 그거더라고요. 그래서 처음에 전세 계약할 때 터무니없는 월세 인상을 제한하는 조항을 넣자고 할 생각이에요. 그래서 건물주가 동의한 점포만 지원해 주는 거죠. 이건 건물주들이 인식을 바꿀 필요가 있어요. 건물주도 좋고, 세입자도 좋고, 서로 윈윈하는 전략으로 밀고 나가는 수밖에 없어요."

"그런데 건물주들도 시작 전에는 당연하게 받아들이다가 시간이 가면서 마음이 변한다는 거예요. 어느 댓글에 보니까, '화장실 들어갈 때 마음하고 나올 때 마음이 다르다'는 말이 있던데, 딱 맞는 말인 것 같았어요."

한솔이 말했다.

"안타깝지만 그런 일은 여기라고 안 생기라는 법이 없으니까 시작 전에 확실히 해 두는 수밖에 없겠다. 만약 그런 일이 발생하게 되면 절대 안 된다고 지자체에서 건물주에게 못 박는 거지. 그러자고 소정이 네가 지자체에 건의 좀 해야겠다."

"알았어, 오빠. 다음 회의 때 꼭 건의할게."

6월 중순이 넘어서자 드디어 지원사업 첫 계약자가 나왔다. 캘리그래피 강사인 김다미는 캘리그래피 공방을 열 계획이었다. 공방은 수강생들을 대상으로 하는 수업 이외에도 관광객을 대상으로 하는 체험 프로그램이 운영될 예정이었다. 체험 프로그램을 원하는 사람은 SNS를 통해 미리 신청하고 자신이 원하는 글이나 그림을 직접 배워 만든 작품을 작은 액자나 책갈피, 열쇠고리 같은 기념품으로 만들어서 가져갈 수 있었다. 비용은 어떤 작품을 만드냐에 따라 각각 다르게 책정되어 있었다.

다미가 먼저 계약하는 데에는 고교 동창생 소정의 역할이 컸다. 다미는 캘리그래피 학원에서 강사로 일하고 있다가 독립해 자신의 캘리그래피 공방을 차릴 생각을 하던 참에 친구 소정으로부터 지자체 지원사업에 대해 듣고 시장에 공방을 열기로 한 것이었다. 시장에 공방을 차린다는 게 조금은 걱정될 법도 하지만 절친인 소정이 시장 구석진 골목에서 자리 잡은 걸 봐 왔던 터라, 다미는 쉽게 결정할 수 있었다. 거기에 더해 지자체의 지원금도 다미가 결정을 빨리하는 데 영향을 미쳤다.

다미가 계약한 곳은 떡 카페 바로 옆 1층 건물이었다. 예전에는 이불이나 베개, 같은 침구류를 직접 만들어 팔던 곳이었다. 점포 계약을 끝내자, 발 넓은 소정의 소개로 공방 인테리어가 착착 진행되었다. 공사를 포함한 모든 준비는 2주면 끝나 다음 달 초에 공방을 열 수 있었다. 그 기간에 다미는 소정의 카페에 와 있을 때가 많았는데, 그때 상엽도 다미를 알게 되었다. 상엽이 점심시간에 잠깐 소담에 들렀다가 다미를 처음 만났다.

"오빠, 내 친구가 옆 건물에서 공방 차린다고 했잖아. 바로 이 친구가 그 친구야."

"다미야, 여긴 2층에서 심리상담소 하는 사촌 오빠야."

소정이 상엽과 다미를 서로 소개했다.

"이번에 공방 여시는 거 축하드립니다. 차상엽입니다."

상엽이 안주머니에서 명함 한 장을 꺼내 다미에게 건넸다.

"아, 고맙습니다. 앞으로 잘 부탁드려요. 김다미예요."

상엽의 명함을 받아 든 다미가 다소 수줍어하며 말했다.

"요즘 캘리그래피에 관심 있는 사람들이 많아서 다미 씨 공방도 잘 되실 거예요."

"아, 덕담해 주셔서 감사합니다. 소정이가 옆에 있어서 얼마나 든든한지 모르겠어요."

"저랑 같으시네요. 저도 소정이만 믿고 차렸거든요. 하하하."

"이렇게 이 오빠가 겸손하단다, 다미야. 아무튼 우리 조만간에 밥 한번 같이 먹어야겠다."

소정이 다미와 상엽을 번갈아 보며 말했다.

"그래, 그러자. 신고도 할 겸 밥은 내가 살게."

"호호호, 얘는 여기가 무슨 군대니, 신고하게? 이번엔 공방 오픈을 축하하는 의미에서 밥은 우리가 살게, 너는 다음에 사."

"아, 그럴까."

"그런데 공방 이름은 정하셨어요?"

상엽이 다미를 보고 물었다.

"아, '다미네 캘리 공방'이라고 정했는데, 이름이 너무 평범하죠?"

"음, 다미네 캘리 공방? 좋은데요. 안 그래?"

상엽이 소정을 보며 물었다.

"나도 좋아. 줄여서 '다미네 공방, 다미네 공방'하고 부르기도 좋고."

"줄여 부르는 거 좋다. 다미네 공방."

"그렇지, 오빠. 나중에 공방 오픈하면 우리도 수강하자. 시간 날 때마다 캘리그래피 배워서 좋은 글귀로 작품 만들면 좋을 것 같은데. 나는 카페에 장식할 작품 만들고, 오빠는 상담소에 오는 사람들에게 선물로 줄 책갈피 같은 거 만들면 되잖아."

"이야, 그거 좋겠다. 역시 소정이 넌 아이디어 창고라니까."

"말만 들어도 벌써 힘이 나네요. 고마워, 소정아. 고맙습니다……."

상엽과 소정의 말을 듣고 있던 다미가 소정에 이어 상엽에게 살짝 고개를 숙여 고마움을 표현했다.

"그냥, 다미 너도 오빠라고 불러. 이제 맨날 보다시피 할 건데. 편하게 지내면 좋잖아. 안 그래?"

상엽을 뭐라 불러야 할지, 다미가 망설이는 것을 눈치챈 소정이 말했다.

"그럴까, 그럼. 고맙습니다, 오빠."

다미가 수줍어하며 말했다.

"하하하. 뭘요, 다미 씨."

"그래, 오빠 다미라고 부르기가 좀 뭐하면, 그냥 다미 씨라고 부르든 알아서 해."

소정이 호칭을 정리한 덕에 다미는 앞으로도 상엽을 편하게 대할 수 있을 것 같았다. 상엽도 다미가 조금은 편해진 느낌이었다.

그날 오후 3시가 조금 넘어 한솔은 퇴근하면서 공사 중인 공방 안을 들여다보며 이야기하고 있는 소정과 다미를 발견했다.

"여기 계시네요, 사장님."

"어, 한솔 씨. 퇴근하는구나. 오늘도 수고했어요."

"수고하세요, 사장님. 그럼, 내일 뵐게요."

"아 참. 한솔 씨, 잠깐만."

소정이 막 돌아서려는 한솔을 불러 세웠다.

"네, 사장님."

"다름이 아니라. 두 사람 인사하라고. 이쪽은 여기서 공방할 내 친구 김다미, 그리고 이쪽은 2층 심리상담소에서 일하는 한솔 씨."

"안녕하세요. 이한솔입니다. 안 그래도 여기에 공방이 들어선다고 하길래 어떤 분인지 궁금했어요. 공방 개업 축하드려요."

"어머, 고마워요. 한솔 씨라고 했죠? 반가워요, 한솔 씨. 전

김다미예요. 앞으로 잘 부탁해요."

한솔과 다미가 반갑게 인사를 나눴다.

"아 참, 다미 너 피카소미술학원 원장님 알지?"

"어, 몇 번 인사드린 적 있어. 그분이 내 워너비잖아."

"맞아. 그랬다고 했지? 한솔 씨가 그 원장님 조카야."

"오, 그래? 내가 닮고 싶은 분의 조카를 여기서 만나네. 호호호."

"어머, 이모가 들으면 되게 기분 좋아할 것 같아요. 하하하. 근데 제 이모 어떤 면을 닮고 싶으신 거예요?"

"원장님이 대학 선배님이신데, 학교 다닐 때 후배들에게 전설이었어요. 근데 학술 세미나에 갔는데 거기에 강사로 오셨지, 뭐예요. 세미나 끝나고 인사드렸고, 그 뒤로도 몇 번 인사드렸어요. 미대생들이 싱글들이 좀 많은 편인데, 그런 싱글들한테 원장님은 워너비예요. 학교 다닐 때는 로맨틱한 연애로 후배들의 로망이셨고, 지금은 교육 사업에 뛰어들어 굳건하게 자리 잡고 계신 것으로 로망이시죠."

"풋! 이모가 로맨틱한 연애를요?"

한솔은 자기도 모르게 웃음이 나왔다.

"한솔 씨가 원장님 러브스토리를 못 들어서 그래요. 다음에 기회가 되면 내가 말해줄게요. 아마 한솔 씨도 들으면 가슴이 저릿할 거예요."

"아, 네. 그럼 다음에 꼭 들려주세요."

"그래요. 우리 다음에 밥도 먹고 차도 마셔요."

한솔은 소정, 다미와 헤어져 버스 정류장으로 걸어가는 도중에 문득 이모가 서울에서 무작정 집에 내려와 1년간 같이 살았던 기억이 떠올랐다. 그랬던 이모의 사연을 구체적으로 알지는 못했지만, 그 일이 사랑 때문일 거란 짐작만 했을 뿐이었다. 그 사연에 대해 다음에 이모에게 물어봐야지, 하고는 좀처럼 기회가 없었다. 그런데 그것에 대해 알고 있다는 다미를 만난 것이다. 이모의 사랑이 후배들에게 전설일 정도였다는 소리를 듣자, 한솔은 그 사연이 더욱 궁금했다. 그리고 이모가 서울이 아닌 서남시로 내려와 정착하게 된 것도 궁금하긴 마찬가지였다. 두 가지가 서로 연관이 있을 수도 있다는 자신의 짐작이 맞는지도 궁금했다. 한솔은 이모가 자주 하는 말이 생각났다. '무소의 뿔처럼 혼자서 가라.'

6월 마지막 주 토요일 오전에는 왁자지껄 멤버들의 모임이 있었고, 오후 1시에는 희준의 결혼식이 있었다. 모임에는 숙희, 애리, 한솔, 동희, 수찬이 참석했다. 6월에는 모임 날짜와 희준의 결혼식이 겹친 관계로 날짜를 변경해 숲 체험하러 가자는 말이 나왔었다. 하지만 간호조무사인 숙희가 비번을 변경할 수 없게 되면서 숲 체험은 다음 기회에 가기로 했다. 모임이 끝난 후 상엽, 한솔, 그리고 동희 이렇게 세 사람이 희준의 결혼식에 참석하기로 했다. 모임이 끝나갈 즈음 멤버들은 지난달 속초로 서핑 갔던 일이 생각나 한동안 그때 일을 이야기했다. 그러다 애리가 뭔가 생각났다는 듯이 손뼉을 쳤다.

"맞다. 동희 씨랑 한솔 씨는 그 영화 본다고 하지 않았어요?"

"아, 타이타닉이요?"

동희가 생긋 웃으며 말했다.

"맞다. 그 영화가 타이타닉이었지. 그래 둘이 같이 봤어요?"

숙희도 그때 일이 생각나 동희와 한솔을 번갈아 보며 물었다.

"봤어요. 남주가 레오나르도 디카프리오더라고요. 예전에 '위대한 개츠비'란 영화를 본 적이 있어서 그 배우를 알고 있었거든요. 몇 년 전에는 아카데미 남우주연상을 받는 것도 텔레비전으로 봤던 터라, 타이타닉도 되게 재미있게 봤어요."

한솔이 말했다.

"'타이타닉'이 한창 인기 있을 때, 사람들이 레오나르도 디카프리오를 보고 혜성처럼 나타난 스타라고 하면서 반짝하는 인기만 누리다가 그만둘 거라는 말을 많이 했어요. 근데 나이가 50인가 됐는데도 여전히 연기력을 인정받고 있는 걸 보면 난 그 배우가 되게 멋있어 보이더라고요."

"어머, 선생님도 레오나르도 디카프리오 팬이신가 봐요."

숙희의 말을 듣고 한솔이 말했다.

"팬까지는 아니고, 꼭 배우가 아니더라도 난 그렇게 한 분야에서 꾸준히 일하는 사람들 보면 좋게 보이더라고요."

"맞는 말씀이에요. 몇십 년 동안 한 분야에서 일한다는 게 쉽지 않을 텐데, 그걸 해내는 사람들을 보면 존경스럽더라니까요."

동희가 말했다.

"그건 그렇고, 영화에서 동희 씨랑 한솔 씨 사진이랑 비슷한 장면 봤어요?"

애리가 기대 가득한 표정으로 물었다.

"아, 그 장면 너무 슬펐어요. 결국 레오나르도 디카프리오가 죽던데요. 그런 상황에서는 살고 싶어 하는 본능 때문에 자기도 널빤지 위로 올라가려고 할 것 같은데, 레오나르도 디카프리오는 안 그렇더라고요. 실제로도 자기가 사랑하는 연인을 살리고, 자기 목숨을 잃은 사람이 있을까요?"

한솔의 말이 끝나자마자 수찬이 '여기 있다'는 듯 손가락으로 동희를 콕콕 가리켰다. 그런 수찬을 보고 모두가 웃음을 터뜨렸다. 동희는 씩 웃으면서 수찬에게 엄지척을 날렸다. 동희는 수찬이 여간 대견스러운 게 아니었다.

"다음에 '타이타닉'을 보게 된다면 동희 씨랑 한솔 씨가 생각날 것 같네요."

상엽이 말했다.

"저도 그럴 것 같아요."

한솔이 어깨를 으쓱하며 말했다.

"푸하하."

그런 한솔을 보고 다시 한번 모두가 웃음을 터뜨렸다.

모임이 끝나고 상엽과 동희 그리고 한솔은 희준의 결혼식에 참석했다. 희준은 다음 달부터 서울 노량진에 있는 한 입시 학원에서 강의하기로 되어 있었다. 그 입시 학원의 강사로 있는 학교 선배의 제안으로 옮기게 된 것이었다. 그래서 신혼 살림도 아예 서울에 차렸다. 인기 영어 강사인 희준의 결혼식답게 희준의 수업을 듣는 고등학생 열댓 명도 희준의 결혼을 축하하러 미리 도착해 앞쪽에 줄줄이 앉아 있었다. 식장 뒤쪽에 앉은 한솔과 동희는 여기저기를 둘러보며 결혼식 이모저모에 관해 귓속말을 주고받았다. 두 사람은 결혼식이 진행되는 내내 재미있어했다. 상엽은 희준이 신부의 손을 잡고 퇴장할 때 마음이 뭉클했다. 일순 희준이 자신도 모르게 자살 충동을 느껴 건물 옥상에 올랐다가 상엽에게 전화했던 때가 떠올랐기 때문이었다. 희준이 자신의 환경을 이겨내기 위해 스스로 만든 감옥에서 당당히 걸어 나와 마침내 결혼식까지 올리고 있다는 게 무척 고맙고 감동스러울 따름이었다. 결혼식이 끝나고 희준은 상엽의 손을 꼭 붙잡고 고맙다고 했다. 그때 희준의 눈동자에 비친 밝은 조명이 비에 젖은 듯 흔들렸다. 희준도 자신의 지난날이 떠올라 순간 뭉클했을 거라고 상엽은 생각했다.

결혼식이 끝나고 상엽은 들를 데가 있다는 동희, 한솔과 헤어져 부모가 사는 아파트로 향했다. 상엽이 부모가 사는 아파트 단지에 거의 다다랐을 때 소정의 전화를 받았다. 갑자기 시댁에 일이 생겨 가봐야 한다며 아르바이트생 혼자 있는 소담에 가서 자리만이라도 지켜달라는 것이었다. 상엽이 아르바이트생이 한 명 더 있지 않냐고 물었더니, 그 아르바이트생도 집에 일이 있어 나올 수 없는 형편이었다. 상엽은 소정에게 자신이 소담에 가볼 테니 걱정하지 말라고 하고는 가던 방향을 틀어 소담으로 향했다.

상엽이 소담에 도착했을 때, 주말이라 그런지 손님들이 꽤 있었다. 상엽은 마치 멘붕 온 사람처럼 허둥대는 아르바이트생에게 도울 일이 있으면 말하라고 하고는 먼저 개수대에 쌓여 있는 컵부터 씻기 시작했다. 상엽이 순식간에 컵을 씻어 건

조대에 줄지어 엎어놓자, 아르바이트생은 새로 주문 들어온 음료를 내기 위해 마른 행주로 빠르게 컵을 닦았다. 상엽은 주방을 대충 정리한 다음 홀에 나가 손님들이 떠난 테이블을 치웠다. 그렇게 한동안 바쁘다가 손님들이 하나둘씩 빠져나가자, 언제 손님들로 붐빈 적이 있기라도 했냐는 듯이 카페는 다시 한가해졌다. 그때 다미가 카페에 들어왔다. 상엽은 조금 전 인테리어 공사가 마무리된 다미의 공방 앞을 지나올 때 얼핏 공방을 들여다봤다. 하지만 공방 안에는 아무도 없는 것 같았다.

"어서 와요, 다미 씨. 안 그래도 조금 전에 봤더니, 인테리어는 끝난 것 같던데 다미 씨가 안 보이길래 오늘은 쉬는가 했어요."

"안녕하세요, 오빠. 소정이가 나한테 전화했을 때 제가 병원에 있어서 곧장 못 왔거든요. 그래도 오빠가 와 있어서 다행이네요."

"병원엔 왜…… 개점 준비한다고 너무 무리해서 그런가 보다."

"아무래도 그랬나 봐요. 병원에서 수액 맞으면서 좀 누워 있었더니 괜찮아졌어요."

"그래도 오늘은 더 일할 생각하지 말고 집에 가서 좀 쉬어요. 아님, 공방에 내가 도울 일 있으면 말해요. 내가 가서 하게

요."

"고마워요, 오빠. 공방 개점 준비는 얼추 끝나서 오늘은 그 냥 쉬어야겠어요."

"준비도 다 끝났겠다, 그럼, 오늘 같은 날에는 쉬어도 되겠 네. 아 참 오미자가 피로 해소에 좋다고 하던데, 앉아 있어요, 오미자주스 한잔 만들어 달라고 할게요."

"고마워요, 오빠."

옆에서 듣고 있던 아르바이트생이 곧장 냉장고에서 오미자 주스가 담긴 병을 꺼내 유리잔에 따랐다. 그러자 상엽이 주스 에 시럽 대신 꿀을 조금 넣어 계산대 바로 앞 테이블에 앉아 있는 다미에게 가져다줬다.

"어머, 색깔이 참 예뻐요. 고마워요, 오빠."

"마셔봐요. 일부러 꿀을 좀 넣어서 달 거예요. 피곤할 때 단 거 먹으면 기운이 나는 것 같더라고요."

"고마워요, 오빠."

다미는 '고마워요'만 연달아 말하고 있었다. 상엽이 가져다 준 오미자주스를 한 모금 마신 다미는 순간 눈물이 핑 돌았다. 상엽이 공방 준비하느라 지쳐있는 자신을 진심으로 생각해 주고 있다는 생각이 들었기 때문이었다. 그런 다미를 보고 있 던 상엽은 다미가 처음 봤을 때보다 살이 많이 빠진 것 같았 고, 호리호리한 체형인 다미의 손목이 오늘은 무척 가늘어 보였다. 상엽은 왠지 모르게 그런 다미가 짠하게 느껴졌다.

소정의 말에 따르면 다미는 가정 형편이 좋지 않아 고등학교 다닐 때부터 아르바이트를 해야 했다. 다미는 연약한 체력 때문에 밥 먹다가도 코피를 흘린 적도 있었다. 하지만 다미는 연약해 보이는 외모와 달리 강단이 있었다고 했다. 앞자리에 앉아 있던 친구가 "어머, 너 코피 나." 하면서 호들갑을 떨어도 정작 본인은 대수롭지 않게 테이블에 있는 냅킨 몇 장을 뽑아 코피를 쓱 닦고는 "별거 아니야. 약한 척 좀 한 거야."라고 하면서 헤헤거릴 뿐이었다. 2년 전에 다미의 남동생도 대학을 졸업하고 취직해 돈을 벌고 있는 터라 가정 형편이 나아졌지만, 다미는 직장을 다니면서도 과외까지 하느라 그동안 연애 한 번 못 했다고 했다. 상엽이 그 말을 들었을 때는 '그런 사람도 있구나' 하고 넘겼었다. 그런데 오늘 다시 그 말이 떠오르면서 다미가 그동안 힘들었겠다는 생각이 들었다.

그때 상엽은 소정의 전화를 받았다. 시아버지가 운동 중에 마주 오던 자전거를 피하려다 넘어져 급히 병원에 가서 검사받았는데, 다행히 타박상만 있을 뿐 뼈에는 이상이 없다고 했다. 그 일로 시어머니가 놀란 터라 오늘은 소정이 시댁에 있어야 한다고 했다. 상엽은 아르바이트생도 잘하고 있으니 카페 걱정은 하지 말라고 하면서 전화를 끊었다.

"소정이가 오늘 카페에 나오기 힘드나 봐요."

다미가 상엽을 보며 말했다.

"오늘은 시댁에 있어야 할 것 같다네요. 지금 이 시간대에는 찾는 손님들이 많지 않을 거라 바쁘진 않을 거예요."

"오빠가 피곤하시겠어요."

"오전부터 일이 있긴 했지만 그래도 주말이라 그런지 피곤한 줄 모르겠어요. 이제 다미 씨도 집에 들어가서 편히 쉬어야 하지 않아요?"

"아니, 조금 더 있다 가도 괜찮아요."

"혹시 먼저 가기 미안해서 그런 거라면 그러지 말고 집에 가서 쉬어요."

"난 괜찮아요."

"다미 씨가 그렇게 있으면 내가 안 괜찮아서 그래요. 다미 씨가 집에 가서 편하게 쉬는 게 도와주는 거예요."

다미는 상엽이 집에 가서 쉬라고 자신을 내쫓다시피 해서 어쩔 수 없이 소담을 나와 집으로 향했다. 집에 가는 내내 자신을 배려하던 상엽의 말과 표정이 생각나 마음이 따뜻해졌다.

시장 활성화 지원사업에 참가한 사람들이 이동식 푸드 가판대 참여자를 포함해 20명을 넘어서면서 시장 곳곳에서 공사가 진행되느라 전에 없던 활기를 띠었다. 생각보다 지원자가 많아 지자체 담당자들과 시장 건물주나, 그리고 상인들 모두 고무적인 일이라며 잔뜩 기대에 부풀어 있었다. 시장 초입에는 푸드 존을 만들어 이동식 푸드 가판대 열 대가 설치되었다. 그것은 '금강산도 식후경'이라는 속담도 있듯이 시장에 들어서면서 먹을거리를 즐긴 다음 느긋하게 다른 구경을 하라는 뜻에서 운영위에서 낸 아이디어였다. 그곳에서는 주로 젊은 사람들이 좋아할 만한 닭꼬치, 닭강정, 회오리 감자, 오징어 버터구이, 핫도그, 케밥, 수제 아이스크림 같은 먹을거리를 팔게 될 예정이었다. 시장 안쪽에는 네일 아트, 테이크아웃 커피전문점, 독립서점, 옛날 과자 전문점, 무인 사진관, 수제 어묵 전문점, 도자기 공방 등이 개점을 앞두고 한창 공사 중이었다.

7월 1일에는 지원사업의 첫 계약자인 다미네 캘리 공방이 문을 열었다. 사업의 첫 개점이라 지자체장과 의원들까지 들러 공방 개점을 축하해 주었다. 소정과 상엽이 공방의 첫 번째와 두 번째 수강생으로 이름을 올렸고, 이어서 다미에게 개인적으로 지도를 받던 사람들이 등록을 마쳤다. 상엽은 출근길에 미리 다미네 공방에 들러 축하 선물로 허리 높이의 해피트리 화분을 직접 건넸다. 화분에는 '대박을 기원합니다'라고 쓰인 분홍 리본이 달려 있었다. 상엽은 여름용 감색 재킷을 대각선으로 맨 가방에 걸고 반소매 셔츠 차림이었는데, 그의 등은 땀으로 흠뻑 젖어 있었다. 다미는 출근길에 땀까지 흘리면서 제법 큰 화분을 직접 들고 온 상엽이 무척 고마워 또 한 번 마음이 뭉클했다.

"오빠, 출근하는 길인데, 옷이 땀에 젖어서 어떡해요?"

"아, 괜찮아요. 가서 에어컨 틀고 있으면 금방 마를 건데요, 뭐. 그나저나 다미 씨 몸은 괜찮아요?"

"네, 오빠. 소정이랑 지인들이 도와준 덕에 내가 신경 쓸 일이 많지 않았어요."

소정도 어제 종일 공방과 카페를 왔다 갔다 하면서 다미를 도왔고, 오늘은 다미와 친한 수강생들이 나와 개점을 축하하러 방문한 손님들을 맞았다.

"소정이는 안 보이네요."

상엽은 공방 안 탕비실 쪽을 힐긋 보면서 말했다.

"아, 소정이는 주문한 떡 받으러 갔어요. 곧 올 거예요."

"아ㅡ, 그럼 전 이만 가 볼게요. 다시 한번 개점 축하해요, 다미 씨. 그리고 쉬어가면서 해요. 너무 무리하지 말고요."

"고마워요, 오빠. 나중에 퇴근하고 다 같이 식사할 건데, 오빠도 꼭 오세요. 아, 한솔 씨도요."

"그럴게요. 그럼 수고해요, 다미 씨."

다미는 공방 앞까지 상엽을 따라 나가 상엽이 옆 건물로 들어가는 것까지 보고 공방으로 들어왔다.

그날 저녁 다미는 공방 개점을 도와준 지인들을 불러 식사 자리를 가졌다. 상엽이 소정과 같이 식사할 한정식집에 도착했을 때는 다미와 그녀의 지인들 대여섯 명이 먼저 식사하는 중이었다. 다미는 지인들에게 소정과 상엽을 소개하고 바로 옆 테이블에 소정과 상엽을 마주하고 앉았다.

"한솔 씨는요?"

다미가 상엽을 보며 물었다.

"아, 한솔 씨는 과외 끝나고 곧장 온다고 했으니까, 아마 곧 올 거예요."

상엽이 핸드폰을 꺼내 시간을 확인하면서 말했다.

"그나저나 오늘 고생했다, 다미야."

소정이 손을 뻗어 다미의 손을 토닥거리며 말했다.

"나보다도 소정이 네가 왔다 갔다 한다고 고생 많이 했지, 뭐. 정말 고맙다, 소정아."

"고맙긴. 아무튼 공방이 잘됐으면 좋겠다."

"벌써 잘되고 있는 거 아닌가. 개점도 하기 전에 수강생이 두 명이나 됐잖아. 하하하."

상엽이 활짝 웃으며 끼어들었다.

"아, 맞네. 오빠 말대로 그 정도면 다미 넌 출발이 좋은 거야."

"나도 그렇게 생각하고 있어. 오빠랑 소정이 네가 옆에 있어서 내가 얼마나 든든한지 몰라."

그때 한솔이 식당으로 들어왔다.

"한솔 씨, 어서 와요."

다미가 손을 내밀며 한솔을 맞았다.

식사를 마친 다미의 지인들은 먼저 자리를 떠났고, 뒤늦게 식사를 시작한 네 사람만 남았다.

"아 참, 원장님이 어떻게 아시고 축하 화분을 보내 주셨던데, 한솔 씨가 원장님께 말씀드린 거 맞죠?"

다미가 한솔에게 말했다.

"네, 이모한테 이야기했더니 화분이라도 보내야겠다고 하더라고요."

"어쩐지. 내일 학원으로 전화해서 원장님께 고맙다는 인사라도 드려야겠어요."

"한솔 씨 이모님이랑 다미 씨가 아는 사이였어요?"

상엽이 앞자리에 앉아 있는 다미와 한솔을 건너다보며 말했다.

"그게, 오빠. 한솔 씨 이모가 다미 학교 선배이기도 하고, 다미의 워너비라는 거 있지."

상엽의 옆에 앉아서 식사 중이던 소정이 상엽의 물음에 대답했다.

"아, 그랬구나. 이야, 한솔 씨 이모님이 아시면 기분 좋으실 거 같네. 누군가 자신을 롤 모델로 삼고 있다는 걸 알게 되면 어떤 기분일까?"

"오빠는 어떤 기분일 것 같은데?"

소정이 말했다.

"아, 그래도 내가 잘 살아가고 있는 거구나! 하면서 굉장히 뿌듯할 거 같은데."

상엽이 대답했다.

"선생님은 이미 누군가의 롤 모델일 수도 있어요."

한솔이 상엽을 보며 말했다.

"정말이요? 아님, 그냥 막연하게 있을 거 같다는?"

상엽이 한솔에게 물었다.

"막연한 추측이 아니라 내가 알기로는 그런 사람이 있어요."

"이야, 기분이 되게 이상하네요. 뭔가 모르게 뿌듯하기도 하고, 더 잘 살아야겠다는 생각도 들고요. 아무튼 기분은 좋네요. 하하하."

"밥값은 다미가 아니라 오빠가 내야겠네."

"오케이."

상엽은 밥 먹는 중에 입꼬리가 올라갔다.

"누군지 안 궁금해요, 선생님?"

한솔이 물었다.

"아, 궁금하긴 한데, 안 들을래요."

"왜요, 오빠? 나 같으면 알고 싶을 것 같은데."

다미가 의아하다는 듯이 말했다.

"알면 괜히 신경 쓰일 거 같아서요. 그냥 모르고 사는 게 편할 거예요."

"오빠 말대로 그 사람이 누군지 알면 신경 쓰일 것 같긴 해."

소정이 말했다.

"근데 저는 왜 말하고 싶은 걸까요?"

"하하하."

한솔의 말에 모두가 웃었다.

"제발 부탁이에요, 한솔 씨. 말하지 말아줘요."

상엽이 웃는 표정으로 검지를 자기 입에 대고 말했다.

"넵. ……아 참, 공방 사장님한테 이모 이야기 듣기로 했었는데…… 들을 시간이 없었네요."

"한솔 씨 시간 날 때 언제든지 공방에 들러요."

"그 이야기 나도 듣고 싶은데, 지금 해 주면 안 될까?"

소정이 다미에게 말했다.

"근데 여기서 얘기해도 되나? 좀 그럴 거 같은데."

다미가 망설이며 한솔을 쳐다봤다.

"다 지난 얘긴데, 뭐 어때요. 전 괜찮을 거 같은데요."

한솔이 다미를 보며 말했다.

"그러려나? 그럼, 지금 할까?"

다미가 소정을 쳐다봤다.

"그래, 그냥 지금 해. 나도 듣고 싶다. 한솔 씨도 괜찮다고 하잖아."

"알았어. 그럼 할게. 그러니까 말이야……."

곧이어 다미가 들려준 이모의 러브스토리는 이러했다.

한솔의 이모가 그 남자를 알게 된 것은 대학교 2학년 때였다. 미대 선배였던 그 남자가 군대를 제대하고 복학한 것이었다. 같은 작업실에서 그림을 그리던 두 사람은 점차 친한 사이가 되었다. 남자가 워낙 털털해서 물건을 잘 챙기질 못했고, 자장면 같은 음식을 먹을 때도 옷에 흘리기 일쑤였다. 자연스럽게 한솔의 이모가 그 남자를 챙겼다. 시간이 가면서 한솔의 이모는 '바늘 가는 데 실 간다'는 말처럼 남자가 가는 곳은 어디든지 같이 다니는 사이가 되었다. 두 사람 다 아우라를 발산하는 예술가들이라 캠퍼스 어디에서든 같이 있는 모습을 보면 마치 화보의 한 장면 같다고 할 정도였다. 그런 두 사람을 흠모하는 후배들도 있었다. 그러면서 후배들의 로망이 되었던 것이다.

대학을 졸업한 두 사람은 같이 파리로 유학을 떠났다. 여기까지 들으면 해피엔딩을 예상하지만, 안타깝게도 사실은 그렇지 않았다. 파리에서 두 사람에게 무슨 일이 있었는지는 모르나, 4년 후 파리에서 돌아올 때는 따로였다. 남자가 몇 개월 먼저 한국에 들어왔고, 한솔의 이모는 나중에 들어왔다. 남자는 돌아오자마자 모든 것을 정리하고 곧장 수도회에 입회했다. 나중에 한국으로 돌아와 이 사실을 알게 된 한솔의 이모는 충격을 받고 1년 가까이 서울에서 자취를 감췄다.

1년 후에 다시 서울로 돌아온 한솔의 이모는 제안받은 대학 강사직을 거절하고 서울이 아닌 서남시로 내려와서 미술 학원을 차렸다. 처음에는 유학까지 다녀와 미술 학원을 차리는 한솔의 이모를 보고 제정신이 아니라고 수군대는 사람들이 많았다. 하지만 한솔의 이모는 다른 사람들 시선에 신경 쓰지 않고 20평 남짓의 작은 미술 학원을 결국 서남시에서 가장 규모가 큰 미술 학원으로 키웠다. 그때부터 여자 혼자서 아무런 연고도 없는 곳에 내려와 그렇게 성공하기가 쉽지 않다는 걸 아는 사람들의 시선이 달라지기 시작했다. 후배들도 한솔의 이모가 대학교 강사직을 마다하고 서남시로 내려온 이유에 대해서는 알지 못했다.

한솔은 다미의 이야기를 듣고 이모가 왜 하필 서남시여야 했는지를 짐작할 수 있을 것 같았다. 그것은 바로 서남시 외곽에 수도원이 있었기 때문이었다. 한솔은 그 수도원에 이모가 사랑하는 남자가 있는 거라고 짐작했다. 남자는 신의 부름을 받아 수도원으로 들어갔고, 이모는 그 남자의 부름을 받아 서남시로 내려오게 된 거라고 생각했다. 한솔의 이모에게는 사랑이 일종의 종교였던 것이다. 그제야 한솔은 무소의 뿔처럼 혼자서 가야 한다는 이모의 말을 조금은 이해할 수 있을 것 같았다. 그녀가 가야 하는 곳이 어디인지도…….

7월 중순에는 공사를 마친 점포들이 하나씩 개점했고 그로 인해 시장을 찾는 사람들이 확연히 많아졌다. 시장 초입 푸드 존에 설치된 이동식 푸드 가판대 영업도 시작되었다. 시장에서 가장 활기를 띠는 곳이 바로 푸드 존이었다. 늦은 오후에 푸드 가판대를 찾는 사람들이 가장 많았고, 손님들은 주로 중고등학교 교복을 입은 학생들과 2, 30대로 보이는 젊은 연인들이었다. 상엽은 사람들로 왁자지껄한 푸드 존을 지나칠 때마다 자기 어릴 적 시장의 전성기를 다시 보는 듯했다.

"어, 두 사람 여기 있었네요."

상엽이 퇴근하면서 푸드 존을 지날 때 사발 크기의 종이 용기에 든 닭강정을 다정하게 나눠 먹고 있는 한솔과 동희를 보고 하는 말이었다.

"어, 선생님. 지금 퇴근하시나 봐요?"

동희가 말했다.

"선생님, 닭강정 좀 드셔 보세요. 먹을 만해요."

한솔이 가판대에서 기다란 이쑤시개를 하나 집어 들어 상엽에게 건네며 말했다.

"이야, 맛있어 보이네요. 그럼 하나만 먹어볼까나."

상엽은 이쑤시개로 집어 든 닭강정 한 덩어리를 한 번에 입에 넣고 오물거렸다.

"음, 맛있다. 꼭 꿀 발라 놓은 거 같네요."

"조금 전 한솔이도 닭강정에 꿀 발라놓은 거 같다고 하더라고요."

동희도 자신의 이쑤시개로 닭강정을 하나 집어 들면서 말했다.

"두 사람 다른 것도 먹어볼래요? 내가 살게요."

상엽이 자신이 쓴 이쑤시개를 가판대 밑 쓰레기통에 넣으며 말했다.

"그럼, 우리 오징어 버터구이하고 케밥 한번 먹어봐요."

그러면서 한솔은 하나 남은 닭강정을 이쑤시개로 집어 들었다.

"그래요, 갑시다. 나는 여기서 저녁 해결하고 가야겠어요."

"우리도요. ……선생님은 혼자 식사하실 때가 많겠다, 그죠?"

동희가 말했다.

"보통 아침, 저녁은 그렇죠."

"그럼, 선생님은 음식 잘하시겠네요."

한솔이 말했다.

"잘하지는 못하고, 그냥 먹을 만한 정도? 하하하."

"오빠는 음식 할 줄 아는 거 있어요?"

한솔이 동희를 보며 물었다.

"나? 글쎄, 라면?"

"애개-, 초딩들도 라면은 끓일 줄 알거든요!"

"근데 난 음식을 할 기회가 없었어."

한솔의 말을 듣고 동희는 자신의 상황이 그랬다며 어깨를 으쓱했다.

"사실 나도 동희 씨처럼 부엌에서 가스불을 켠다거나, 칼로 뭘 자른다거나 할 일이 없었어요. 근데 신기하게도 혼자 살면서부터는 하게 되더라니까요. 동희 씨도 그동안 기회가 없어서 그렇지 막상 하면 잘할 수 있을 거예요."

"제가요?"

동희가 검지로 자신을 가리키며 말했다.

"그럼요. 요즘은 유튜브를 보고 따라 하면 뭐든지 할 수 있는 시대잖아요."

"맞아요. 이모랑 저도 가끔 유튜브 보면서 반찬 만들거든요. 얼마 전에 본 채널에서는 집에 계량컵이나 계량스푼 같은 게 없을 수도 있다면서 집에 있는 밥숟가락이나 종이컵으로 계량하더라고요. 가면 갈수록 따라 하기 쉽게 알려주는 것 같아요."

"그 채널 나한테 좀 알려줘 봐. 나도 보고 배우게."

동희가 한솔에게 말했다.

"동희 씨는 공유주방이라고 들어봤어요?"

"공유주방이요? 전 처음 듣는데요."

"동희 씨는 그럴 거 같네요. 그럼, 한솔 씨는요?"

"들어본 적은 있어요. 지인들끼리 공유주방을 빌려 직접 음식 만들어 먹으면서 파티도 하고, 그러는 데 맞죠?"

"맞아요. 각자 가져온 재료로 음식을 만들어서 다 같이 먹고 즐기는 곳인데, 요즘 그런 곳에 가서 모임 하는 사람들이 늘더라고요."

"그럼, 다음에 우리도 한번 가 보면 어떨까요?"

동희가 말했다.

"그것도 좋겠어요. 앉아서 이야기만 하는 것보다 다 같이 음식도 만들고 이야기도 할 수 있으면 분위기가 훨씬 더 자연스럽고 재미있을 것 같은데요."

한솔이 말했다.

"그럼, 다음에 멤버들한테 말해서 다 같이 한번 갑시다."

이윽고 상엽과 동회 그리고 한솔은 케밥과 오징어 버터구이를 먹은 후 각자 손에 든 아이스크림콘을 먹으면서 버스 정류장으로 향했다.

왁자지껄 7월 정기 모임은 서남시 외곽에 있는 한 펜션에서 있었다. 지난번에 못 갔던 숲 체험하러 가자는 의견도 있었고, 공유주방 하나를 빌려 음식을 만들어 먹자는 의견도 있었다. 결국 멤버들이 의논 끝에 숲도 즐기고 음식도 만들어 먹을 수 있는 곳을 찾다가 서남시 외곽 편백나무 숲 내에 있는 펜션으로 정한 것이었다. 더군다나 편백나무 숲이 시내버스 정류장에서 도보로 10분 거리에 있어 따로 승합차를 빌리지 않아도 되는 장점이 있었다.

멤버들은 도착하자마자 편백나무 숲 내에 조성된 산책로를 따라 걸었다. 걷다가 사람들이 앉을 수도 있고 누울 수도 있도록 자른 편백나무 바닥으로 된 공터에서 멤버들은 자유자재로 편하게 앉았다. 그리고 상엽의 리드에 따라 잠시 명상하는 시간을 가졌다. 사실 상엽이 숲 체험하러 가자고 했던 이유 중

하나가 멤버들과 숲에서 명상하는 시간을 갖기 위해서였다. 상엽은 대학원에 다닐 때 내담자들이 마음의 평온을 찾는 데에 명상이 도움이 된다고 생각하고 시간을 따로 내서 명상 지도자 과정을 수료했다. 그 이후로도 명상을 좀 더 깊이 배우기 위해 여러 사찰이나 수도원에서 진행하는 명상 프로그램에도 꾸준히 참여하고 있었다.

숙희와 애리도 상엽의 권유에 따라 집에서 잠자기 전에 명상하는 시간을 갖는다고 했다. 한솔은 명상이라고 할 것까지는 없지만, 간간이 멍때리고 있는 걸 좋아한다고 해서 모두를 웃게 했다. 동희는 자신도 몇 번 시도해 봤는데, 별의별 생각이 나서 집중할 수가 없더라고 했다. 키가 큰 수찬은 양반다리로 앉아 있는 것 자체가 힐링이 아니라 고역이라고 해서 모두가 다시 웃었다. 멤버들은 서로 간격을 두고 각자 편한 자세로 바닥에 둘러앉았다. 양반다리로 앉는 게 고역이라는 수찬은 바닥에 편한 자세로 드러누웠다. 멤버들은 눈을 감기도 하고 지긋이 아래쪽을 바라보기도 하면서 상엽의 말에 따라 호흡에 집중했다.

"먼저 들숨과 날숨에 집중해 보세요. 들어오는 숨은 생명의 숨입니다. 생명을 천천히 깊이 들이마시세요. 가슴이 아니라 아랫배에 숨을 빵빵하게 채운다는 생각으로 들이마십니다. ……이제 내 안에 있는 모든 숨을 밖으로 내보낸다는 생각으로 숨을 천천히 내보냅니다. ……다시 생명의 숨을 천천히 들이마십니다. ……이제 천천히 숨을 내보냅니다. ……이렇게 호흡에 집중하다 보면 마음이 비워집니다. 마음을 혼란스럽게 하는 생각들도 잠잠해집니다. 혹시 생각이 떠오르거든 애써서 생각을 떨쳐 버리려고 하지 말고 그 생각을 관찰한다 생각하고 그저 지켜만 봅니다. 떠오르는 생각에 내가 반응하지 않으면 생각은 금세 아지랑이처럼 사라집니다. 그러면서 호흡에 집중합니다. 그러다가 또 생각이 떠오르면 또 생각을 지켜만 봅니다. ……이제는 바람 소리, 새소리에 귀 기울여 봅니다……."

멤버들은 한참 동안 같은 자세로 명상했다. 명상이 끝난 후 눈을 뜬 숙희와 애리는 숲속에서 하는 명상이라 그런지 너무 좋았다고 했다.

"수찬이 자니?"

"하하하."

누운 자세로 하늘 높이 뻗은 편백 나무 우듬지를 바라보고 있는 수찬을 보고 한솔이 농담했다. 그 소리를 듣고 모두가 웃음을 터뜨렸다.

"하여간 내가 누나 때문에 마음 편히 누워 있지도 못하겠네요."

수찬이 일어나 앉으면서 말했다.

"아, 수찬이 자는 거 아니었구나. 난 또 자는 줄 알았지."

한솔이 웃으며 말하고는 혀끝을 내밀었다. 동희는 그런 한솔을 보고 빙그레 웃었다.

"자, 그럼 천천히 펜션으로 내려가서 음식 한번 만들어 볼까요?"

바닥에 앉아 있는 수찬이 일어나도록 상엽이 수찬에게 손을 내밀면서 말했다.

펜션에 돌아온 멤버들은 마당에 테이블 세 개를 내놓고 두 명씩 짝을 지어 요리를 시작했다. 숙희와 수찬, 애리와 상엽, 동희와 한솔이 각각 짝이 되어 음식 한두 가지씩을 만들 예정이었다. 숙희와 수찬은 당면과 감자, 당근, 부추가 들어간 닭볶음탕을, 애리와 상엽은 통삼겹살구이와 상추를 비롯한 각종 채소와 소면을 넣은 골뱅이무침을 만들기로 했고, 동희와 한솔은 묵은지와 참치 통조림을 넣은 얼큰한 김치찌개를 만들겠다고 했다. 동희는 며칠 전 김치찌개를 만들자는 한솔의 말을 듣고 유튜브로 김치찌개 만드는 영상을 여러 번 봤었다. 수찬과 상엽은 노련한 두 메인 요리사들 덕분에 할 일이 많지 않았다. 상엽은 즉석밥을 전자레인지에 돌리는 일을 맡았고, 수찬은 자신의 핸드폰으로 요리하는 멤버들의 사진을 찍었다.

"이거 김치찌개 아니에요?"

수찬이 버너 위에서 끓고 있는 김치찌개 사진을 찍으면서 말했다.

"맞아. 되게 맛있을 거 같지?"

동희가 말했다.

"그게 아니라 김치찌개 비주얼이 좀 낯설어서요."

"김치찌개가 어떻길래 수찬이가 비주얼이 낯설다고 하는 거야?"

수찬의 말을 듣고 애리가 김치찌개를 확인하기 위해 옆 테이블로 건너오면서 말했다.

"풋!"

애리는 김치찌개를 보자마자 웃음이 새어 나왔다.

"왜요?"

한솔이 당황한 표정으로 물었다.

"아니, 김치찌개가 아니라 김칫국이라고 해야 할 거 같은데."

"국물이 너무 많은 건가?"

한솔이 자신 없는 목소리로 동희를 바라봤다.

"그럼, 지금부터 김칫국이라고 하지, 뭐. 하하하."

동희는 자기가 말하고도 웃음이 나왔다.

"뭐가 됐든 맛있게만 만들어요."

애리가 자리로 돌아가면서 말했다.

"근데 맛도 별로일 거 같은데 어쩌죠?"

수찬이 돌아서서 씩 웃었다.

"야, 나중에 맛보고 놀라지나 마."

한솔이 돌아서서 사진을 찍고 있는 수찬에게 말했다.

30분 후 완성된 음식을 야외 테이블에 차려놓고 멤버들이 둘러앉아 먹기 시작했다.

"어, 이 김치찌개 조금 전보다 국물이 더 불어난 것 같은데요."

수찬이 동희와 한솔이 만든 김치찌개를 보고 말했다.

"아. 이거 김치찌개 아니고 김칫국이야."

한솔이 이렇게 말하고는 빙그레 웃었다.

"딱 보니까 간 보다가 물을 붓고 또 붓고 했네."

애리가 김치찌개를 들여다봤다.

"어떻게 아셨어요? 간 볼 때마다 짜서 물을 조금씩 부었는데 이렇게 많아져 버렸어요. 헤헤."

동희는 말하면서도 민망해서 웃음이 나왔다.

"괜찮아요. 나도 처음 한동안 찌개 끓일 때 그랬어요. 이게 다 두 사람의 정성이다 생각하고 먹으면 되지, 뭐."

숙희가 국물 한 숟가락을 뜨면서 말했다. 맛을 본 숙희가 소리 없이 웃더니 말을 이었다.

"이 정도면 먹을 만해요."

"이거 먹어도 탈 나지는 않겠죠?"

수찬이 미심쩍다는 듯한 표정으로 숙희를 보면서 말해 모두가 웃었다. 수찬이 말은 그렇게 했어도 한솔과 동희가 만든 김칫국을 가장 많이 먹은 사람은 바로 수찬이었다. 멤버들은 그런 수찬을 대견스럽게 생각했다. 음식을 맛있게 먹고 뒷정리를 마친 멤버들은 한동안 편백나무숲을 거닐며 사진을 찍었다. 그렇게 여유로운 시간을 보낸 멤버들은 버스 정류장으로 걸어 내려와 버스를 타고 각자의 집으로 향했다.

그날 저녁 수찬이 펜션에서 찍은 사진들을 단톡방에 올렸다. 멤버들은 각자의 집에서 사진을 보면서 펜션에서 있었던 일을 회상하며 한동안 메시지를 주고받았다.

31

다음 날 일요일 오후에 상엽과 한솔, 동희, 그리고 수찬은 떡 카페 소담에서 다시 만났다. 소담에서 최근 출간된 소설이 대박난 한 소설가의 북토크가 열렸기 때문이다. 올해 나이 예순이라는 그 소설가가 글을 쓰기 시작한 것은 서른 살 무렵이었다. 그는 무려 30년 동안 꾸준히 글을 쓰고 열 권이나 되는 책을 출간했어도 몇 개월 전까지 무명에 가까운 소설가였다. 그런데 이번이 마지막일지도 모른다는 생각으로 쓴 소설이 꼭 30년 만에 대박을 터뜨린 것이다. 사람들이 그 소설가를 이야기하면서 대기만성이란 말을 자주 인용했다. 지금 당장은 빛 한 줌 들어올 기미가 보이지 않아서 막막할 때도 있지만, 그럼에도 포기하지 않고 묵묵히 앞으로 나가다 보면 언젠가는 찬란한 빛을 보게 될 날이 있을 것이고, 그때 지난날의 어둠 속에 있던 순간들이 있었기에 지금의 영광을 얻게 되었다는 걸 깨달을 거라고 사람들은 생각했다. 이런 이유로 그 소설가는 전국에서 강연 요청이 쇄도하는 상황이었다. 그렇게 바쁜 소설가가 소담에서 북토크를 할 수 있게 된 것은 지자체 전통시장 활성화팀 담당 공무원들의 역할이 컸다. 전통시장 지원사업이 성과를 내고 있는 상황에서 유명 소설가의 북토크를 시장에 있는 소담에서 열게 된다면 그것만큼 효과적인 홍보가 어디 있겠냐며 아는 인맥을 총동원해서 북토크를 성사시킨 것이었다.

그 소설가가 워낙 인기 있다 보니 한솔과 동희 커플뿐만 아니라 상엽과 수찬까지 북토크에 참석하기 위해 소담에 온 것이었다. 시작은 2시였지만 일찌감치 와서 앞쪽 자리에 앉아 있는 사람들도 있었다. 다미도 만나 보고 싶었던 소설가라고 해서 상엽이 미리 자리를 잡아두었다. 다미가 소담에 들어오자, 상엽이 미리 잡아놓은 자기 옆자리에 다미를 앉게 했다. 소설가의 유명세답게 카페는 발 디딜 틈조차 없을 정도로 참석자들로 붐볐다. 늦게 온 사람들은 벽 쪽에 서서 소설가의 말에 귀를 기울였다. 소정이 카페 안에 있는 참석자들을 대충 세었을 때 족히 70명이 넘었다. 카페 밖에서 통유리를 통해 안쪽을 들여다보는 사람들도 제법 많았지만, 소정은 그 사람들까지 셀 엄두가 나지 않았다. 그들 중에는 주희도 있었다.

주희는 며칠 전 소정과 안부 전화를 하던 중에 유명 소설가가 소담에서 북토크를 하게 되었다는 말을 들었다. 그때는 북토크에 참석할 생각은 없었다. 그런데 오늘 아침에 문득 북토크에 가면 상엽의 얼굴도 볼 수 있겠다는 생각이 들어 소정에게 따로 연락하지 않고 느긋하게 출발해서 서남시에 내려온 것이었다. 하지만 사람들이 너무 많아 카페 안으로 들어가지도 못하고 밖에 서서 통유리를 통해 안을 들여다볼 수밖에 없었다. 주희는 안을 들여다보면서 소정과 상엽을 찾아 두리번거렸다. 소정은 계산대 너머에 서 있었다. 이어 상엽을 찾던 주희의 시선이 한 곳에서 멈췄다. 그곳에 주희가 찾던 상엽이 앉아 있었다. 그런데 상엽은 혼자가 아니었다. 상엽은 바로 옆에 앉은 여자와 다정하게 귓속말을 주고받으며 연신 싱글벙글하고 있었다. 상엽이 귓속말을 주고받은 여자는 바로 다미였다. 그 모습을 본 주희는 가슴이 철렁 내려앉았다. 주희는 상엽이 말은 하지 않았지만 언제나 자기가 돌아가기만을 기다리고 있을 거란 믿음이 있었다. 그런 믿음이 있었기 때문에 상엽에게 먼저 이혼하자고도 말할 수 있었다. 물론 그건 단지 주희 혼자만의 생각이었다. 주희는 세상에 빛이 순식간에 사라지는 것 같은 기분이 들었다. 언제든지 돌아갈 곳이 있다는 희망이 사라지는 순간이었다. 한참 상엽의 모습을 지켜보던 주희의 뺨에 눈물이 주르륵 흘러내렸다. 눈앞이 흐려져 상엽의 형체가 구별되지 않았다. 기껏 그려놓은 그림에 물방울이 똑똑 떨어져 그림 속 형체가 서서히 번져 버린 기분이었다. 주희는 이제야 자신이 끝내 강박에서 벗어나지 못하면 상엽을 영영 놓칠 수도 있다는 생각이 들었다. 아니, 어쩌면 이미 놓쳤는지도 모르는 일이었다. 주희는 순간적으로 다리가 풀려 털썩 주저앉아 버렸다. 그 상태로 더 이상 그 자리에 있을 수가 없었다. 힘을 모아 겨우 일어선 주희는 사람들을 비집고 시장 골목을 터벅터벅 걸어 나왔다. 걷다가 문득 올려다본 하늘은 구름 한 점 보이지 않고 무척 맑았다. 그래서 주희는 더 슬펐다.

북토크는 저자 사인 행사로 마무리되었다. 미리 책을 산 상엽과 다미, 한솔, 동희는 사인을 받았다. 미처 책을 준비하지 못한 수찬도 상엽이 현장에 나온 출판사 직원을 통해 구해준 덕에 저자 사인을 받을 수 있었다. 첫 이벤트를 성공적으로 마친 소정은 몸은 녹초가 되었지만, 얼굴엔 웃음이 가시질 않았다.

먼저 동회와 한솔, 수찬이 소담을 떠나고, 뒤이어 상엽과 다미도 수고한 소정에게 인사를 건네고 밖으로 나와 버스 정류장으로 나란히 걸었다.

"경제적으로 힘든 상황에서도 꿋꿋하게 30년 동안이나 글을 쓰신 걸 보면 그 작가님 참 대단하신 것 같아요."

다미가 말했다.

"나도 다미 씨랑 같은 생각 했어요. 글 써서 들어오는 돈으로 생활이 힘드니까 시간제 일자리를 찾아다녀야 했다는 말을 들었을 때는 나도 모르게 울컥하더라니까요."

"책으로 대박을 터뜨리지 않는 한 돈 때문에 글쓰기를 포기하는 작가들이 많다고 들었어요. 다른 일도 마찬가지겠지만요."

다미가 골똘히 생각하며 말했다.

"그렇겠죠. 자신이 좋아한다고 해서 그것에만 매달릴 수 있는 상황이 아닌 사람들이 더 많으니까요. 조금 전 그 작가님은 싱글이라 가족 부양에 대한 부담감은 없었겠지만, 대개 처자식이 있는 경우라면 생활이 먼저니까 글 쓰는 일을 포기해야 했을 거예요."

"……근데 오빠, 이제 말 편하게 하세요. 오빠가 너무 깍듯하게 하시니까 제가 좀 불편해서 그래요."

"아, 그런 뜻은 아니었는데……. 그럼…… 다미가 불편하다니까 이제부터 말 편하게 할게."

상엽이 쑥스러워하며 말했다.

"그래요, 오빠. 그렇게 편하게 하세요."

다미의 얼굴이 환해졌다.

"다미는 집이 여기서 가깝다고 하지 않았나?"

"네, 오빠. 버스 타면 세 정거장이에요. 그래서 버스 안 타고 걸어 다닐 때가 더 많아요."

"운동 삼아 걸어 다니기 딱 좋은 거리 같은데."

"네. 걸으면서 중간중간에 골목도 구경하고 하늘도 보고 그러면서 걸으면 금방이에요. 버스 타면 그럴 일이 없잖아요."

"그럼 다미는 오늘도 걸어서 갈 거야?"

"네, 천천히 걸어가죠, 뭐."

"그럼 나도 다미 가는 데까지 같이 걸어야겠다."

"정말요?"

"그럼. 난 부모님이랑 저녁 식사하기로 했는데, 지금 가면 조금 이른 것 같아서 다미 따라서 조금 걷지, 뭐."

"오빠 이 길 걸어본 적은 없죠?"

"그렇지. 버스로만 다녔으니까."

"그럼, 제가 가는 길에 신기한 거 보여 줄게요."

"신기한 거?"

"네. 다른 사람들에게는 별거 아닐 수 있는데, 제 눈에는 신기하더라고요."

　일순 상엽은 다미가 보여 주겠다는 게 무엇인지 궁금했다.
상엽이 걸으면서 잠깐씩 본 다미의 얼굴은 무척 행복해 보
였다. 상엽은 그런 다미가 마음이 순수하고 맑은 사람이라는
생각이 들었다.

　첫 번째 버스 정류장을 막 지났을 때 다미가 손가락으로 어
딘가를 가리키며 상엽을 불렀다.

　"오빠, 저기 좀 봐요."

　"어디?"

　상엽이 다미 바로 옆에 서서 다미의 손가락이 가리키는 곳
을 바라봤다. 골목 초입 콘크리트 담벼락 중간에 핀 노란 민들
레였다. 다미 말로는 높은 콘크리트 담벼락, 성인 허리 높이에
어쩌다 생긴 구멍에 흙이 반쯤 메워지고 씨앗이 용케 그곳에
떨어져 꽃을 피웠다는 게 볼 때마다 신기하다는 것이었다. 상
엽은 다미가 하는 대로 허리를 굽혀 노란 민들레를 자세히 들
여다보았다. 그러자 마치 자동으로 전등 스위치가 켜진 것처
럼 마음이 밝아진 기분이 들었다.

　"오빠, 생명이란 참 대단한 것 같아요. 저런 환경에서도 꽃
을 피울 수 있다는 게 말이에요."

　"더글러스 말록이란 시인이 쓴 시에 대충 이런 내용이 있
어. 그대 만일 나무가 되지 못하겠거든 덩굴이 되고 덩굴이 아

니겠거든 작은 풀이 되어 길가를 아름답게 만들어라. 달리 말해 작은 풀씨가 되어 뒷골목 담벼락에 떨어져 최선을 다해 그곳을 아름답게 만드는 일이나 화사한 장미꽃이 되어 부잣집 식탁을 장식하는 일이나 똑같이 가치 있는 일이란 거지."

"있잖아요, 오빠. 난 자라면서 내가 장미꽃처럼 화려한 꽃이 아닌 걸 늘 불평했던 거 같아요. 장미꽃만 꽃인 줄 알았던 거죠. 이렇게 허름한 골목을 아름답게 만드는 꽃 한 송이가 '역할이 다를 뿐이지 세상에 소중하지 않은 인생이란 없는 거야.' 하고 나한테 교훈을 주는 것 같아요."

상엽은 다미의 말을 듣고 왠지 마음이 숙연해졌다. 그러면서 민들레 사진을 찍고 있는 다미에게 시선이 옮겨졌다. 다미의 모습이 참 맑았다. 마치 맑은 샘물을 들여다보고 있는 것 같았다.

세 번째 정류장이 가까워졌을 때 다미는 다시 한번 걸음을 멈췄다. 그리고 뭔가를 찾아 고개를 두리번거렸다.

"오늘은 안 보이네."

"뭐가?"

"아, 고양이요."

"고양이?"

"네."

다미는 상엽을 바라보며 생긋 웃었다. 그런 다미와 시선이 마주친 상엽은 순간적으로 얼굴이 달아올랐다. 참 묘한 기분이었다.

"이 길을 처음 걸을 때 담장 위에 앉아 있는 검은 고양이를 봤는데, 그 뒤로도 계속 보게 되더라고요. 근데 그 고양이가 좀 시크한 편이라 사람들이 먹을 것을 가져다줘도 담장 아래로 내려오는 법이 없어요. 난 그게 신기하더라고요. 먹을 것을 가져다주는 사람을 보면 따라갈 것도 같은데 그러지 않더라니까요. 지조가 있다고 할까요? 풋! 고양이한테 지조란 말은 좀 그러나?"

"오늘은 그 시크한 고양이를 못 보겠네. 그 고양이 보러 한 번 더 와야겠다."

"그래요, 오빠. 다음에는 볼 수 있을 거예요."

세 번째 정류장에서 다미와 헤어진 상엽은 버스를 기다리는 내내 조금 전 걷다가 봤던 다미의 미소 짓는 얼굴이 떠올랐다. 상엽이 생각하기에 다미는 같이 있으면 덩달아 맑아지는 사람이었다. 상엽은 부모와 밥을 먹고 집에 돌아와 쉬면서도 다미를 생각했다.

32

8월에는 지자체 지원사업 계약자들의 개점이 완료된 상태여서 만개한 꽃에 벌들이 쉼 없이 날아들듯 시장은 더욱 활기를 띠었다. 푸드 가판대가 설치된 시장 초입 푸드 존에는 지난달보다 더 많은 사람이 방문했다. 지자체에서 홍보한 영향도 있었지만, 그것보다도 소셜미디어를 통한 바이럴 마케팅, 일명 입소문이 큰 영향을 미쳤다. 한번 다녀간 사람들이 푸드 가판대를 배경으로 찍은 사진과 소감을 SNS에 올리면서 타지에 있는 사람들까지 찾아오게 된 것이었다. 시장 활성화를 담당하는 지자체 공무원들과 시장 상인들도 소셜미디어의 영향력을 새삼 실감하고 있었다.

소정은 시장 안에 테이크아웃 커피전문점이 생기면서 떡카페 소담을 찾는 손님들이 줄지는 않을지 염려했었다. 하지만 지난달 유명 소설가의 북토크 이후로 손님들이 늘어난 것을 확인하고는 염려가 눈 녹듯이 사라졌다. 8월에도 소담에서는 평일에 독서 모임 같은 행사들이 예정되어 있었다.

상엽은 퇴근 후 일주일에 세 번 다미의 공방에서 캘리그래피를 배웠다. 소정을 포함한 다른 수강생들은 낮 시간대에 다녀갔기 때문에 상엽이 공방에 가는 저녁에는 다미와 둘뿐이었다. 그러면서 두 사람은 더욱 친밀해졌다.

심리상담소를 찾는 내담자들도 점차 늘어갔는데, 그중에 고등학교 여학생도 있었다. 그날은 수찬의 상담이 있는 날이었다. 수찬이 상담실로 들어가고 얼마 안 있어서 출입문에 달린 풍경이 울렸다.

"어서 오세요."

풍경 소리를 듣자마자 안내대에 앉아 노트북 자판을 두드리고 있던 한솔이 자리에서 일어나면서 말했다. 그곳에 교복을 입은 예쁘장한 여학생이 서 있었다.

"무슨 일로 온 거예요?"

한솔이 호기심이 가득한 눈으로 상담소 안을 두리번거리는 여학생에게 물었다.

"죄송한데요, 언니. 여기가 뭐 하는 데예요?"

한솔은 여기가 어디냐고 묻는 여학생을 보며 '이건 무슨 상황이지?' 했다. 1층도 아닌 2층에 있는 심리상담소에 모르고 잘못 들어올 리도 없을 터였다. 또 화장실이 급했다면 1층 떡카페 소담으로 들어가지 굳이 2층까지 올라오지는 않았을 터였다.

"여기? 잘못 들어온 건가 보네. 학생이 찾는 데가 어딘데?"

"아니, 그게 아니라······."

학생은 잠시 머뭇거리다가 다시 입을 열었다.

"언니, 조금 전에 수찬이가 여기로 들어와서요."

"뭐, 수찬이? 그럼 수찬이 친구?"

"네."

"아, 수찬이를 따라왔다가 놓쳤구나. 수찬이는 안에서 상담

중이라 한 시간 정도 있어야 나올 거야. 혹시 수찬이 기다리려
면 저기 소파에 앉아서 기다리든지."

"그래도 돼요?"

"그럼. 뭐 마실 거라도 줄까? 커피? 아님, 차?"

"아니요, 마실 건 괜찮아요. 고마워요, 언니."

학생은 씩 웃더니 소파로 가서 메고 있던 백팩을 옆에 내려
놓고 앉았다. 그러고는 핸드폰으로 뭔가를 검색한 후 잠시 진
지한 표정으로 읽어 내려갔다.

"언니, 수찬이는 무슨 일로 상담받는 거예요?"

"여기가 어딘지 모른다더니?"

"방금 검색해 봤어요."

"아―, 근데 너 수찬이랑 친한 건 아니구나. 수찬이랑 같이
온 게 아니라 그냥 따라온 거고."

"언니가 그걸 어떻게 알았어요?"

한솔의 말을 듣고 그녀는 약간 당황스러워했다.

"수찬이랑 친한 친구라면 수찬이가 벌써 얘기했을 텐데 한
번도 들어본 기억이 없거든. 솔직하게 말해 봐, 너 수찬이 일
방적으로 좋아하는 거지?"

"네―, 언니."

그 여학생은 풀이 죽은 목소리로 대답했다.

"이야, 그래도 너 용기 하나는 인정해 줄게. 수찬이처럼 너

도 학교에서 인기 많을 것 같은데, 맞지?"

"전 다른 애들한테는 관심 없어요."

"그럼, 수찬이한테는 있고?"

"네."

"야, 너 멋있다. 난 이한솔인데, 넌 이름이 뭐니?"

"채소은이요."

"최소은. 이름도 예쁘네."

"근데 언니가 아는 최 씨가 아니라 채송화 할 때 채예요."

"아, 채소은? 채 씨는 처음 들어보는데, '채송화 할 때 채'라고 하니까 뭔가 우아한 느낌이다. 진짜 채송화 채는 아닐 테고. 하하하."

"채송화 할 때 채는 나물 채고, 제 성은 거북 채예요."

"나물 채라는 한자도 있니? 이야 너 대단하다, 그런 한자까지 알고."

"언니처럼 내 성을 헷갈리는 사람들이 한둘이 아니라서요. 일종의 시행착오의 산물이죠."

"그 시행착오 덕분에 오늘 내가 좋은 거 배웠네. ……근데 수찬이도 아니, 네가 좋아하는 거?"

"아마도요."

"아마도? 그게 무슨 뜻이야?"

"내가 관심 있다고 톡으로도 보내고 쪽지로도 보냈거든요.

근데 수찬이는 본체만체하더라고요. 그래서 오늘 수업 끝나고 이야기 좀 하자고 했는데, 그냥 가버렸어요. 그래서 뒤따라왔죠, 뭐. 수찬이는 내가 같은 버스까지 탔는데도 모르는 것 같았어요. 휴-."

심각한 표정으로 말하는 소은을 보면서 한솔은 웃음이 나올 뻔했다. 하지만 애써 참았다. 자신도 고등학교 때 짝사랑한 적이 있긴 했지만, 소은이처럼 고백한다거나 뒤따라갈 생각은 꿈에도 못 했었다. 한솔의 눈에는 수찬을 좋아한다는 소은이 풋풋해 보여 좋았다.

"소은인 키가 커 보이는데 키가 몇이니?"

"172요."

"이야 나보다 더 크네. 수찬이도 키가 커서 모델 같은데, 소은이도 모델 해도 되겠다."

"글쎄요. 근데 혹시 언니는 남자친구 있어요?"

"그건 왜?"

"언니는 어떻게 남자친구랑 사귀게 됐는지 물어보려고요."

"하하하. 우린 자주 얼굴을 보다 보니까 자연스럽게 가까워진 케이스야."

"나는 학교에서 수찬이 얼굴을 자주 보는데 수찬이는 내 얼굴을 안 보는데요."

"그럼, 학교 밖에서 자연스럽게 얼굴을 볼 수 있으면 좋겠네."

한솔의 말에 진지하게 생각하던 소은이 한솔이 있는 안내대 앞으로 걸어왔다.

"언니, 그럼 저도 여기 다니면 안 돼요?"

"뭐? 상담받으러?"

"네. 그러면 안 돼요?"

"야, 여기가 무슨 연애 상담소라도 되는 줄 아니? 여기는 심리상담소라고."

"그러니까요. 난 수찬이의 심리가 알고 싶어요. 언니가 여기 상담사 선생님에게 말해주면 안 돼요? 좋아하는 사람의 심리를 좀 알고 싶다고요."

"헉! 소은아, 여긴 그런 거 알려 주는 데가 아니야. 그리고 좋아하는 사람의 심리는 글이나 말로 배울 수 있는 게 아니란다."

"그럼요?"

"직접 느껴야지. 자주 대화도 하고, 같이 밥도 먹고, 그러면 상대가 요즘엔 무슨 생각을 하고, 뭘 좋아하고, 뭘 싫어하는지도 알게 되거든. 그렇게 하나하나 알아가는 거야."

"무슨 말인지 알 것도 같아요. 근데 수찬이가 나한테 별 관심이 없다면 어떡하죠?"

"그건 그때 가서 생각하고 지금은 수찬이랑 대화 횟수를 늘려가는 게 좋을 것 같은데. 근데 내가 지금 뭐 하고 있는지 모르겠다. 내가 누구 연애 상담이나 하고 있을 때가 아닌데 말이야."

한솔이 다시 노트북을 들여다보자, 소은은 소파로 돌아가 앉았다.

잠시 후 상담을 마친 수찬이 상담실 밖으로 나왔다.

"수고했다, 수찬아."

한솔이 안내대 안쪽 자신의 자리에 앉은 채로 말했다.

"고마워요, 누나. 어, 너?"

소파에 놓아둔 자기 백팩을 가지러 가던 수찬이 소파에 앉아 자신을 말똥말똥 올려다보는 소은을 보고 말했다. 수찬은 그저 어리둥절할 뿐이었다.

"수찬아, 안녕!"

소은이 해맑게 웃으며 손을 흔들었다.

"어, 안녕. 근데 네가 여긴 왜 온 거야?"

수찬이 말하면서 안내대에 있는 한솔을 쳐다봤다. 소은도 한솔의 얼굴을 바라봤다.

한솔은 어깨만 으쓱하고는 곧이어 노트북을 가방에 넣으며 퇴근 준비를 서둘렀다.

"일단 난 퇴근할 거니까 너희는 할 말 있으면 가면서 해라."

한솔은 상담실에 들어가 상엽에게 인사하고 먼저 상담소

밖으로 나갔다. 뒤이어 수찬이 나가자, 소은도 자기 백팩을 챙겨 수찬을 뒤따라 나갔다.

수찬은 말없이 자기 뒤를 따라오는 소은이 신경 쓰였다. 일단 이야기를 해야겠다고 생각하고 돌아서서 소은을 쳐다봤다.

"근데 우리 이야기 좀 해야 하지 않아?"

"이야기? 좋아. 해, 이야기."

"좋아해 이야기? 너 말을 되게 이상하게 한다?"

"뭐가?"

"아니야. 근데 너 오늘 나 따라온 거 맞지?"

"어."

"왜? 스토킹?"

"그건 너무 나간 거 같은데? 난 네가 이야기할 기회를 안 주니까 따라왔을 뿐이야."

"무슨 이야기?"

"내가 톡도 보내고 쪽지도 보냈는데."

"나 학교 애들이 보내는 톡은 자세히 안 읽어보고 지우는데."

"그래 좋아. 지금 말할게. ……박수찬, 나 너랑 친구하고 싶어."

"난 누구랑 사귈 상황이 아니야."

"야, 누가 너랑 사귀자고 했니? 난 그저 너랑 친구하자고 한 건데."

"친구하자는 말이 그 말 아니야?"

"난 아닌데."

"아무튼. 음-."

순간적으로 당황한 수찬은 음, 하고 목소리를 가다듬었다. 그런 수찬을 보고 소은이 피식 웃었다.

"진짜 그 말 하려고 나 따라왔단 말이야?"

"어."

"뭐 그런 걸 가지고 여기까지 따라오고 그래. 우린 이미 같은 반 친구 아닌가?"

"하루에 말 한마디 안 하는 그런 친구 말고, 진짜 친구하자는 거야."

"진짜 친구가 뭔데?"

"속마음까지 털어놓을 수 있는 친구 말이야. 요즘 무슨 생각하는지, 뭐에 관심 있는지, 힘든 건 뭔지, 좋아하는 건 뭐고, 싫어하는 건 뭔지, 기타 등등까지도 털어놓을 수 있는 친구가 진짜 친구 아니겠어?"

"기타 등등? 그런 친구는 다른 애들이랑 해도 되잖아."

"난 너랑 그런 친구가 되고 싶다고 말하는 거야."

"근데 왜 나여야 해?"

"그건 나도 몰라. 그냥 너랑 그러고 싶어. 왜, 안돼?"

"그게 아니라."

"그럼 좋다는 걸로 알게. 우리 지금부터 진짜 친구하는 거다."

"뭐?"

"나 배고픈데 편의점에 가서 뭐 좀 먹고 갈래?"

"뭐라고? 너 정말 특이하구나."

"사람은 다 유일무이한 존재 아닌가? 그거 칭찬으로 받을게."

수찬은 소은의 반응에 어이가 없어 하면서도 속으로는 웃음이 나왔다. 최근 들어 또래 친구와 가장 길게 이야기했다는 생각이 들어서였다. 수찬이 알기로 소은은 학교에서 모의고사 성적이 꽤 잘 나오는 학생이었고, 자신과는 달리 친구들과도 원만하게 지내는 것 같았다. 그러면서도 소은은 다른 여학생들처럼 수찬에게 말을 건다거나 어디 놀러 가자고 한 적이 없었다. 물론 그럴 때마다 수찬은 못 들은 척하고 책상에 엎드려 있을 뿐이었지만 말이다. 문득 졸업하고 영국으로 떠나기 전에 마음을 털어놓을 수 있는 친구가 생길 수도 있다고 한 한솔의 말이 떠올랐다. 한솔의 말대로 마음의 문을 조금만 열어봐도 되지 않을까, 하는 생각도 들었다. 수찬의 앞에서 편의

점을 향해 걸어가던 소은이 뒤를 돌아보며 수찬에게 어서 오라고 손짓했다. 수찬은 알았다는 표시로 한 손을 들어 올렸다.

며칠 후 소은은 왁자지껄 심리상담소를 다시 방문했다. 이번에는 수찬을 따라온 것이 아니라 정식으로 상담받기 위해서였다. 물론 좋아하는 남자친구의 심리가 궁금해서 상담하려는 것도 아니었다. 소은이 수찬과 이야기하던 중에 수찬이 심리상담소에서 있었던 일들을 침이 마르도록 자랑하는 걸 듣고, 소은도 수찬에게 자신이 학업 스트레스가 점점 심해지고 있다는 걸 털어놓았다. 그러면서 자기도 상담받으면 도움이 될지 물었다. 그런 소은에게 수찬이 상담을 한번 받아보라고 한 것이었다. 소은이 자신의 어머니와 상담소 문을 열고 들어왔을 때 한솔은 다시 만난 소은이 반가우면서도, 소은이 진짜 수찬의 심리가 궁금해서 상담받으려는 줄 알고 당황스러웠다. 상담이 끝나고 상엽이 한솔에게 그게 아니라 학업 스트레스 때문이었다고 말해줘서야 비로소 자신이 오해였다는 걸 알고 헛웃음을 흘렸다.

33

8월 말 상엽의 심리상담소는 수 목 금 3일간의 짧은 여름

휴가에 들어갔다. 휴가 기간을 더위가 한풀 꺾인 8월 말로 정한 건 피서지마다 피서객들로 인산인해를 이루는 시기를 피해 보자는 생각에서였다. 그것은 동희의 생각이었다. 동희와 상엽은 여름휴가 때 서핑하러 다시 속초에 가기로 했다. 원하는 멤버들은 다 같이 갈 생각이었으나 숙희와 애리는 가족들과 함께 보내야 하고, 수찬과 소은은 보충수업을 받아야 해서 함께하지 못했다. 결국 속초로 휴가를 즐기러 온 사람은 상엽, 동희, 한솔, 그리고 다미였다. 상엽과 다미는 서로 좋은 감정이 싹트고 있었다. 그러던 참에 상엽이 다미에게 휴가 때 서핑하러 가자고 했고, 한솔도 친하게 지내고 있는 다미에게 속초에 함께 가자고 한 것이었다. 다미도 휴가 때 특별한 계획이 없었던 터라, 결국 동희를 포함해 네 사람이 속초에 오게 되었다.

속초에 온 첫날 동희와 한솔은 물 만난 물고기처럼 바다에서 살다시피 했다. 상엽은 서핑을 처음 타는 다미를 옆에서 도왔다. 다미는 상엽의 도움을 받아 계속해서 파도타기를 시도했으나 넘어지지 않고 타지는 못했다. 그래도 다미는 상엽과 함께 휴가를 보낼 수 있어 마냥 행복했다.

"둔한 내 운동 신경 때문에 더는 힘들겠어요. 난 그냥 패들보드 타는 게 낫겠어요."

"그럼, 내일은 저도 공방 사장님이랑 패들보드 타야겠어요.

서핑이 만만한 운동이 아니라서 이틀 연달아 하는 건 무리예요."

저녁 식사를 하던 중에 다미의 말을 듣고 한솔이 팔다리를 두드리며 말했다.

둘째 날 오전엔 상엽과 동희는 서핑을 즐겼고, 다미와 한솔은 공기가 주입된 패들보드를 타고 꽤 먼 곳까지 왔다 갔다 하면서 즐거운 시간을 보냈다.

"설악산이 여기서 가깝던데 우리 오후에는 설악산에 가는 게 어때요?"

점심 먹으러 식당으로 가던 중 상엽이 말했다.

"그거 좋겠어요. 오후에는 설악산에 갔다가 서핑은 내일 오전에 다시 하면 되니까요."

동희가 말했다.

"설마 설악산에 올라가는 건 아니죠? 등산은 좀 힘들 거 같은데요."

한솔이 동희와 상엽을 보며 말했다.

"올라가긴 하는데, 걸어서가 아니고 케이블카 타고 올라갈 거예요."

상엽이 말했다.

"그러고 보니 설악산에 케이블카가 있었네요. 한솔 씨, 우리 그거 타고 올라가면 되겠어요."

다미가 말했다.

"네, 안 걸어도 돼서 다행이에요."

네 사람은 식사를 마치고 곧장 설악산으로 향했다. 숙소가 있는 속초 해수욕장에서 설악산까지는 택시로 20분 거리였다. 상엽 일행이 케이블카를 타려고 할 때가 2시였다. 케이블카를 타고 올라가는 시간은 5분밖에 걸리지 않았고 위에서 한 시간 정도 둘러본 후 다시 내려올 생각이었다. 케이블카에서 내린 그들은 많이 걷지 않아도 되는 가까운 곳만 둘러보기로 했다. 상엽과 다미가 앞서서 걸었고, 동희와 한솔이 그 뒤를 따랐다. 주위를 구경하며 걸어가던 중 한솔이 갑자기 악! 하고 주저앉았다. 한솔이 무심결에 돌멩이를 밟았다가 비끗해 오른쪽 발목을 접질린 것이었다. 동희가 재빨리 한솔의 신발과 양말을 벗기고 들고 있던 생수를 통증이 있는 부위에 부었다. 동희는 등산을 자주 하는 터라 응급처치를 잘 알고 있었다. 그 모습을 상엽과 다미는 걱정스러운 표정으로 지켜보았다.

"병원에 가서 엑스레이를 찍어야 하는데, 다친 발은 될 수 있으면 안 움직이는 게 좋아."

곧이어 동희는 한솔을 등에 업었다. 한솔은 그런 동희가 그렇게 듬직할 수가 없었다. 상엽과 다미도 한솔을 업고 가는 동희가 무척 믿음직스러웠다. 그들은 케이블카를 타고 내려와 곧장 택시로 속초 병원 응급실로 향했다. 담당 의사는 엑스레이 촬영 결과 발목을 삐어 인대가 늘어났고 하면서 한솔의 오른발에 석고붕대를 감았다.

"괜히 저 때문에 구경도 제대로 못 하고 죄송해요."

병원에서 숙소로 돌아오는 택시 안에서 한솔이 말했다.

"한솔 씨가 다치고 싶어서 다친 것도 아닌데 죄송할 게 뭐가 있어요. 그런 생각하지 말고 편하게 있어요."

다미가 한솔을 보며 말했다.

"오늘 동희 씨의 새로운 면을 봤네요. 산에서 동희 씨가 차분하게 한솔 씨 응급처치하는 모습이 정말 멋있었어요."

상엽이 동희를 향해 엄지손가락을 추켜들며 말했다.

"맞아요. 누가 발목을 다치면 보통은 어깨동무하고 내려가자고 하잖아요. 그런데 동희 씨는 발을 움직이면 안 된다면서 한솔 씨를 업었잖아요. 난 그때 동희 씨가 되게 믿음직스러웠어요."

다미도 흐뭇하게 동희를 보며 말했다.

"뭘요. 헤헤…… 동호회 멤버들끼리 등산 가면 간혹 발목을 삐는 사람이 생기거든요. 그럴 때마다 응급처치하다 보니까 몸에 밴 것 같아요."

동희가 빙그레 웃으며 말했다.

네 사람은 숙소로 들어가기 전에 저녁 식사로 해수욕장이 내다보이는 횟집에서 모둠 회와 매운탕을 먹었다. 식사 후에는 한솔은 동희의 부축을 받으며 숙소로 들어갔고, 상엽과 다미는 소화도 시킬 겸 해변 가까이에 있는 대관람차를 타러 갔다.

"이야 이건 낮보다 밤에 타야겠어. 야경이 이렇게 멋있을 줄 몰랐네."

상엽과 다미가 탄 관람차가 가장 높은 곳에 다다르자, 상엽이 사방으로 펼쳐진 멋진 야경에 감탄하며 말했다.

"그러네요, 오빠. 낮에 해변에서 봤을 때는 저거 타는 사람들은 무지 덥겠다, 했는데, 밤에 이렇게 내려다보니까 너무 근사해요."

"아 참, 여기서 사진 한 장 기념으로 남겨야겠다. 내가 사진 찍어줄게."

상엽이 핸드폰 화면으로 건너편에 앉은 다미를 보면서 화면을 터치하자 연사 모드로 사진이 찍혔다. 연달아 찍히는 소리를 듣고 다미가 웃음을 터뜨렸다.

"하하하. 오빠. 이거 연사 모드였어요?"

"헤헤. 오전에 동희 씨가 서핑하는 거 연사로 찍어 달래서 찍고는 깜박하고 안 바꿨네."

"오빠 사진은 제가 찍어줄게요."

"그래."

다미는 자신의 핸드폰을 꺼내 들고 화면에 뜬 상엽을 보며 씩 웃었다. 이윽고 다미는 상엽의 사진도 연사로 찍으려고 버튼을 길게 눌렀다. 연이어 찍히는 소리에 두 사람은 자지러지게 웃고 말았다.

"우리 같이 사진 한 장 찍을까?"

상엽이 핸드폰을 들어 올리며 말했다.

"네, 좋아요. 오빠가 이쪽으로 올래요?"

상엽이 건너편 다미에게 바투 다가가 앉았다. 상엽이 오른손으로 핸드폰을 높이 들고 마주 보이는 화면에 다정하게 바짝 붙어 있는 두 사람이 보이자, 버튼을 찰칵 눌렀다.

"아, 잠깐만, 한 번만 더 찍을게."

상엽이 다시 핸드폰을 들어 올리고는 자연스럽게 왼팔로 다미의 어깨를 둘렀다. 그 순간 상엽은 갑자기 심장이 곤두박질치기 시작했다. 다미의 심장도 요동치기는 마찬가지였다. 찰칵! 찰칵! 두 사람 다 잔뜩 긴장된 표정이었다. 상엽은 다미에게 두른 팔을 풀지 않고 다미를 바라봤다. 다미도 긴장된 표정으로 상엽을 바라봤다. 서로의 심장 소리가 들리는 듯했다. 그때 상엽은 다미에게 몸을 기울여 입을 맞췄다. 다미도 눈을 지그시 감고 상엽의 입술을 받아들였다. 세상이 다시 고요해졌다. 15분에 걸쳐 한 바퀴를 돌고 원점으로 돌아온 관람차에서 내린 상엽과 다미는 손을 꼭 잡고 있었다. 두 사람의 손은 숙소에 다다를 때까지 떨어지지 않았다.

　다음 날 오전 상엽과 동희는 한 시간가량 바다에 들어가 서 핑했고, 다미와 한솔은 해변에 설치된 파라솔 그늘에 앉아 서 핑하는 두 사람을 구경했다. 서핑을 끝내고 바다에서 나온 상 엽과 동희도 다미와 한솔이 앉아 있는 파라솔 아래에 나란히 앉아 이야기를 나눴다. 그렇게 앉아 있자 몸이 노곤해져 마 치 서로 약속이라도 한 것처럼 다 그대로 누워 잠시 눈을 붙 였다. 한숨 자고 일어난 네 사람은 몸이 조금은 개운해진 기분 이었다. 이윽고 숙소 부근에 있는 파스타 전문점에 들러 속초 에서의 마지막 식사를 하고 서남시행 고속버스에 올랐다. 이 번 휴가는 상엽과 다미가 서로의 마음을 확인한 소중한 시간 이었다. 동희와 한솔도 서로에 대한 믿음이 더해지긴 마찬가 지였다.

34

　다음날인 토요일 정오 상엽과 다미는 떡 카페 소담에서 다 시 만났다. 주말에는 소담에 손님들이 많았다. 그런데 하필 아 르바이트생 둘 다 가족 중에 코로나 확진자가 생겨 일하러 못 나오게 됐다는 말을 듣고 상엽과 다미가 소정을 거들기 위해 나온 것이었다. 상엽과 다미가 함께 떡 카페에 들어섰을 때 소정은 의미심장한 웃음을 흘렸다.

"두 사람이 어떻게 같이 들어와?"

"어, 오다가 만났어."

상엽이 쑥스러워하며 말했다. 다미도 모르는 척 카페 안을 둘러보았다.

"손님이 아직은 많지 않네."

"보통 점심시간 지나면 손님들이 몰리더라."

"소정아, 그럼 난 설거지할까?"

다미가 소정이 막 수거해 온 유리잔과 접시가 쟁반 채 개수대에 놓여 있는 걸 보고 말했다.

"그래, 다미야. 안으로 들어와서 설거지 좀 맡아 줘."

"그럼 난?"

"오빤 계산대에 있다가 손님들 나가고 나면 테이블 좀 치워 줘."

"알았어."

소정의 말대로 점심시간이 지나자, 소담엔 빈자리가 없을 정도로 손님들로 붐볐다. 소정은 주문이 연달아 들어와도 정체 없이 음료와 디저트로 주문한 떡을 차근차근 내보냈다. 손님이 나가면 계산대에 있던 상엽이 밖으로 나가 테이블을 치웠고, 그사이에 계산하는 손님이 생기면 음료를 만들고 있던 소정이 금세 계산대로 옮겨와 손님의 카드를 받아서 계산을 도왔다. 상엽이 가져다 놓은 빈 컵과 접시를 다미는 재빠르게 씻어 건조대에 엎어 놓았다. 그렇게 세 시간 가까이 정신없이 손님을 맞다가 점차 들어오는 손님들이 줄어들었고, 카페는 다시 여유로워졌다. 소정은 수고한 상엽과 다미를 밖이 훤히 내다보이는 통유리 옆 테이블에 앉게 하고 떡과 시원한 수정과를 가져다주었다.

"두 사람 덕분에 오늘 무사히 넘겼네. 시원한 수정과랑 떡 좀 먹으면서 쉬고 있어."

"소정이 너도 거기 앉아서 좀 쉬어."

"난 괜찮아, 오빠. 손님들 있으니까 나는 계산대에 있을게."

소정이 계산대로 돌아가고 상엽과 다미는 테이블에 놓인 떡과 수정과를 먹으면서 대화를 나눴다. 소정은 계산대에서 상엽과 다미를 간간이 바라봤다. 다미와 웃으면서 다정하게 대화하고 있는 상엽이 여간 행복해 보이는 게 아니었다. 저렇게 행복해하는 모습을 아주 오랜만에 본 것 같았다. 소정은 언젠가 상엽과 주희가 다시 합칠 수도 있다고 생각했다. 그렇게 생각하는 건 소정뿐만 아니라 소정의 이모, 그러니까 상엽의 어머니도 마찬가지였다. 하지만 상엽이 다미와 잘 지내는 모습을 보면서 생각이 달라졌다. 주희가 자신의 강박을 완전히 떨쳐내지 않는 한 상엽은 앞으로도 힘든 시간을 겪어야 할 것이 자명했다. 상엽은 그런 시간을 견디며 주희가 좋아지길 묵묵히 기다릴 것이었다. 그런 생각을 하자 차라리 상엽이 다미와 새 출발 하는 게 더 나았다. 더구나 다미는 소정이 잘 알고 있는 친구라 상엽과 다미가 잘되면 둘 다 그동안 놓쳐야 했던 행복을 마침내 누리게 될 터였다.

바로 그때 손님이 들어왔다.

"어서 오세요. 어! 언니!"

손님은 다름 아닌 주희였다.

"아가씨, 잘 지냈어요?"

"네, 언니도 잘 지냈어요?"

"저야 늘 그렇죠, 뭐."

"근데 연락도 없이 언니가 여긴 어쩐 일이에요?"

"주말이라 바람도 쐴 겸 아가씨한테 물어볼 것도 있고 해서요. 근데 이 시간에는 카페가 좀 한가하네요."

주희는 카페 내부를 둘러보면서 말했다. 그러다가 창가 쪽 테이블에서 어떤 여자와 다정하게 대화를 나누고 있는 상엽을 발견했다. 지난번 북토크 때 상엽과 나란히 앉아 귓속말을 주고받던 그 여자였다. 주희는 메두사의 얼굴을 보고 순식간에 굳어져 버린 동상처럼 서 있었다.

소정은 그런 주희를 보고 몹시 당황스러웠다.

"언니, 우리 잠시 이야기 좀 해요."

"아니, 아가씨, 제가 일이 있었는데 깜박하고 있었네요. 오늘은 그냥 가야겠어요."

주희는 그렇게 말하고는 곧장 카페를 나갔다. 소정이 주희를 뒤따라 나갔지만 차마 잡을 수도 없어서 걸어가는 뒷모습만 보고 카페로 들어왔다. 소정이 다시 계산대에 서서 상엽과 다미를 바라보았다. 두 사람은 둘만의 세상에 있는 듯 여전히 행복해 보였다. 소정은 주희가 다정한 상엽과 다미를 본 게 오히려 잘된 일일 수도 있다고 생각했다. 나중에 주희가 집에 잘 들어갔는지 전화 한 통 해 봐야 할 것 같았다. 그때 주희가 상엽과 다미에 관해 묻는다면 숨김없이 사실대로 말해야겠다고 생각했다. 그것이 주희를 위해서 소정이 할 수 있는 최선의 배려일 것 같았다. 상엽에게도 주희가 다녀갔다고 말할 참이었다. 그래야 상엽도 미리 마음가짐을 할 터였다.

그날 저녁 카페를 마치기 전에 소정은 주희에게 전화해 잘 들어갔는지 물었다. 예상대로 주희는 상엽과 다미의 관계를 물었다. 그리고 북토크 때도 와서 두 사람을 봤다는 말도 했다. 소정은 솔직하게 대답했다, 다미는 자기 오랜 친구이고 옆 건물에서 공방을 운영하고 있으며, 상엽과 다미의 관계는 주희가 짐작한 대로라고. 소정은 마음이 좋지 않았지만 어쩔 수 없는 일이었다. 주희는 한동안 울먹거리면서 자신의 속마음을 얘기했다. 자기는 지금까지 상엽과의 관계를 언제든지 회복할 수 있을 거로 안일하게 생각했다고. 그러면서 지금이라도 상엽에게 자신이 달라질 기회를 한 번 더 달라고 부탁하면 상엽이 들어줄 것 같냐고 물었다. 소정은 "그건 언니와 오빠가 직접 만나서 이야기할 일 같네요."라고 말할 수밖에 없었다.

주희는 밤에 잠을 이룰 수가 없었다. 상엽은 주희에게 희망이었다. 그런 희망이 사라질지도 모른다고 생각하자 스멀스멀 불안이 찾아왔다. 그동안 버틸 수 있었던 건 돌아갈 곳이 있기 때문이었다. 상엽은 그런 존재였다. 그런 존재가 없어져도 괜찮은지 끊임없이 자문했다. 차라리 상엽이 다른 여자를 만나 행복하게 사는 게 주희 자신에게도 잘된 일인지 모른다고 자신을 설득했다. 그러다가도 돌아눕기가 무섭게 그건 절대 안 되는 일이라고, 돌아갈 곳 없이 어떻게 살 수 있냐는 생각이 자신을 몰아붙였다. 이런 끝도 없는 생각들로 거의 뜬눈으로 밤을 지새운 주희는 동이 틀 무렵엔 온몸이 너덜너덜해진 기분이었다.

오전 내내 산란한 마음을 다잡기 위해 분주하게 몸을 움직였지만, 머릿속은 더 복잡해질 뿐이었다. 결국 주희는 바람이나 쐬자고 밖으로 나갔다. 이럴 때 자신의 속마음을 털어놓을 사람이 있었으면 좋겠다는 생각이 들었다. 문득 소정이 생각났다. 자신의 처지를 잘 알고 있는 소정이라면 불안한 자신을 위로해 줄 것이었다.

　일요일 오후 고속도로는 한산했다. 그 덕에 주희는 소담에 좀 더 빠르게 도착할 수 있었다. 하지만 소정은 카페에 없었다. 소정이 일요일에는 소담에 나오지 않는다는 것을 몰랐던 것이다. 허탈한 마음으로 소담을 나와 다시 왔던 길로 돌아가려는데, 바로 옆 다미네 공방 문이 열려 있는 것을 발견했다. 일순 상엽을 웃게 만든 그녀가 궁금했다. 잠시 공방 앞에 서서 망설이다가 지푸라기라도 잡는 심정으로 문을 열었다.

　"어, 안녕하세요?"

　테이블에 앉아서 작업하던 다미가 문소리에 고개를 들었다.

　"일요일에도 문을 여시나 봐요."

　주희가 공방을 둘러보며 말했다.

　"일요일은 쉬는 데 오늘은 작업할 게 있어서요. 그런데 무슨 일로……."

　"아, 소담 사장님 좀 만나러 왔다가 공방 문이 열려 있어서 들어와 봤어요."

　"어? 거기 사장님 일요일에는 가게에 안 나올 텐데요."

　"그걸 몰랐어요. 소정이 아가씨는 가게에 매일 나오는 줄 알았거든요."

"소정이 아가씨라면……."

"아, 저는 차상엽 씨 전처예요. 공방 사장님도 소정이 아가
씨 친구라고 들었는데."

"아, 그러시구나."

다미는 태연한 척했지만, 상엽의 전처라는 말에 심장이 두
근거리고 얼굴이 얼얼해졌다. 상엽이 이혼한 사실은 알고 있
었지만, 전처를 마주할 거라고는 꿈에도 생각 못 했다. 다미는
어찌할 바를 몰랐다.

"아 참, 내 정신 좀 봐. 차라도 한 잔 드시겠어요?"

"지금 가봐야 해서 차는 다음에 마실게요. 온 김에 상엽 씨
부모님 좀 뵙고 가려고요. 작업하시는데 방해가 된 건 아닌지
모르겠어요."

주희가 공방 문을 열고 나가면서 말했다.

"아, 아니에요. 그럼 안녕히 가세요."

다미는 마른침을 삼키며 땀에 젖은 손바닥을 바지에 문질
렀다. 다시 작업하려고 자리에 앉았지만, 도저히 집중할 수가
없었다. 상엽이 자신을 좋아한다고 생각했다. 자신도 마찬가
지였다. 그런데 전처가 상엽의 부모를 만난다는 게 쉽게 이해
되지 않았다. 그렇다면 두 사람이 다시 합칠 수도 있다는 건
지, 상엽이 순간적인 감정으로 자신에게 한 말과 행동을 자신
을 좋아한다고 착각하는 건 아닌지. 다미는 생각할수록 더욱

혼란스러울 따름이었다. 당분간 상엽과 거리를 두고 생각할
시간을 갖는 게 좋을 것 같았다.

　공방을 나온 주희는 기분이 별로였다. 그녀가 보기에 다미
는 상엽이 좋아할 만한 사람이었다. 잠시 이야기를 나눴을
뿐인데도 상엽이 왜 이 여자를 좋아하는지 알 수 있을 것 같
았다. 단순히 얼굴이 예뻐서만은 아니었다. 그녀는 사람의 마
음을 열게 하는 묘한 매력이 있었다. 어쩌면 자신이 상엽을
붙잡는 건 불가능할지도 모른다는 불길한 예감이 스쳤다. 그
렇다고 상엽의 부모를 만나러 간다는 거짓말까지 한 것은 자
신을 더욱 비참하게 했다. 상엽이 이런 자신을 보면 남은 정도
떨어지지 싶었다.

　상엽은 며칠 전과 사뭇 달라진 다미의 태도에 당황했다. 다
미는 저녁에 캘리그래피 수업을 하면서도 별다른 말이 없
었다. 밥을 같이 먹자고 해도 집에 일이 있어 일찍 가봐야
한다고 거절했다. 집에 데려다준다고 해도 자신은 볼일이
있다며 버스를 타버렸다. 다미가 자신을 피하고 있다는 게 느
껴졌다. 상엽은 자격지심에서 자신의 결혼 전적 때문에 다미
가 거리를 두는 건 아닌지 하는 생각까지 들었다. 그렇다고 오
랜만에 마음을 열고 다가간 다미를 이대로 놓친다는 건 상상

조차 할 수 없는 일이었다. 상엽은 소정에게 이런 속마음을 털어놓으며 조언을 구했다.

소정은 다미와 진지하게 대화한 끝에 상엽이 주희와 재결합할 수도 있다고 생각하고 일부러 거리를 뒀다는 것을 알게 되었다. 소정은 상엽이 다미에게 가기 전에 주희와 선을 명확하게 긋는 게 먼저인 것 같다고 말했다.

"그래, 그게 먼저겠지. 마음은 안 좋아도 주희를 만나서 내 생각을 분명하게 말할게. 소정이 넌 걱정하지 마."

상엽이 말했다.

그날 밤 상엽은 소정이 한 말에 대해 곰곰이 생각하다가 주희에게 전화했다. 소담에 왔다 갔다는 말을 들었다고 하면서 내일 시간이 되면 만나서 차 한잔하자고 말했다. 주희도 좋다고 했다.

다음날 상엽은 주희를 만나러 서울로 향했다.

한 커피전문점에서 주희를 마주한 상엽은 마음이 편치 않았다. 하지만 자신의 생각을 주희에게 솔직하게 말하는 것이 결국 주희를 위한 거라고 생각하고 말을 이었다.

"당신이 북토크 때도 봤고, 며칠 전 소담에서도 봤다고 하니까 솔직하게 말하는 게 좋을 것 같아서 오늘 만나자고 했어. 당신 잠 못 잘 거 뻔하기도 하고."

"당신이 무슨 말 할지 짐작은 가. 그러면서도 제발 아니길 바라는 게 솔직한 내 심정이야."

"당신이 다미네 공방에도 다녀갔다고 들었어."

"그건…… 순간적인 충동이었어. 나는 당신을 영영 잃어버릴 것 같아서 불안했어. 그래서 당신과 나는 언제든지 재결합할 수 있는 사이라는 걸 다미 씨에게 알려 주고 싶었던 거야. 하지만 공방에서 나오면서 나 자신이 너무 초라해 얼마나 후회했는지 몰라."

"난 당신을 비난하려는 게 아니야. 이 모든 게 내 태도가 분명하지 않았기 때문이니까."

상엽은 테이블에 놓인 물 잔을 들어 단번에 들이켰다.

"난 당신이랑 헤어지고 서남시에 내려와 살면서 다른 사람을 만날 생각은 없었어. 단지 상담에만 열중하면서 지낼 생각이었어. 나도 그동안 힘들었던 터라 이성에 대해서 무감해지기도 했고. 그런데 그게 내 맘대로 되는 게 아니더라고. 나도 누군가에게 위로받고 싶었나 봐. 당신이 봤다던 그 사람이랑 자주 보게 되면서 위로라는 게 바로 이런 거구나 했어. 앞으로 어떻게 될지는 모르지만 나도 그 사람에게 위안이 되고 싶어. 이혼한 내가 미혼인 그 사람을 욕심내는 게 좀 그렇지만, 지금은 다른 생각 안 하고 마음 가는 대로 하고 싶어. 이런 말을 하게 될 줄을 몰랐는데…… 결국 하게 되네."

상엽의 말을 듣고 있던 주희는 한동안 말없이 눈물만 흘릴 뿐이었다. 하염없이 눈물만 흘리는 주희를 보는 상엽도 마음이 아파 눈앞이 흐려졌다. 한참을 그렇게 앉아서 울기만 하던 주희는 손지갑에서 꺼낸 손수건으로 눈물을 닦고는 상엽을 바라봤다.

"그동안 당신을 힘들게 해서 미안해. 며칠간 생각이 많았어. 우리가 재결합하면 어떨지도 생각해 봤고. 우리가 이전과 다르게 살 수 있을지 물으면서 말이야. 그런데 내가 달라질 수 있는지는 확신할 수 없더라고. 그러면 우리는 다시 불행해지겠지. ……이제부터라도 당신이 행복했으면 좋겠어. 이건 내 진심이야."

주희는 애써 웃음 지으려 했지만, 눈물은 멈추질 않았다.

"나도 당신이 행복하길 바라."

상엽은 그 말 외에는 달리 생각나는 말이 없었다. 주희는 먼저 자리에서 일어났고, 상엽은 그대로 좀 더 앉아 있다가 커피 전문점을 나왔다.

집으로 내려오는 광역버스 안에서 주희와의 지난 일들이 창밖으로 빠르게 스쳐 지나갔다. 상엽은 이혼했을 때 느끼지 못했던 묘한 기분이 들었다. 이제야 비로소 자신과 주희의 이야기에 마침표를 찍었구나, 생각했다.

'이제 진짜 안녕.'

그날 저녁 상엽은 오해를 풀고 자신의 마음을 전하기 위해 다미를 만났다. 다미는 며칠 새 고민한 흔적이 얼굴에 역력했다. 상엽은 다미를 안아주면서 등을 토닥였다. 그 순간 다미는 가슴이 뜨거워져 눈물이 핑 돌았다. 상엽의 마음을 잠시라도 가볍게 생각했던 자신이 바보 같았다. 상엽은 그만큼 좋아하기 때문이라고 말하면서 다미의 눈물을 닦아주었다. 일어나지 않았다면 좋았겠지만, 이 일로 두 사람의 관계가 더 단단해질 것만은 분명했다.

35

가을이란 단어가 사람들 마음에 와닿는 10월에는 야외로 나가는 사람들이 많아서 시장을 찾는 손님들이 줄어들 거로 시장 사람들은 예상했다. 하지만 시장 초입 푸드 존에는 계절과 무관하게 손님들로 붐볐다. 그것과는 달리 시장 부근에 있는 몇몇 분식집에는 손님들이 확연히 줄어들었다. 그러던 어느 날 한 취객이 푸드 가판대 여기저기를 돌며 난동을 부렸다. 대낮부터 술에 취한 그는 한 손에 반쯤 비워진 소주병을 들고 있었고, 다른 손에도 아직 따지 않은 소주병을 들고 있었다. 그는 가판대에서 음식을 먹고 있는 손님들에게 손에 든 소주병을 휘두르며 고래고래 소리를 질렀다. 가판대 점주들이 그

취객을 달래서 다른 곳으로 데려가려고 애를 썼다. 그 과정에서 손에 든 소주병이 바닥에 떨어져 산산이 조각나 버렸다. 다행히 병에 소주가 들어 있어서 파편이 사방으로 튀지 않아 다친 사람은 없었다. 하지만 그는 막무가내로 점주들에게 시비를 걸며 바닥에 드러눕기까지 했다. 결국 경찰이 출동해 땀을 뻘뻘 흘려가며 바닥에 드러누운 그 취객을 가까스로 일으켜 파출소로 데려갔다. 그제야 비로소 푸드 존은 다시 평온을 되찾을 수 있었다.

상엽은 퇴근 후 다미의 공방에서 캘리그래피를 배우고 다미와 같이 퇴근할 생각이었다. 그런데 서울에 있는 진섭이 집에 일이 생겨 내려왔다면서 겸사겸사 얼굴 좀 보자고 연락해왔다. 자주 보는 사이라면 다음에 보자고 했을 텐데 진섭과는 자주 만나지 못한 터라, 상엽은 진섭을 만나기로 했다. 상엽은 다미에게 전화를 걸어 사정을 말하고 진섭을 만난 다음 다시 공방으로 다미를 데리러 가겠다고 했다. 다미는 주문 들어온 작품을 준비하느라 아무래도 오늘은 좀 늦게까지 공방에 있어야 할 것 같다며 상엽에게 진섭을 만나고 집으로 가서 쉬는 게 좋겠다고 했다. 상엽은 일단 나중에 전화하겠다고 말하고 진섭과 만나기로 한 실내 포장마차로 향했다.

상엽은 진섭을 오랜만에 만나 반가웠다. 전화나 문자로는 자주 안부를 묻고 있었지만 그래도 직접 만나는 게 아니라 항상 아쉬움이 남았었다. 진섭은 요즘 시민단체에서 중점을 두는 사안들에 대해 들려줬고, 시민들이 깨어있어야 하는 이유에 대해서도 늘어놓았다. 그것은 진섭이 상엽을 만날 때마다 하는 레퍼토리였다. 상엽은 진섭에게서 하도 많이 들었던 말이지만 들을 때마다 이 핑계 저 핑계로 사회 문제에 무관심했던 자신을 반성하곤 했다.

"먹고 사느라 바쁜 시민들을 대신해서 당면한 사회 문제를 해결하라고 시민단체가 있는 거잖아. 그런 일 하는 게 시민단체의 존재 이유란 거지."

언젠가 상엽이 사회가 후퇴하지 않으려면 시민들이 사회 문제에 관심을 가져야 한다고 말하는 진섭에게 그렇게 말했었다. 그러자 진섭은 뭘 한참 모른다는 표정으로 상엽을 쳐다보더니 소주 한 잔을 단번에 들이켰다.

"좋아. 상엽이 네 말대로 그게 시민단체의 존재 이유라고 치자. 그럼 시민단체가 일을 제대로 할 수 있도록 힘을 줘야지. 안 그래?"

"누가 말이야?"

"야, 차상엽, 누가 시민단체에 힘을 줄 수 있겠냐? 바로 시민이지. 시민단체만 설립해 놓고 시민들이 무관심하면 시민단체가 행정부나 기업에 대놓고 백날 떠들어 봐야 안 먹힌다는 거야. 시민들이 밀어주지 않는 시민단체는 허수아비 취급받을 뿐이라고, 이 친구야."

그날 이후로 상엽은 시민단체에서 추진하고 있는 일들에 관해 관심을 두기 시작했고 꼭 필요한 입법 청원에도 동참하기 시작했다. 그러면서 시민운동과 관련해 궁금한 점이 있으면 진섭에게 전화해 물어보기도 했다. 상엽은 좀 더 나은 사회, 공정하고 정직한 사회, 무엇보다도 상식이 통하는 사회를 만들기 위해 힘쓰는 친구가 있다는 게 늘 자랑스러웠다. 그래서 상엽은 진섭이 만날 때마다 거의 국민의례처럼 깨어있는 시민을 들먹거려도 전혀 싫지 않았다.

연락도 없이 진섭이 집에 내려온 것은 진섭의 어머니가 몸져누웠기 때문이었다. 그렇다고 해서 진섭의 어머니가 진짜 아파서 그런 건 아니었다. 결혼할 기미가 전혀 안 보이는 진섭을 그냥 보고만 있을 수가 없었던 진섭의 어머니가 직접 믿을 만한 데에 부탁해서 어렵게 선자리를 주선했다. 그런데 진섭이 그 선 자리에 나가지 않겠다고 하자, 진섭의 어머니가 수건으로 머리를 싸매고 자리에 누운 것이었다. 진섭은 결혼할 생각이 없다고 계속 말해 왔지만, 진섭의 부모는 그 말을 곧이곧대로 믿는 게 아니라 단지 진섭이 해 보는 말일뿐이라고 치부해 버렸다. 진섭은 급기야 머리를 싸매고 드러눕기까지 한 자신의 어머니에게 단호하게 말했다가는 진짜 쓰러지기라도 할 것 같아서 일단 선보러 나가겠다고 했다는 것이다.

"앞으로 이런 일을 몇 번을 겪어야 할지 모르겠다."

진섭은 한숨을 후유 내쉬더니 소주를 주문했다. 종업원이 소주를 내오자마자, 진섭은 곧장 잔에 술을 부어 단번에 들이켰다.

"선보러 가는 게 아니라 그냥 사람 친구 한 명 만나러 간다고 생각해. 그리고 혹시 아냐, 나갔다가 생각이 바뀔지도?"

상엽이 진섭의 술잔에 술을 채우며 말했다.

진섭은 상엽이 따라준 술을 다시 들이켜면서 손사래를 쳤다.

"야, 그럴 일은 없어."

상엽은 진섭을 배웅하기 위해 고속버스 터미널에 갔다. 상엽과 진섭은 터미널 안 대기석에 앉아 버스를 기다리면서 벽에 설치된 텔레비전을 보고 있었다. 그런데 갑자기 텔레비전 화면 상단에 속보가 떴다.

'서남시 평화시장 화재 발생'

상엽은 속보를 보자마자 곧장 자리에서 일어났다. 옆에 있던 진섭도 놀란 눈으로 텔레비전 화면을 바라봤다.

"상엽아, 저기 네 상담소 있는 시장 맞지?"

"어. 진섭아, 나 먼저 가 봐야겠다."

말을 내뱉는 동시에 상엽은 밖으로 뛰쳐나갔다.

36

상엽은 터미널 앞에서 손님을 기다리던 빈 택시에 올라 서둘러 평화시장으로 가자고 재촉했다. 그러고는 핸드폰을 꺼내 다미에게 전화했다. 하지만 신호음만 반복해서 들릴 뿐이었다. 11시가 가까운 시각이라 떡 카페 소담은 영업이 끝났을 터였다. 하지만 다미는 공방에 남아서 작업하고 있는 게 분명했다. 다미는 일이 끝났어도 상엽이 데리러 오겠다고 한 말 때문에 상엽이 올 때까지 기다리고 있을 것 같았다. 지금으로서는 화재가 시장 어디에서 발생한 것인지 알 방법은 없었다. 상엽은 점점 초조해지면서 손에 땀이 차기 시작했다. 손에 배어나온 땀을 무릎 위에 쓱쓱 문질러 닦으며 다미가 무사하기만을 바랐다. 다미는 여전히 전화를 받지 않았다.

택시가 시장 입구에 도착하자 기사에게 만 원짜리 한 장을 건네고는 곧장 뛰기 시작했다. 여러 대의 소방차가 시장 초입을 막고 있어 시장 안쪽이 보이지 않았다. 소방차를 지나치자 시장 초입에 설치된 푸드 가판대 전체가 불에 타 전소된 상태였고, 화재는 완전히 진압된 것으로 보였다. 가판대에서 시작된 불은 열 대의 가판대만 모조리 태웠을 뿐 다른 점포로 옮겨붙지는 않았다. 불행 중 다행이란 생각이 들었다. 그렇다면 다미도 무사할 터였다. 곧이어 상엽은 다미네 공방으로 뛰었다. 한참을 달려 다미네 공방에 도착한 상엽은 공방 문을 열고 뛰어 들어가 가쁜 숨을 내쉬며 다미를 불렀다.

"다미야!"

갑작스럽게 누군가 쿵쿵 뛰어 들어오는 소리에 탕비실에 있던 다미가 놀란 눈을 하고선 밖으로 나왔다.

"오빠!"

"다미야!"

상엽은 다미에게 달려가 다미를 와락 안았다. 다미는 어리둥절해하며 상엽에게 무슨 일이 생겼을지도 모른다는 생각에 상엽이 걱정스러웠다.

"오빠, 무슨 일 있었어요?"

"일? 아주 큰 일 날 뻔했지."

상엽은 다미를 더욱 꼭 끌어안았다.

"아, 이제 좀 살 것 같다. 우리 이대로 조금만 더 있자."

잠시 후 자리에 앉아 상엽에게서 자초지종을 들은 다미는 그제야 조금 전 상엽의 행동을 이해했다.

다미는 공방에서 작업하던 중 요란한 소방차 소리에 놀라 밖에 나갔다가 푸드 존에 불이 난 걸 알았다. 다미는 불이 인근 점포로 옮겨붙지나 않을까, 가슴을 졸이며 소방대원들이 불을 완전히 진압할 때까지 지켜보고 있다가 공방으로 돌아왔다. 그리고 상엽이 공방으로 올 것 같아서 막 전화하려던 참에 요란하게 공방 문이 열리는 소리를 듣고 나와보니, 상엽이 가쁜 숨을 내쉬면서 애처롭게 자신을 바라보고 있었던 것이다.

"오빠, 혹시나 내가 어떻게 된 줄 알고 뛰어온 거였어요?"

"말도 마. 시장에 화재가 났다는 속보를 터미널 텔레비전 화면에서 보는 순간 눈앞이 캄캄해지더라니까. 택시 안에서 다미한테 전화해도 전화는 안 받지, 불은 시장 어디에 났는지 알 길은 없지, 택시 타고 시장까지 오는 10분이 마치 10년 같더라."

"오빠, 고마워요."

일순 다미는 울컥했다.

"뭐가?"

"내 걱정해줘서요. 나는 여태껏 가족들만 챙기며 살아서 그런지 누가 내 걱정하면 낯설었어요. 속으로 내 마음이 얼어붙었나, 하는 생각도 들었고요. 근데 오빠가 내 걱정하며 여기까지 뛰어왔을 거 생각하니까 얼었던 마음이 사르르 녹아내리는 느낌이에요. 내가 그렇게 느낄 수 있게 해줘서 고마워요, 오빠."

"난 또……. 내가 더 고마워. 항상 따뜻한 시선으로 나를 바라봐 줘서. 난 그런 다미를 보면서 많이 웃을 수 있었고 마음도 따뜻해졌으니까."

"저도 오빠 보면 움츠렸던 마음이 쫙 펴지는 것 같아요."

상엽은 다미의 말을 듣고 옆에 앉아 있는 다미를 한 팔로 끌어안았다.

"아, 좋다. 이런 게 행복이겠지."

상엽은 자신의 볼을 다미의 볼에 대며 말했다. 그리고 다미를 지그시 바라보더니…… 키스했다. 그 순간 다미도 너무 행복해 두 손으로 상엽의 등을 감쌌다.

한참 후 공방에서 나온 상엽과 다미는 버스를 타지 않고 걸었다. 시간이 늦긴 했지만, 공기가 선선한 가을밤을 걷고 싶다는 다미의 말에 상엽이 그러자고 한 것이었다. 그렇게 상엽과 다미는 손을 꼭 잡고 가을밤을 걸으며 사랑을 키웠다.

다음날 구청에서 청소 전담 인력들이 나와 간밤에 전소된 푸드 가판대 잔해를 트럭에 옮겨 실었다. 그런 다음 대대적인 물청소가 진행되었다. 마침내 시장 초입 열 대의 가판대가 있던 곳은 말끔히 치워졌고 단지 바닥 군데군데에 검게 그은 흔적이 남아 있을 뿐이었다. 경찰에서 CCTV를 확인한 결과 불은 실화가 아닌 방화라는 것이 밝혀졌다. 방화범은 전날 오후에 푸드 존에서 난동을 부렸던 바로 그 취객이었다. 경찰에서 그를 조사한 결과 그는 시장 인근에서 분식집을 운영하는 사람이었다. 방화 협의로 붙잡힌 분식집 사장은 시장 초입에 푸드 존이 들어서고부터 자신의 가게에 손님들이 확 줄어들어 월세도 제대로 못 내게 되자 홧김에 술 먹고 불을 질렀다고 진술했다.

이 소식을 듣게 된 시장 상인들은 분식집 사장이 불을 낸 것은 백번 천번 잘못한 일이지만, 오죽했으면 그런 짓을 했을까 생각하니 장사하는 같은 처지로서 남일 같지 않다며 쯧쯧 혀를 찼다. 요지마다 들어선 대형 마트 때문에 전통시장이 직격탄을 맞아 쇠퇴해져버린 상황에서 시장 활성화 지원 사업으로 이제 겨우 예전의 활기를 되찾을 수 있었다. 하지만 그것이 또 다른 누군가의 생계를 막막하게 만들었다는 걸 알게 되자, 시장 상인들은 시장에 손님들이 늘었다고 그저 좋아할 수만은 없었다. 시장 운영위원인 소정이 이러한 시장 상인들의 의견을 모아 지자체 지원사업 담당자에게 전했다. 지자체에서도 시장 상인들의 의견을 받아들여 분식집 사장에게 피해 보상을 요구하지 않기로 결론 내렸다. 가판대 영업이 종료한 후에 화재가 발생해 다행히 화재로 다친 사람은 없었고, 가판대에 있는 집기들만 탄 상태라 복구하는 데 큰 비용이 들어가지는 않을 터였다. 그리고 지자체에서 지원사업을 시작하면서 화재보험을 들어놓은 터라, 곧장 푸드 가판대 제작에 들어갈 수 있었다. 가판대가 다시 설치되는 일주일 동안 영업을 할 수 없어서 가판대 운영자들의 손해가 컸지만, 역지사지하는 마음으로 누구 하나 불평하지 않고 묵묵히 지나갔다. 일주일 후에 열 대의 가판대가 새롭게 설치된 푸드 존 영업이 재개되었고, 손님들이 다시 붐비기 시작했다.

10월 말 심리상담소 왁자지껄 모임에는 수찬을 따라왔다가 상담소에 다니게 된 소은도 참석했다. 멤버들이 돌아가며 자신의 이야기를 하던 중에 소은이 손을 들었다.

"그래, 소은아, 할 말 있으면 편하게 해."

상엽이 손을 든 소은을 보며 말했다.

"혹시 제가 읽은 소설에 대해 조금 말씀드려도 될까요?"

"소설? 그래 안 될 거 없지. 여기 멤버들은 네가 무슨 말을 하더라도 들을 준비가 되어 있어. 우리는 같은 편이니까." 상엽이 말했다.

"소은이가 소설을 좋아하나 보네. 나도 고등학교 다닐 때 로맨스 소설을 퍽이나 읽었었는데."

애리는 문득 학창 시절이 떠올랐다.

"애리 씨도 그랬구나. 나도 그랬는데. 그때는 비디오방에서 만화책이랑 로맨스 소설책을 빌려줬잖아요."

숙희가 바로 옆에 앉아 있던 애리에게 시선을 돌리며 말했다.

"비디오요?"

수찬이 호기심 가득 한 표정으로 숙희에게 물었다.

"그래 비디오. 지금은 DVD지만 그전에는 비디오였어. 하기야 수찬이는 모르겠구나. 아마 내 아들딸도 모를 거야."

"요즘에는 도서관 시설이 워낙 잘돼 있어서 도서관에서 DVD도 보고 책도 읽고 다 하니까 언젠가부터 만화방 같은 데는 잘 안 보이던데요. ……그건 그렇고 소은이는 무슨 소설 읽었니?"

한솔이 말했다.

소은이 한참 소개한 소설은 '오늘 밤, 세계에서 이 사랑이 사라진다 해도'였다. 소설 속 고등학생 히노는 자고 일어나면 전날의 기억을 모두 잊어버리는 기억상실증 환자였다. 매일매일 기억이 리셋되는 그녀가 어제를 기억하는 유일한 방법은 그녀가 잠자기 전에 그날 있었던 일들을 꼼꼼하게 기록해 놓은 일기였다. 그녀가 아침에 일어나 가장 먼저 하는 일은 어제 쓴 일기를 읽고 어제 있었던 일들을 알아내는 일이었다.

"이 소설을 읽으면서 사람들이 아침에 일어났는데 어제의 일들을 기억 못 하게 된다면 어떨지 생각해 봤거든요. 근데 오히려 기억상실을 바라는 사람도 있을 것 같더라고요."

소은이 말했다.

"그게 무슨 말이야? 기억을 못 하면 외톨이처럼 늘 외로울 것 같아서 다들 싫어하지 않을까?"

한솔이 말했다.

"아침에 일어날 때마다 백지상태인 거니까 무지 답답할 거예요. 그런데 너무 아프고 슬픈 기억 때문에 고통받는 사람들에게는 기억상실이 오히려 도움이 될 것 같아서요."

소은이 한솔을 보며 말했다.

"그럴 수도 있는데, 그래도 그 사람에게 고통스러운 기억만 있는 건 아닐 거잖아. 다른 소중한 기억도 있을 텐데 그런 기억까지 다 잊어버린다면 그게 행복한 걸까?"

한솔이 다시 말을 받았다.

"그럼, 여주인공이 소은이 너라면 어떨 것 같니?"

동희가 소은을 보면서 말했다.

"만약에 사랑하는 사람이 있다면 꽃이 피는 것처럼 사랑도 마음에서 피어나는 건데, 사랑하는 감정을 아침마다 글로 알아야 하는 거잖아요. 그렇게 생각하면 너무 슬플 것 같아요."

소은이 말하면서 수찬과 눈이 마주쳤다. 수찬은 순간적으로 얼굴이 화끈거려 재빨리 시선을 다른 곳으로 휙 돌렸다. 한솔이 그런 수찬을 보고 싱긋 웃었다.

"꽃이 피는 것처럼 사랑도 마음에서 피어난다고? 이야 정말 멋진 말이다. 소은이는 말하는 게 꼭 시인 같은데."

동희가 소은에게 엄지척했다.

"그럼, 사랑은 마음에 피는 꽃인가? 호호호. 그 꽃 생각만 해도 기분이 좋아지네."

애리가 가슴에 두 손을 모으며 말했다.

"선생님은 소은이 덕에 학창 시절이 생각나시나 봐요?"

한솔이 애리를 보고 말했다.

"맞아요, 한솔 씨. 소은이 덕에 나도 모르게 그때가 생각나네요. 근데 소은이 말대로 세상에 사랑하는 사람을 기억 못한다는 것처럼 슬픈 일은 없을 것 같네요."

애리가 말했다.

"생각만 해도 가슴이 먹먹해지네요."

애리의 말을 듣고 있던 숙희가 한 손을 가슴에 올렸다.

"어쩌면 그 소설의 작가는 매일매일 주어지는 평범한 일상의 소중함을 독자들이 한 번쯤 생각하길 바란 건 아닐까, 하는 생각이 드네요. 우리는 매일매일 주어지는 하루하루를 너무 당연하게 생각하잖아요. 하지만 세상에 당연한 일이란 없다, 그러니 모든 일에 감사하며 살아라, 뭐 이런 메시지를 전하고 싶었던 건 아닐까요."

상엽이 멤버들을 둘러보며 말했다.

"세상에 당연한 일이란 없다! 백번 천번 맞는 말 같아요. 어느 책에서 읽었는데, 매일 잠들기 전에 그날 감사한 일을 하나 하나 세어보라고 하더군요. 모든 일에 감사할 줄 알면 그만큼 기뻐할 일도 많을 거라면서요."

한솔의 말을 듣고 모두가 공감한다는 듯 고개를 끄덕였다.

"혹시 수찬인 지우고 싶은 기억 같은 거 있어?"

한솔이 조용히 앉아만 있는 수찬에게 물었다.

"글쎄요. 저도 방금 나를 힘들게 한 친구와 있었던 기억을 지운다면 어떨까, 하고 생각해 봤어요. 그러면 내가 힘들지도 않았을 테니까 좋을 것 같아서요. 그런데 그건 아닌 것 같아요."

"아니라니 뭐가 아니라는 말이야?"

동희가 수찬이 쪽으로 몸을 기울이며 물었다.

"그 친구가 나를 힘들게 한 건 사실이지만 그렇다고 그 친구와 있었던 기억을 모두 지우고 싶지는 않아요. 만약 그런 일이 없었다면 제가 이 자리에도 있지 않았을 거고, 여기 있는 분들도 모른 채 살고 있을 거잖아요. 기억은 그물망처럼 연결되어 있어서 기억 하나를 지우면 다른 좋은 기억도 다 지워질 것 같아요. 그래서 전 아무것도 안 지우고 싶어요."

"이야, 수찬이 멋있다. 언제 그런 생각을 했대?"

숙희가 물개박수 흉내를 내며 말했다.

"수찬이가 참 생각이 깊네."

상엽도 수찬의 말에 감탄한 듯 고개를 끄덕이더니 다시 말을 이었다.

"누구나 잊고 싶은 기억이 있을 거예요. 저도 마찬가지고요. 미래에는 얼굴에 있는 점을 빼듯이 안 좋은 기억만 지워주는 병원이 생길지도 몰라요. 하지만 사람이 AI가 되지 않는 한, 수찬이가 말한 것처럼 모든 기억이 서로 촘촘하게 연결되어 있어서 하나의 기억을 지운다면 다른 기억에도 영향을 미칠 수밖에 없을 거예요. 살다 보면 지난 기억이 우리를 힘들게 할 때도 있지만, 그 힘든 시간을 이겨내기 위해 노력하다 보면 새롭게 얻게 되는 좋은 기억이 있을 수 있는 거니까, 지우고 싶은 기억이라고 해서 꼭 끝까지 안 좋은 것만은 아니네요."

"진짜 그런 것 같아요. 저도 시누이나 남편과의 갈등이야말로 지우고 싶은 기억이긴 하지만 그 일 때문에 저 자신에 대해 많이 생각하게 되면서, 뭐랄까, 학교 소풍 때마다 했던 보물 찾는 기분이라고 할까요. 그렇게 나에 대한 보물을 하나씩 찾아가고 있으니까 결국은 좋은 일이 더 많아진 거잖아요."

"보물찾기, 그거 좋네요. 그럼 내 안이 온통 보물창고라는 거잖아요. 생각만 해도 부자가 된 기분인데요."

한솔이 자기 무릎을 딱 치며 말했다.

"누나, 방금 무릎 멍들었을 거 같은데 괜찮아요?"

수찬이 장난기 가득한 표정으로 한솔에게 말했다.

"하하하."

수찬의 말을 듣고 모두가 웃음을 터뜨렸다.

"아, 네-. 내가 보는 거랑 다르게 워낙 튼튼해서 아무 이상 없네요, 수찬 군."

한솔이 다시 무릎을 치면서 수찬에게 말했다. 다른 멤버들은 두 사람의 장난기 있는 대화를 들으며 다시 크게 웃었다.

모임이 끝나고 한솔, 동희, 수찬, 그리고 소은은 버스 정류장 쪽으로 나란히 걸었다.

"수찬이는 로맨스 소설 읽는 거 좋아하니?"

한솔이 수찬에게 물었다.

"아니요."

수찬은 쭈뼛거리며 말했다.

"고등학교 남학생들은 책은 읽어도 로맨스 소설은 잘 안 읽어. 나도 그랬던 것 같은데."

동희가 말했다.

"그래서 고등학교 때 남학생들이랑 이야기하다 보면 어리다는 생각이 들었구나. 어쩐지."

한솔이 이제 알았다는 듯이 고개를 주억거렸다.

"누나, 고작 로맨스 소설 안 읽었다고 어린 티가 나겠어요?"

수찬이 어이없다는 듯이 한솔을 쳐다봤다.

"네가 뭘 몰라서 그래. 로맨스 소설을 읽으면서 그만큼 사랑에 대해 고찰하게 되거든. 그냥 사랑이 아니라 한 차원 높은 사랑 말이야."

"한 차원 높은 사랑이라면 플라토닉 러브를 말하는 거예요?"

"이야, 수찬이 너 플라토닉 러브도 아니? 넌 어리다는 소린 안 듣겠다."

"수찬아, 혹시 조금 전에 내가 말했던 소설책 읽고 싶으면 내가 빌려줄까?"

소은이 옆에서 걷고 있던 수찬을 보며 말했다.

"뭐, 그러든지."

수찬이 심상하게 말했다. 그 말을 듣고 있던 한솔은 자신도 모르게 웃음이 터질 뻔했다.

"동희 오빠도 내가 가지고 있는 소설책 한 권 빌려줄까요?"

한솔이 웃음기 가득한 표정으로 동희에게 말했다.

"뭐, 그러든지."

한솔이 장난으로 하는 말인 걸 눈치채고 동희가 웃으면서 수찬의 말을 따라 했다.

"왠지 형이랑 누나가 나 놀리는 것 같은데요?"

"이제 알았니?"

"하하하."

한솔의 말에 동희와 소은도 크게 웃었다.

"하여간 누나는 못 말린다니까."

수찬은 고개를 절레절레 흔들었다. 그 모습을 보고 다른 세 사람은 다시 웃음을 터뜨렸다.

상담소에서 나온 상엽은 공방에 나와 있던 다미와 함께 점심을 먹었다. 다미가 집에서 상엽과 함께 먹을 도시락을 싸온 것이었다. 도시락 뚜껑을 열자 잘게 썬 당근과 브로콜리가 들어간 볶음밥 위에 계란프라이가 올려져 있었다.

"이야, 이렇게 예쁜 볶음밥도 다 있네. 먹기 아깝다."

상엽이 침을 꿀꺽 삼켰다.

"내가 음식을 잘 못 하는데 그래도 볶음밥은 좀 나아요. 오빠 입맛에 맞을지는 모르겠어요."

"당근을 이렇게 잘게 썰려면 시간이 오래 걸렸을 거 같은데?"

"하하하. 이거 야채 다지기로 한 거예요."

"야채 다지기? 그런 것도 있어?"

"그렇더라고요. 얼마 전에 천냥마트에 갔더니 야채 다지기가 있길래 하나 샀어요."

"이야, 요즘엔 그런 것도 나오는구나."

상엽은 숟가락으로 볶음밥을 크게 한술 떠서 입에 넣었다.

"음, 맛있다. 간도 딱 좋아."

"다행이네요. 많이 드세요, 오빠."

"다미도 어서 먹어."

"네, 오빠."

야채 볶음밥과 같이 먹을 계란국에도 잘게 썬 당근 조각들이 있어 훨씬 맛있어 보였다.

"계란국에도 당근 조각이 있어서 되게 예쁘다. 그러고 보면 볶음밥이나 계란국에 당근 조각이 포인트인 것처럼 우리 삶에도 포인트가 필요한 것 같아."

"포인트요?"

"어, 밥이나 국에 들어가 있는 작은 당근 조각 몇 개가 보는 사람 마음을 먹기도 전에 열리게 하잖아. 열린 마음으로 먹으니까 몇 배 더 맛있게 느껴질 테고. 사람들도 일상에서 당근 조각 같은 포인트가 있으면 훨씬 행복하지 않겠어?"

"그럼, 오빠 일상에서 당근 조각은 뭐예요?"

"나? 당연히 다미지. 너무 닭살 돋는 말인가. 하하하."

"오빠도 참,"

다미는 상엽의 어깨를 가볍게 툭 쳤다. 그러면서도 다미는 자신이 삶의 포인트라는 상엽의 말이 따뜻하고 좋았다.

두 사람은 계란국과 볶음밥 도시락을 깔끔히 비우고 떡 카페 소담에 가서 차를 마실 생각이었다. 공방을 막 나서려는 데 상엽의 핸드폰이 울렸다. 발신자는 상엽의 어머니였다. 상엽의 어머니가 상엽에게 전화한 것은 상엽의 부모와 같은 아파트 라인에 살고 있는 박희동의 부음을 알리기 위해서였다. 상엽에게 갑작스러운 희동의 부음은 상당히 충격적인 소식이었다. 내년이면 일흔인 희동은 건강한 축에 속했다. 상엽은 얼마 전에도 부모를 보러 가던 길에 아파트 입구에서 희동을 만났다. 그때도 희동은 좋아 보였다. 그래서 상엽은 희동이 갑작스럽게 죽었다는 말이 전혀 실감 나지 않았다. 매일 아침 아파트 인근 체육공원에서 희동과 함께 운동하는 상엽의 아버지는 오늘 아침에도 함께 운동했던 터라 더욱 허망해한다고 상엽의 어머니가 전했다.

아침 식사 후 희동은 베란다가 내다보이는 거실에서 죽은 아내가 즐겨 앉던 안락의자에 앉아 잠시 눈을 붙이던 중 심장마비로 죽은 것이었다. 때마침 지방에 살고 있는 딸이 혼자 사는 희동을 위해 밑반찬과 국을 만들어서 아침 일찍 와 있었다. 딸이 식탁에 차와 과일을 준비해 놓고 희동을 여러 번 불렀다. 하지만 희동은 미동도 없이 앉아 있을 뿐이었다. 딸이 희동에게 다가가 흔들어 보고는 반응이 없자 119를 부른 것이었다.

상엽은 단톡방에 희동의 부음을 알렸다. 희동과 함께 속초에 갔었던 멤버들은 단톡방에서 희동의 부음을 접하고 몹시 안타까워했다. 그날 저녁 상엽과 한솔, 동희, 숙희, 애리, 그리고 수찬은 희동의 빈소가 마련된 병원 장례식장을 찾았다. 빈소에 들어가자 하얀 국화꽃으로 장식된 제단 위에 서핑 슈트를 입고 환하게 웃고 있는 희동의 영정사진이 눈에 들어왔다. 속초로 서핑 갔을 때 찍은 사진이었다. 희동의 웃는 모습이 너무 행복해 보여 희동의 죽음이 비현실적으로 느껴졌다. 왁자지껄 멤버들은 환하게 웃고 있는 희동의 영정사진을 보자 슬픔에 북받쳐 눈물이 차올랐다. 모두 눈물을 그렁그렁한 채로 한 명씩 희동의 영정에 국화꽃을 바친 후 나란히 서서 절을 올렸다. 절을 마치고 영정 속 희동의 얼굴을 보던 애리는 속초에 갔을 때 서핑 보드에 앉아서 환하게 웃고 있던 희동의 모습이 생각나 소리 내서 울음을 터뜨렸다. 옆에 있던 숙희가 애리를 안아서 다독거렸다. 숙희의 눈에도 눈물이 주르륵 흘러내렸다. 흐느껴 울고 있는 애리를 보면서 같이 서 있던 상엽, 한솔, 동희, 수찬도 눈물을 글썽였다. 멤버들은 애리를 진정시킨 다음 상주인 딸 부부와 인사를 나눴다. 이윽고 접객실로 나온 멤버들은 손님 접대용 테이블에 둘러앉았다.

"어르신이 너무 허망하게 가셨어요."

한솔이 앉은 자리에서 보이는 희동의 영정사진을 보면서 말했다.

"글쎄 말이에요. 운동도 열심히 하시고 무척 건강하셨는데 갑작스럽게 돌아가시다니 아직도 믿기지 않네요."

상엽도 희동의 영정사진을 바라봤다.

"절하고 어르신 사진을 보는데 어르신이 환하게 웃고 계셔서 울컥 눈물이 쏟아지더라니까요."

애리가 손수건으로 눈물을 훔치면서 말했다.

"자다가 죽는 사람이 있다는 말을 듣긴 했어도, 지인 중에 그렇게 돌아가신 분은 처음이에요."

동희가 말했다.

"그래서 다들 인생이 허망하다고 하잖아요. 누구도 내일을 장담할 수 없는 거구요."

숙희가 말했다.

"가는 데 순서 없다는 말도 있던데, 진짜 그러네요, 언니. 꼭 나이가 많다고 먼저 가는 건 아니니까요."

애리가 말했다.

"그래서 있을 때 잘하라는 노래까지 있잖아요. 지나고 후회할 일을 안 만들고 살아야 하는 데 그게 참 쉽지가 않네요. 휴-."

숙희의 입에서 긴 한숨이 새어 나왔다.

"수찬인 장례식장에 와본 적 있니?"

상엽이 앉은 채로 여기저기 둘러보고 있는 수찬에게 물

었다.

"아니요. 오늘이 처음이에요."

수찬은 처음 온 장례식장이 너무 낯설어 한군데 시선을 두지 못하고 계속 두리번거렸다.

"병원에서 근무하다 보면 어제 대화를 나눴던 어르신이 사망하실 때가 있는데, 그날은 진정이 안 돼요. 오가면서 따뜻한 말이라도 한 번 더 해드릴걸, 하는 생각도 들고 온종일 기분이 가라앉아요. 내가 힘들어하니까 남들은 그런 일에 무뎌져야 한다고 하지만 나는 그게 말처럼 쉽게 안 되더라고요. 하기야 죽음에 무뎌질 수 있는 사람이 몇이나 되겠어요. 그렇게 말하는 사람들도 다만 그런 척만 하는 거겠다, 싶어요."

요양병원에서 간호조무사로 일하는 숙희의 말을 듣고 있던 멤버들은 희동의 영정사진을 다시 바라보며 숙연해졌다.

한 시간 가까이 접객실에서 앉아 희동을 애도하고 밖으로 나온 멤버들은 서로 다독거리며 각자 집으로 향했다.

동희는 한솔을 집에 데려다주기 위해 한솔과 함께 움직였다. 두 사람 다 마음이 착잡해 한동안 말없이 걷기만 했다. 그러다 동희가 갑자기 손바닥이 보이게 오른손을 한솔에게 내밀었다. 한솔이 동희를 힐긋 보더니 왼손을 동희의 손바닥 위에 올렸다. 그러자 동희가 한솔의 손과 깍지를 끼었다. 두 사람은 그렇게 한참을 걸었다.

"한솔아."

"응, 오빠."

"한솔아."

"왜?"

동희가 걸음을 멈추자, 한솔도 따라 멈추고 동희를 바라 봤다.

"될 수 있으면 우린 후회할 일 같은 건 만들지 말자. 미루지 도 말고."

"그래야겠지. 그래 오빠, 우리 그러면서 살자."

한솔은 동희가 희동의 갑작스러운 죽음을 접하고 느낀 바 가 있어서 그렇게 말하는 거로 생각했다.

"한솔아, 사랑해."

동희가 한솔에게 좋아한다는 말은 여러 번 했지만, 사랑 한다는 말은 처음이었다. 한솔은 순간적으로 울컥했다.

"한솔아, 나 너 많이 사랑해. 그동안 수십 번 넘게 말하고 싶 었는데 못해서 미안해. 이제부턴 안 그러려고. 나 혼자 있으면 우울하다가도 너 생각하면 그런 기분이 다 사라지더라. 요즘 엔 너무 행복해. 다 한솔이 네 덕이야."

"나도 고마워요, 오빠. 항상 나를 배려해 주고 챙겨주는 오 빠 덕분에 나도 행복하게 잘 지내고 있어요."

동희가 한솔에게 다가가 한솔을 꼭 끌어안았다.

"사랑해, 사랑한다고, 이한솔."

"나도 사랑해요, 오빠."

"아, 지금 너무 좋다. 밤새 이러고 있으면 좋겠다."

동희가 한솔의 등을 위아래로 쓸어내리며 말했다. 이윽고 두 사람은 손을 깍지 낀 채 다시 걸었다. 한솔의 이모 집 앞에 도착한 두 사람은 한동안 다시 껴안고 서 있다가 서로를 애틋하게 바라보며 헤어졌다.

희동의 장례식장에 다녀온 며칠 후 숙희는 다니던 요양병원을 그만뒀다. 예전에 비해 강도는 줄어들었지만, 그래도 가끔 밤 근무 때 환자에게 위급상황이 생긴다든지 환자가 사망한다든지 하면 다시 불안을 느껴야 했다. 그렇다고 공평하게 3교대로 돌아가는 병원 근무 여건을 아는 처지에 혼자만 밤 근무가 힘들어 낮 근무만 하게 해달라고 할 수도 없는 일이었다. 숙희는 이대로 요양병원에 계속 다녔다간 잊을만하면 되살아나는 불안을 좀처럼 털어버릴 수도 없을 것 같았다. 그래서 숙희는 1년 동안 일을 쉬면서 방문간호 자격 과정을 이수하기 위해 전문 교육기관에 다니기로 했다. 숙희는 국가가

초고령 사회로의 진입을 목전에 두고 있는 상황에서 점차 재가요양 서비스가 확대되고 있는 것을 고려했을 때 방문간호 업무가 숙희 자신에게 더 안정적인 직업이 될 거라 판단했던 것이다. 직장에 다니고 있는 아들과 대학생 딸도 숙희의 결정을 듣고 적극 지지해 주었다. 상엽은 종일 교육을 받아야 하는 숙희를 배려해 저녁이나 주말에 상담받을 수 있도록 상담 시간을 조정했다.

숙희는 교육기관에 다니며 타이트한 교육을 받으면서도 여유가 생겼다. 왁자지껄 멤버들도 숙희가 점심시간이나 늦은 저녁에 꼬박꼬박 단톡방에 그날 찍은 사진이나 안부 메시지를 올리는 걸 보고 숙희가 이전보다 훨씬 더 여유로워졌다고 생각했다. 그때마다 멤버들은 단톡방에 들어와 한두 마디라도 남기며 숙희를 응원했다.

애리는 해가 바뀌어도 시어머니, 시누이와의 관계는 좀처럼 개선되지 않았다. 하지만 그것 때문에 속상해하거나 우울해하는 일은 확연히 줄어들었다. 애리는 시댁 식구들이 자신의 기준에 맞추어 주었으면 하는 마음을 내려놓으려 꾸준히 연습했다. 그러면서 시댁 식구를 있는 그대로 받아들이게 되었다. 그렇게 함으로써 시댁 식구에 대한 거부감이나 저항 같은 감정이 점차 누그러뜨려졌다.

애리는 상담소에 다니면서 가족을 포함한 자기가 아는 모든 사람이 자신에게 호의적이어야 한다는 생각은 그만큼 자기 자신을 신뢰하지 못하고 있기 때문이라는 걸 알게 되었다. 애리는 자기 자신에 대해 만족스럽지 못한 부분을 무의식적으로 가까운 사람들, 특히 가족들에게서 보상받으려는 생각이 결국 관계를 망치게 한다는 걸 깨달으면서 자기 자신에 대한 신뢰를 키워 나가려고 노력했다. 그 노력 중의 하나가 독서 모임이었다. 장애인 인권 강사의 활동을 꾸준히 보조하고 있던 애리는 상담소 왁자지껄 모임에서 소은이 자기가 읽은 소설을 소개했을 때 참 좋다는 막연한 생각을 했었다. 그런데 집에 돌아오는 길에 문득 몇몇 사람들이 책을 읽고 느낀 점을 나누는 것도 서로의 성장을 위해 도움이 되겠다는 생각이 떠올랐다. 애리는 곧장 문창과 휴학생이자 소설을 집필 중인 한솔에게 도움을 얻기 위해 전화를 걸었다.

"그럼 직접 독서 모임을 꾸려서 해 보는 건 어때요?"

애리의 말을 듣고 잠시 생각하던 한솔이 말했다.

"독서 모임? 에이, 내가 그걸 어떻게 해? 사실 한솔 씨가 독서 모임을 만들면 어떻겠냐고 물어볼 참이었는데."

"저는 글 쓰는 시간도 빠듯해서 좀 힘들어요. 그러지 말고 제가 도와드릴 테니까 한번 해 보세요. 참여할 사람들을 모으는 건 어렵진 않을 거예요. 책 읽기에 관심 있는 지인들끼리 모임을 꾸릴 수도 있고, 아니면 SNS에 공고를 내서 참여자를 모으는 방법도 있거든요."

"그런데 나 같은 사람이 독서 모임을 이끌 수 있을까?"

"나 같은 사람이 어떤 사람인데요? 독서 모임 하는데 독서를 좋아하는 사람이면 됐지 또 뭐가 필요하겠어요. ……혹시 미모가 필요하려나?"

"미모? 호호호."

애리는 한솔의 말에 눈물이 고일 정도로 웃었다.

"한솔 씨 말을 듣고 보니 그러네. 독서 모임에 재산이나 학벌이 필요한 것도 아니고 책 좋아하는 거 말고 필요한 게 없네."

한참 웃고 난 애리가 말했다.

"그럼요. 독서 모임을 진행하는 데 도움이 되는 자료는 제가 찾아 드릴게요."

"오, 고마워, 한솔 씨. 그럼 난 같이 독서 모임 할 지인들을 물색해 볼게요."

며칠 뒤 애리는 심리상담소로 찾아가 한솔로부터 독서 모임 자료를 건네받고 원만한 진행에 도움이 되는 팁도 얻었다. 몇 번에 걸쳐 한솔과 함께 독서 모임을 연구한 애리는 마침내 첫 아이 초등학교 1학년 때부터 꾸준히 한 달에 한 번씩 만나고 있는 반 모임 엄마들 네 명과 함께 독서 모임을 만들어 운영하기 시작했다. 반 모임 엄마들도 책을 읽긴 읽는데 혼자서 읽다 보니 진도가 통 나가지도 않고 읽고 난 뒤에도 뭔가 허전하다는 생각을 해 오던 터였다. 반 모임에서 애리가 독서 모임을 꾸려볼 생각이라고 말했을 때 듣고 있던 일곱 명 중 네 명이 그 자리에서 자신들도 참여하고 싶다고 했던 것이다.

애리는 장애인 활동 지원을 하고 독서 모임을 진행하면서 자기 자신에 대한 믿음이 커져 인지 남편과의 관계도 훨씬 편해졌다. 애리는 남편을 있는 그대로 인정하는 연습을 하면서 자기 생각을 솔직하게 표현하는 습관도 들였다. 애리는 남편에게도 자기 생각을 있는 그대로 표현해달라고 부탁했다. 그것은 상엽의 말대로 상대가 알아서 자기 마음을 알아주기만을 바라고 있다가 자신의 기대에 미치지 않으면 혼자서 서운해하는 일 같은 감정 소모를 줄이는 방법이기도 했다. 그렇다고 해서 서로의 생각이나 의견에 백 퍼센트 동의해야 한다는 것은 아니었다. 다만 상대의 생각이 그렇다는 것을 알고 그 생각이나 의견을 존중해 주자는 것이었다. 그러면서 자연스럽게 상대를 배려하는 여유가 생겼다.

독서 모임을 운영하면서 한솔의 권유로 블로그도 개설했다. 모임에서 다루는 책을 소개하고 독서 모임에서 나온 의견이나 소감을 그대로 블로그에 올렸다. 해시태크를 따라 블로그에 들어온 사람들의 숫자가 늘어가면서 책을 무료로 보내주는 출판사도 많아졌다. 그러다 보니 1년 후에는 애리가 운영하는 유료 독서 모임이 세 개로 늘었다. 또한 출판사에서 갓 출간된 책을 홍보하는 일에도 참여하게 되었다. 물론 소정의 수고비를 받고 하는 일이었다. 애리가 하고 싶어서 한 게 아니고 세 개의 유료 독서 모임을 성실하게 운영하다 보니 자연스럽게 협조 요청이 들어와 한 건씩 하게 된 것이었다.

애리가 이렇게 될 수 있었던 것은 상엽을 비롯한 상담소 왁자지껄 멤버들의 도움이 컸다. 멤버들은 각자 가지고 있는 SNS 계정을 통해 애리의 독서 모임을 꾸준히 알렸고, 애리는 책 선정이나 운영상의 어려운 점이 생기면 멤버들과 함께 의논하고 조언을 얻었다. 독서 모임은 주로 떡 카페 소담에서 진행되었고, 다른 행사와 겹치면 다미의 공방에서 진행되기도 했다. 멤버들은 애리를 볼 때마다 애리의 여유롭고 자신감 넘치는 모습이 너무 보기 좋다며 애리를 지지해 주었다. 그럴 때마다 애리는 멤버들 모두의 덕분이라고 말하며 고마워했다.

고등학교를 졸업하고 부모가 있는 영국에서 대학에 다닐 생각이었던 수찬은 생각을 바꾸어 한국에 남게 되었다. 그 이유는 모델이 되었기 때문이었다. 그렇게 된 데에는 소은의 역할이 컸다. 3학년이 된 수찬과 소은이 심리상담소 모임을 마치고 나오면서 소은이 수찬에게 물었다.

"너 혹시 내일 뭐 해?"

"내일은 일요일이니까…… 글쎄. 특별히 할 일은 없는 것 같은데, 왜?"

"그럼 내일 나랑 같이 서울에서 열리는 전시회에 가지 않을래?"

"전시회? 그림?"

"아니 건축디자인 전시회."

"아, 너 건축디자인에 관심 있다고 했었지?"

"그걸 기억하고 있네. 별 관심 없이 듣는 것 같아서 모를 줄 알았는데."

"그냥 생각났어."

약간 쑥스러워하는 수찬을 보고 소은이 생긋 웃었다.

"그럼 내일 나랑 전시회에 갈 거야?"

소은은 옆에서 걷고 있는 수찬의 얼굴을 바라봤다.

"그러든지."

"가면 가는 거고, 안 가면 안 가는 거지, 그러든지는 또 뭐야?"

소은은 이렇게 말하면서도 실실 웃음이 새어 나왔다.

"같이 가든지 하자고."

수찬은 소은이 있는 반대쪽을 보면서 말했다.

소은은 그런 수찬이 귀여웠다.

"수찬이 너 귀엽다는 말 들은 적 있니?"

"뭐래?"

수찬의 얼굴이 붉어졌다.

"아니, 내가 너한테 귀엽다는 게 아니라 다른 사람이 너한테 귀엽다고 하는 거 들어봤냐고 묻는 건데."

소은은 얼굴이 붉어져 투덜거리며 걷는 수찬을 보고 소리 내서 웃어버렸다.

다음날 수찬과 소은은 서울에 올라와 국제 건축 디자인 전시전을 둘러봤다. 소은이 가장 보고 싶었던 작품은 빛의 건축가라는 칭호가 붙은 일본 건축가 안도 타다오의 작품이었다. 소은은 며칠 전 우연히 텔레비전으로 뉴스를 시청하다가 그 건축가의 인터뷰를 보게 되었다. 그는 여든이 넘은 나이였지만 아직도 하고 싶은 일이 많다면서 지금껏 그래온 것처럼 앞으로도 계속해서 도전해 나갈 생각이라고 했다. 그러면서 그는 도전하는 한 언제나 청춘이라고 했다. 그의 작품은 세계적으로 전문가들의 인정을 받고 있었다. 하지만 그의 작품이 인정받기까지는 오랜 시간이 걸렸다. 처음부터 그는 인정받는 것에 연연하지 않고 자신의 소신에 따라 건축과 빛의 조화를 연구하고 실제로 건축에 적용하는 도전을 멈추지 않았다. 그러한 꾸준함이 결국 비범함으로 인정받은 것이었다. 소은의 설명 덕에 수찬도 전시된 작품을 흥미롭게 감상할 수 있어 좋았다.

전시된 작품들을 꼼꼼히 감상한 다음 전시장을 나오려는데 로비에 전시된 건축디자인 작품을 배경으로 화보 촬영이 진행되고 있었다. 수찬과 소은은 잠시 서서 멋지게 차려입은 모델들의 사진 촬영을 구경했다. 모델에게 다양한 포즈를 주문하는 깔끔하게 머리를 민 사진작가의 멘트가 보는 사람들을 흥겹게 했다. 그러다 수찬과 소은은 돌아서서 전시장 밖으로 향했다. 그런데 사진 촬영할 때 사진작가와 간간이 이야기를 나누던 한 여자가 두 사람을 뒤따라와 수찬에게 명함을 건넸다. 그녀는 자신을 모델 에이전시 팀장이라고 소개했다.

"학생, 혹시 모델 한번 해 볼 생각 없어요?"

"모델이요?"

"그래요, 모델. 학생은 키도 키지만 전체적으로 풍기는 분위기가 맘에 들어요."

"전 별로 관심이 없어요."

수찬은 생각도 할 것 없다는 듯이 곧장 대답했다.

"아, 그래. 아쉽네. 혹시 생각이 바뀌면 카메라 테스트 한번 해 보게 연락해요."

"근데 저는……."

"아, 그럼 생각해 보고 연락드릴게요."

수찬이 다시 무슨 말인가를 하려고 할 때 소은이 끼어들었다.

소은은 집에 오는 버스 안에서 수찬에게 한번 해 보라고 권유했다.

"나는 졸업하고 영국에 갈 건데?"

"나도 알고 있어. 근데 영국에 갈 땐 가더라도 경험 삼아 카메라 테스트 한 번 정도는 받아봐도 되잖아. 외국에 나가서 살 거라는 사람이 너무 딱 막힌 거 아니니? 살면서 이것도 해 보고 저것도 해 봐야 나한테 맞는지 안 맞는지 알 텐데, 난 이거랑 안 어울려, 하고 미리 못 박아버리면 시야가 점점 줄어들지 않겠어? 내가 얘기했잖아, 여든이 넘은 건축가가 도전하는 한 언제나 청춘이라고 했다고. 근데 너는 열아홉 밖에 안 된 애가 여든 넘은 사람보다 생각이 더 고리타분하니?"

"뭐? 내가 늙었다는 거야? 하고 싶으면 너나 하든지."

"나한테 하자고 했으면 나는 당연히 카메라 테스트를 받아보겠다고 했겠지. 모델을 하고 안 하고는 나중 일이니까. 그렇게 경험 하나 쌓는 거지, 뭐."

그날 밤 수찬은 소은에게 카메라 테스트하러 가면 같이 가 줄 거냐는 문자를 보냈다.

일주일 후 수찬은 소은이 지켜보는 가운데 모델 에이전시에서 카메라 테스트를 받았다. 그 모델 에이전시는 우리나라에서 꽤 알려진 회사였다. 테스트를 지켜보던 관계자들은 수찬을 맘에 들어 했고, 수찬이 괜찮다면 수찬의 부모와 이야기 좀 했으면 좋겠다고 했다. 수찬은 조금 망설이다가 소은의 표정을 일견하더니 부모와 의논하고 다시 연락하겠다고 말했다. 수찬의 의외의 대답에 소은은 놀라 눈이 휘둥그레졌다.

수찬은 돌아오면서도 소은의 이야기에 귀를 기울였다. 수찬은 며칠 더 생각한 후 영국에 있는 부모에게 모델 제안을 받았다는 사실을 알리고 한번 해 보고 싶다고 말했다. 수찬의 부모는 수찬의 결정을 전적으로 존중했다. 그리고 영국에 와서 공부하는 것은 한두 해 미뤄도 결코 늦은 게 아니라면서 수찬의 도전을 응원해 주었다.

왁자지껄 멤버들도 수찬을 응원했다. 이전부터 수찬을 모델 같다고 하던 숙희와 애리가 자신들의 생각이 결국 현실이 되었다면서 매우 기뻐했다. 모델이 된 수찬을 가장 뿌듯하게 생각하는 사람은 소은이었다. 소은은 수찬이 서울 모델 에이전시로 모델 수업받으러 다닐 때도 수찬을 자주 따라가 주었다. 수찬도 그런 소은이 있어 즐겁게 서울과 서남시를 오가며 새로운 도전을 할 수 있었다.

수능을 꽤 잘 치른 후 서울에 있는 H 대학 건축과에 지원한 소은은 결국 합격 통보를 받았다. 소은은 여든 넘은 건축가가 그랬던 것처럼 자신의 소신대로 꾸준히 연구하면서 자신만의 건축물을 창조하는 일에 도전할 생각이었다. 소은의 합격을 수찬도 진심으로 축하해 주었다. 더군다나 둘 다 서울에서 지내게 되어 자주 만날 수 있다며 더욱 좋아했다.

소정이 운영하는 떡 카페 소담은 굵직굵직한 이벤트가 진행되면서 이름이 꽤 알려졌다. 그로 인해 이벤트 신청이 밀릴 정도였다. 카페 손님들이 늘어나 일하는 아르바이트생도 세 명으로 늘어났다. 그리고 소정은 떡 카페 소담을 개점한 지 1년 반 만에 소담 2호점을 차리게 되었다. 소정은 2호점을 차릴 생각은 없었다. 하지만 평화시장 지원사업이 성공을 거두면서 함께 일했던 지자체 전담팀 직원들이 활성화가 필요한 다른 전통시장에 소담 2호점을 개점해 보는 게 어떻겠냐고 제안한 것이었다. 지자체 지원사업이기에 예상보다 적은 비용으로 카페를 개점할 수 있는 장점이 있었다. 소정은 고민 끝에 2호점을 개점하기로 결정하고 실행에 옮겼다.

2호점 개점일에 상엽과 다미가 나란히 가서 소정을 축하했다.

"더 바빠져서 앞으로는 얼굴 보기도 힘들겠다, 소정아."

상엽이 소정에게 축하 인사를 건네면서 말했다.

"당분간 여기에 있는 시간이 많겠지만, 조금 지나면 주로 1호점에 있게 될 거야. 나도 그게 편하고."

"그나저나 두 군데 다 신경 쓰려면 힘들겠다. 혹시 도울 일 있으면 언제든지 말해, 소정아."

다미가 소정의 손을 잡으며 말했다.

"오빠랑 다미 네가 있어서 내가 너무 든든해. 다미는 개점 선물로 멋진 캘리그래피 작품도 선물해 주고 너무 고마워."

"고맙긴, 3호점 개점할 때는 더 큰 작품으로 준비할게."

"소정아, 너 3호점도 할 생각이야? 너무 바쁘지 않겠어?"

상엽이 걱정스러운 표정으로 소정을 바라봤다.

"오빠는, 다미가 괜히 그러는 거잖아. 걱정 마. 이번이 마지막이니까."

"그렇지? 나도 네가 너무 힘들 것 같으니까 3호점은 안 했으면 좋겠다."

"그건 그렇고. 오빠랑 다미는 언제 좋은 소식 들려줄 거야?"

"좋은 소식? 아, 그거. 조만간에 다미 부모님께 인사드리러 가기로 했다."

"어머, 정말? 잘됐다. 축하해, 오빠. 다미야, 축하해."

"고마워, 소정아."

다미가 조금 수줍어하며 말했다.

"어쩐지 아까 들어올 때 오빠 표정이 싱글벙글하길래 좋은 일 있나 했어."

"그럼 축하하러 오는데 심각한 표정으로 들어오랴?"

"하하하."

상엽이 장난기 있는 표정을 짓자, 다미와 소정이 웃었다.

"말 나온 김에 나도 알릴 게 있어."

소정이 상엽과 다미를 번갈아 보며 말했다.

"뭔데? 3호점은 아닐 테고."

상엽이 궁금해하며 물었다.

"나 지혜 동생 가졌어."

"진짜? 이야 축하한다, 소정아."

상엽과 다미가 소정의 임신을 축하했다.

"근데 너희 부부는 지혜만 잘 키우겠다고 하지 않았어?"

상엽이 말했다.

"그랬지."

"그런데 생각이 바뀐 거야?"

"바뀐 게 아니라, 그렇게 돼버렸어. 더는 묻지 마, 오빠."

"앗, 이제 안 물어볼게. 하하하."

상엽이 앗! 나의 실수! 하는 표정을 지으며 웃었다.

"그럼 당분간은 더 몸조심해야겠다."

다미가 말했다.

"그래야겠지. 하필 바쁠 때라 걱정은 좀 되는데, 그래도 감사하게 생각하기로 했어. 지혜 아빠는 나보다 더 좋아해. 지혜랑 나이 차이가 있어서 둘이 싸울 일도 없을 거라고."

"열두 살 차인가? 그 정도면 지혜가 동생 돌봐주겠다고 하겠는데?"

"안 그래도 다미 네 말처럼 지혜가 동생 태어나면 자기가 돌볼 거라고 하더라. 하하하."

"지혜는 착해서 그러고도 남을 거야."

상엽이 말했다.

"그럼 예정일이 언제쯤 되려나?"

다미가 물었다.

"내년 4월이래."

"나중에 배불러 오기 전에 여기가 안정돼야 할 텐데,……아마 그렇게 되겠지."

"나도 그랬으면 좋겠어, 다미야. 안 돼도 어쩔 수 없는 거고. 태아 생각해서 마음 편하게 생각할 거야."

"그래, 다 잘될 거야."

다미가 소정의 손을 토닥이며 말했다.

2호점이 있는 시장에는 지원사업 신청이 더딘 편이었다. 그래서 소정의 2호점은 1호점에 비해 손님들이 빠르게 늘지는 않았다. 하지만 소정은 배 속에 자라고 있는 태아를 생각해서 마음을 느긋하게 먹으려고 노력했다. 만약에 임신하지 않았더라면 2호점 때문에 받는 스트레스가 만만치 않았을 거라고 소정은 생각했다. 그런 생각에 소정은 태어날 아이의 태명을 '축복이'라고 지었다. 다행히 2023년 말에는 2호점에서도 여러 이벤트를 하면서 찾는 손님이 많아졌다. 소정은 이게 다 축복이 덕이라고 좋아했다.

한솔은 상엽의 제안으로 쓰기 시작한 소설이 2023년 가을 한 문예지 문학상 공모에 당선되었다. 그리고 한솔은 12월 말 상엽의 심리상담소를 그만뒀다. 그것은 한솔이 다시 서울로 올라가기로 했기 때문이었다. 3학년 1학기를 마치고 휴학 중이던 한솔은 복학하지 않기로 했다. 자신은 앞으로도 글을 계속 쓸 생각이지만 문창과를 꼭 나와야 좋은 글을 쓰는 작가가 될 수 있는 것은 아니라는 생각에 그렇게 결정한 것이었다. 그럼에도 한솔이 서울에 올라가기로 한 것은 친하게 지내던 문창과 선배의 제안 때문이었다. 그 선배는 학교 졸업 후 1인 출판사를 운영하고 있었다. 그런데 그 출판사에서 출간된 두 편의 장편소설이 연달아 베스트셀러가 되면서 같이 출판사를 키울 사람을 찾고 있었다. 그러던 중 한솔의 문예지 당선 소식을 들은 그 선배가 축하하기 위해 한솔에게 연락했다. 앞으로 서로의 계획을 이야기하던 중 그 선배는 한솔에게 출판사를 같이 키워 보자고 제안했고, 복학할 생각을 접고 글쓰기에 매진할 생각이었던 한솔은 선배의 제안을 받아들였다. 그 선배는 한솔에게 출판사에서 일하면 글 쓰는 데도 도움이 될 거라고 하면서 한솔에게 글 쓰는 시간을 충분히 보장해 주겠다고 했다.

동희는 좋은 일로 서남시를 떠나게 된 한솔을 진심으로 축하해 주었다. 사실 한솔이 서울로 올라가기로 한 것은 동희와 충분히 의논해 내린 결정이었다.

"내가 많이 사랑하는 거 알지, 한솔아?"

"응, 오빠."

"그럼 됐어. 서울로 가는 걸로 해. 물론 여기에 있을 때만큼 자주 보지는 못하겠지만 그래도 내가 조금만 부지런하면 되니까. 경기도랑 서울이 멀게 느껴져서 그렇지 사실 버스 타고 지하철 타면 한 시간밖에 안 걸리잖아."

"그럼, 오빠가 좀 피곤하겠다."

"나 그동안 운동 많이 했잖아. 이럴 때 그 덕 좀 보는 거지. 헤헤헤."

"고마워, 오빠. 부모님이 원룸 얻는 데 필요한 돈을 빌려주시겠다고는 했어도, 만약 오빠가 반대하면 여기 이모 집에서 서울까지 출퇴근할 생각이었어."

"그런 생각을 했단 말이야?"

"그럼."

"야, 이한솔. 진짜 감동이다."

한솔의 말에 순간적으로 울컥한 동희는 한솔을 와락 껴안았다.

"사랑해, 한솔아."

"나도 사랑해, 오빠."

2024년 1월 한솔이 서울로 이사하고 출판사에 출근하면서 동희는 주중에도 퇴근 후 자주 한솔을 만나러 서울로 향했다. 서울에서 한솔과 데이트를 즐긴 동희는 자정이 다된 시간에 서남시에 내려왔다. 그러면서도 동희는 마냥 행복했다.

3월 중순이 되자 연례 없이 빠른 개화로 벚꽃 명소에는 때 이른 벚꽃을 구경하려는 사람들이 구름떼처럼 몰려들었다. 상엽과 다미의 결혼식이 열릴 예식장 건물도 만개한 벚꽃으로 둘러싸여 있었다. 예정일이 다음 달인 소정은 한복을 입고 있어서 자세히 보지 않으면 남산만 한 배가 티가 나지 않았다. 소정이 손님을 맞이하기 위해 홀 앞에 나와 있던 상엽의 부모와 이야기를 나눈 후 건너편에 서 있는 상엽에게 다가왔다.

"소정아, 항상 몸조심해야 한다."

"아직 괜찮아, 오빠. 예정일까지는 보름 정도 남았어."

"그래도 일단 저기 앞자리에 가서 앉아 있는 게 좋겠다."

"먼저 다미 좀 보고, 오빠."

"그래 ,그럼 천천히 가."

"알았어. 오빠."

상엽은 신부 대기실로 걸어가는 소정의 뒷모습을 걱정스러운 표정으로 바라봤다.

곧이어 한솔과 동희가 나란히 들어왔다.

"축하합니다, 선생님."

"고마워요, 동희 씨."

"축하해요, 선생님."

"한솔 씨도 고마워요."

"그나저나 한솔 씨 곧 책 나온다면서요. 이거 파티라도 해야 하는 거 아닌가. 축하해요, 한솔 씨."

"고맙습니다, 선생님. 지난번 문학상에 당선된 장편소설이 다음 달에 나오는 거라 아직 실감은 안 나요."

"저는 벌써 책이 기다려지네요, 선생님. 나오자마자 베스트셀러에 등극하는 거 아닌지 모르겠어요."

"하여간 동희 씨 같은 사람을 뭐라고 부르는지 알아요?"

"글쎄요."

"팔불출. 하하하."

"네? 그건 좀…… 맞는 거 같은데요. 하하하."

동희의 말을 듣고 있던 한솔이 수줍은 듯 동희의 어깨를 툭 쳤다.

"아무튼 두 사람 다 잘되고 있어서 너무 기분 좋아요. 얼마 전에 동희 씨는 대리로 승진도 했잖아요. 머지않아 또 축하할 일이 생길 것도 같고. 하하하."

상엽이 호탕하게 웃자, 동희와 한솔은 둘 다 쑥스러워 웃기만 했다.

한솔과 동희가 식장으로 들어가고 이어서 숙희와 애리가 도착했다.

"축하해요, 선생님. 그렇게 입으니까 꼭 영화배우 같은데요."

애리가 상엽을 훑어보며 엄지척했다.

"고맙습니다, 애리 님."

"축하해요, 선생님."

"고맙습니다, 숙희 님."

"아 참 얼마 전에 유튜브에서 애리 님 봤어요. 너무 멋있으시던데요."

"고맙습니다, 선생님. 출판사에서 운영하는 유튜브인데 독서 모임 좀 소개해 달라고 하길래, 그냥 그러자고 했던 거예요. 그거 찍는데 좀 떨리더라고요."

"떨리는 사람치고 너무 말을 여유 있게 잘하던데요."

숙희가 말했다.

"저도 애리 님이 말씀을 너무 여유 있게 하셔서 방송 체질이구나, 했다니까요."

"에이, 겉으로만 여유 있는 척했을 뿐이지, 속으로는 많이 떨었어요. 호호호."

"다음에는 공중파에서 애리 님을 보는 거 아닌지 모르겠습니다. 하하하."

"아이고 선생님도 참. 혹시 그런 일이 있으면 다 선생님 덕이에요."

"그럼 열심히 빌어야겠네요. 하하하. 아 참, 숙희 님은 방문 간호 일은 하실만하세요?"

"네, 선생님. 낮 시간대에만 방문하는 일이라 너무 좋아요."

"그동안 교육받으시느라 고생하셨는데 참 다행입니다."

"공부하는 과정이 워낙 타이트해서 힘들긴 했는데, 그래도 다시 학창 시절로 돌아간 것 같아서 재미있었어요."

"언니가 참 존경스러워요. 하루에 꼬박 여덟 시간씩 교육받는다는 게 말처럼 쉬운 일이 아니거든요. 그런데도 언니는 결석 한 번도 안 하고 마쳤으니 진짜 대단하신 거예요."

"맞는 말씀이에요. 정말 대단하십니다."

"일단 자격을 갖추고 나니까 공부하길 잘했다는 생각이 들더라구요. 누구는 몇 년 있으면 60인데 뭘 사서 고생하려고 하냐고 말하는 사람도 있었거든요."

"아이고, 요즘 같은 백 세 시대에 예순이 아니라 일흔에도 공부하는 사람들이 얼마나 많은데요."

상엽이 말했다.

"언니가 시작하길 잘하신 거예요. 만약 언니가 다른 사람들 말 듣고 시작 안 했다면 지금의 행복과 여유는 영영 못 느꼈을 거잖아요."

"나도 가끔 그런 생각 하면 아찔해요, 애리 씨. 이게 다 옆에서 격려해 준 왁자지껄 멤버들 덕분이에요."

"아무튼 두 분이 다 잘 되셔서 제가 나무 기분 좋습니다. 하하하."

"우리도 선생님이 잘되셔서 너무 좋아요. 호호호."

"아. 감사합니다. 하하하."

숙희와 애리가 신부 대기실에서 나온 소정을 만나 함께 식장으로 들어가자, 서울에서 살고 있는 희준 부부가 와서 상엽의 결혼을 축하해 주었다. 잠시 후 수찬과 소은이 상엽을 보고 빠른 걸음으로 다가왔다.

"결혼 축하드립니다, 선생님."

검은색 정장 차림의 수찬이 말했다.

"고맙다, 수찬아. 그렇게 차려입으니까 확실히 모델은 다르다. 그렇지, 소은아?"

"수찬이가 좀 멋있긴 하죠, 선생님?"

"소은이도 모델 못지않아. 혹시 소은이한테는 에이전트가 모델 하자는 말 안 하던?"

"에이, 선생님도 참. 전 아니에요."

"왜? 너 정도면 키가 큰 편 아닌가?"

"수찬이 보니까 키만 크다고 모델이 되는 건 아니더라고요. 그쪽에서 원하는 분위기가 있어요. 수찬이처럼 까칠한 분위기가 잘 먹히는 거 같더라고요."

"뭐래? 내가 까칠하면 너는?"

수찬이 소은을 내려다보며 픽 웃었다.

"나야 뭐 까칠한 거랑은 거리가 멀지. 안 그래?"

소은이 수찬의 눈을 쳐다보며 말했다. 무슨 말을 하려던 수찬은 소은과 시선이 마주치자 슬그머니 고개를 다른 데로 돌려버렸다.

"근데 수찬이가 소은이 눈을 잘 못 보는 것 같다."

"에이, 아니에요, 선생님이 잘못 보신 거예요."

"그렇지? 내가 잘못 본 거지, 수찬아."

"그렇다니까요."

"처음부터 수찬이는 나를 잘 안 쳐다보더라고요. 내가 싫은 것 같지는 않는데 왜 그런지 모르겠어요."

"나는 알 것 같은데? 하하하."

"왜 그런 걸까요, 선생님?"

"그건 다음에 말해 주는 거로 하자. 예식 시작할 시간이 거의 다 돼서 난 신부 대기실에 좀 갔다 와야겠다."

"네, 선생님, 결혼 축하드려요."

"그래, 고맙다, 소은아."

상엽은 신부 대기실로 들어가고, 수찬과 소은은 식장 안에 들어가 왁자지껄 멤버들과 반갑게 인사를 나눴다.

곧이어 진섭의 사회로 결혼식이 시작되었다. 상엽이 독신주의자 진섭에게 결혼식 사회를 부탁한 것은 아니었다. 상엽과 주희의 결혼식 사회를 진섭이 봤긴 했어도 두 번째 결혼식 사회까지 맡아달라고 할 수는 없었다. 상엽이 그렇게 생각하고 결혼식 사회를 누구에게 부탁할지 고민하던 중에 진섭이 먼저 상엽에게 자기가 사회를 맡겠다고 한 것이었다. 상엽은 고마우면서도 미안한 마음이 들어 안 그래도 된다고 진섭에게 말했다.

"결자해지한다는 생각으로 내가 결혼식 사회를 볼게."

"뭐, 결자해지?"

"그래. 시작을 내가 했으니까 끝마무리도 내가 하겠다는 거지. 하하하."

"그래? 독신주의자한테 결혼식 사회를 또 맡아달라고 하기가 미안해서 그래. 네가 해 준다면야 나야 고맙지."

진섭이 결혼식 사회를 자청한 것은 상엽을 배려한 결정이었다. 상엽이 주희와 결혼한 후 누구보다 상엽이 행복하기를 바랐던 사람이 진섭이었다. 하지만 결혼한 지 얼마 지나지도 않아 주희 때문에 힘들어하는 상엽을 보면서 안타까운 마음이 컸다. 결국 이혼으로 마침표를 찍었을 때는 더욱 안타까웠다. 그러다 상엽이 서남시로 내려와 다미를 만나 행복해하는 모습을 보면서 진섭은 무척 기뻤다. 진섭은 너무 기쁜 나머지 상엽이 다미와 결혼하게 되면 자신이 꼭 결혼식 사회를 봐야겠다고 생각했었다. 또 상엽이 두 번째 결혼식 사회를 친구들에게 부탁하는 것도 상엽의 성격상 멋쩍어 할 것 같다는 생각도 들었던 터라, 진섭이 먼저 상엽에게 결혼식 사회를 보겠노라고 한 것이었다.

신랑 신부 어머니가 앞으로 나와 초에 불을 밝혔다. 이어서 상엽이 하객들의 환호와 박수를 받으며 먼저 입장한 뒤 다미가 아버지와 함께 입장했다. 상엽은 자신만을 바라보며 서서히 다가오는 다미를 보면서 마음이 뭉클했다. 마음이 따뜻하고 사랑스러운 다미를 만난 것이 너무도 큰 행운이란 생각이 들어서였다. 상엽은 다미를 사랑하면서도 쉽게 결혼하자는 말을 꺼내지 못했다. 결혼 경력이 있는 자신이 제대로 된 연애 경험도 없는 다미에게 결혼하자고 하자니 무척 미안했기 때문이었다. 상엽이 망설이고 있을 때 다미가 상엽의 마음을 알고 먼저 말을 꺼냈다.

"오빠, 혹시 나한테 프러포즈하기 미안해하는 건 아니죠?"

"어? 어떻게 알았어?"

"왠지 오빠가 그럴 것 같았어요."

"짐작하고 있겠지만, 나는 이혼한 사람이라 다미를 사랑하면 할수록 미안한 마음이 커지네."

"오빠, 절대 그런 생각하지 마세요. '모든 일은 다 때가 있다'는 말을 저는 믿어요. 내가 오빠를 먼저 만났다면 좋았겠지만 그렇다고 해서 지금처럼 행복했을지는 모르는 일이잖아요. 그때 만났어도 지금만큼 사랑하지는 못했을 수도 있고요. 난 지금 오빠를 만나서 너무 감사할 따름이에요. 오빠는 그런 생각 안 들어요?"

"그래, 다미 말처럼 모든 것은 다 때가 있다는 말이 맞는 것 같다. 우리가 서로를 온전히 사랑할 준비가 안 됐다면 보고도 그냥 지나쳐야 했을 테니까."

상엽은 애틋한 마음으로 다미를 끌어안고 다시 말을 이

었다.

"그냥 몰라보고 지나칠 뻔했다고 생각하니까 울컥 서러워지려고 하네. ……고마워, 다미야. 내 앞에 나타나 줘서. 그리고 많이 사랑해."

"나도 고마워요, 오빠."

이렇게 다미가 먼저 상엽의 마음을 알아차린 덕에 상엽은 지금이 다미를 온전히 사랑할 때라 생각하고 다미에 대한 미안함을 내려놓을 수 있었다. 상엽은 정식으로 다미에게 프러포즈했고, 뒤이어 양가 부모를 찾아가서 결혼을 허락받았다.

본 예식을 마치고 상엽과 다미가 손을 꼭 잡고 나란히 행진할 때 왁자지껄 멤버들이 통로로 나와 각양각색의 색종이 조각을 뿌리며 축하했다. 상엽과 다미는 멤버들에게 환하게 웃으면서 화답했다.

이윽고 결혼식 단체 사진 촬영을 위해 신랑 신부를 중심으로 지인들이 자리를 잡고 포토그래퍼의 주문에 따라 포즈를 취했다. 그러던 중 다미의 바로 옆에 서 있던 소정이 갑자기 미간에 힘을 주며 다미의 팔을 잡았다. 그런 소정을 다미가 걱정스러운 표정으로 바라봤다.

"소정아, 왜 그래?"

일순 사람들의 시선이 소정에게 쏠렸다.

"소정아, 괜찮아?"

상엽이 걱정스러워하며 말했다.

"이제 막 진통이 시작된 것 같은데, 사진 빨리 찍고 병원에 가야겠어."

"그래도 되겠어? 안 그러면 지금 곧장 병원으로 가야 하는 거 아니야?"

다미가 소정의 손을 잡으며 말했다. 다른 사람들도 걱정스러운 표정으로 소정을 바라봤다.

"아니, 사진 찍고 가면 돼. 지금 진통이 시작됐다고 해서 곧 아이가 나오는 게 아니거든."

그렇게 말해 놓고 소정은 이제 진통이 가라앉았다면서 생긋 웃었다.

"그래? 그러면 빨리 찍어야겠다."

상엽이 앞에서 대기 중이던 포토그래퍼에게 사진을 빨리 찍어달라고 말하자, 지인들도 다시 표정을 가다듬고 포즈를 취했다. 모든 사진 촬영이 끝나고 소정은 환한 표정으로 신랑 신부에게 다시 한번 축하 인사를 건넨 후 남편과 함께 병원으로 출발했다.

"소정이는 어쩜 저렇게 씩씩한지 모르겠어요, 오빠."

소정의 뒷모습을 보면서 다미가 상엽에게 말했다.

"아마 소정이가 들었다면 '나 이래 봬도 애 낳은 여자야'라

고 했을걸. 그런데 그 말이 일리가 있는 거 같더라고. 소정이
가 저렇게 씩씩할 수 있는 것도 세상에 생명을 탄생시킨 사람
으로서의 여유 같은 걸 거야."

상엽이 자기 왼팔에 팔짱을 끼고 있는 다미의 손을 톡톡 다
독이며 말했다.

"그럼 공방 사장님도 곧 그런 여유가 생기겠는데요?"

상엽의 옆에 숙희와 나란히 서 있던 애리가 말했다.

"네? 하하하."

상엽은 쑥스러워 호탕하게 웃어버렸다. 다미도 쑥스럽기는
마찬가지였지만 상엽을 보며 활짝 미소 지었다.

상엽이 웃는 모습을 보고 한솔과 동희, 수찬과 소은도 신랑
신부 주위로 다가왔다.

"근데 한솔 누나는 부케를 왜 받은 거예요?"

수찬이 부케를 들고 있는 한솔을 보며 말했다.

"왜 받긴, 내 앞으로 날아오니까 반사적으로 받은 거지."

한솔은 부케를 붙잡는 흉내를 냈다.

"부케 받는 사람이 다음에 결혼하는 거 아닌가?"

수찬 옆에 서 있던 소은이 빙긋 웃으며 말했다.

"보아하니 여기서 다음에 결혼할 사람이 나밖에 없는 것 같
은데?"

한솔이 웃음기 가득한 표정으로 사람들을 둘러보았다. 그

때 멤버들의 시선이 동희에게 몰리자, 동희는 발그레한 얼굴로 헤벌쭉 웃었다.

"근데 동희 형은 여기가 더운가 보다. 얼굴이 되게 빨개졌네."

수찬의 말에 모두가 웃음을 터뜨렸다.

"여기가 더운 게 아니라 수찬이 네가 하도 핫해서 그런다."

동희가 붉어진 얼굴로 웃으면서 말했다. 동희의 말에 모두가 다시 웃었다.

그때 예식장 직원이 와서 신랑 신부는 폐백실로 가야 한다고 말했다. 상엽과 다미는 사람들에게 와줘서 고맙다는 인사를 하고 폐백실로 향했다.

43

"깼어?"

일찍 일어나 호텔 밖에서 따뜻한 커피 두 잔을 사 들고 돌아온 상엽이 막 잠에서 깬 다미를 보고 말했다.

"네, 오빠."

"잘 잤어?"

상엽은 커피를 협탁에 내려놓고 다미에게 다가가 쪽 하고 입을 맞췄다.

"음, 커피 향 좋다."

"다미가 일어나면 커피 생각날 것 같아서 따뜻한 아메리카 노 사 왔어."

상엽은 커피를 가져다가 다미에게 건넸다.

"아. 좋다. 피로가 다 풀리는 것 같아요."

다미는 두 손으로 아메리카노가 든 컵을 그러쥐고 조금씩 마셨다.

상엽과 다미는 결혼식에 이어 피로연까지 끝나면 늦은 시 각일 것 같아서 아예 첫날은 서울에 있는 호텔에서 하룻밤 자 고 다음 날 괌으로 3박 4일 신혼여행을 떠나기로 했다. 상엽 과 다미가 피로연을 막 끝내고 서울로 올라가려던 참에 소정 이 애를 곧 낳을 것 같다는 소식을 들었다. 두 사람은 곧장 소 정이 입원해 있는 병원으로 향했다. 마지막 진통이 시작됐는 데도 막상 애를 낳을 때까지는 꽤 많은 시간이 걸렸다. 상엽과 다미가 소정이 둘째 딸을 낳는 것까지 보고 서울로 올라와 호 텔에 체크인했을 때는 이미 자정이 훌쩍 넘은 시각이었다.

"오빠, 난 지난밤 갓난아이를 직접 보기는 처음이었는데, 되 게 신기했어요. 그래서 왜 사람들이 세상에 태어난다는 것만 으로도 축복이라고 하는지 알 것 같더라구요."

"소정이가 아이 태명을 축복이라고 지은 것도 다 그런 생각 때문이었을 거야. 생각해 보면 사람이 세상에 태어나는 일은

347

실로 어마어마한 일이거든. 축복이뿐만 아니라 모든 아이가 '당신은 사랑받기 위해 태어난 사람'이라는 노래처럼 온전히 사랑받고 마음껏 사랑하며 자랐으면 좋겠어. 자기 자신이 이 세상에 축복이라는 것도 잊지 말고 말이야."

상엽이 손에 든 컵을 내려놓고 왼손을 다미의 어깨에 두르며 말을 이었다.

"언젠가 태어날 우리 아이도 그랬으면 좋겠어."

"안 그래도 병원에서 축복이 보고 나오는데, 문득 우리 아인 어떤 모습일지 궁금해지더라구요."

다미가 상엽의 가슴에 머리를 기대며 말했다.

"어떤 모습일까? 난 우리 아이가 다미를 많이 닮았으면 좋겠어. 그래서 다미처럼 마음이 따뜻한 사람이었으면 좋겠어."

"그렇다면 나보다 오빠를 닮아야겠는데요."

"난 다미를 만나서 얼마나 고마운지 몰라. 다미를 만나고부터 세상이 더 포근해졌다고 할까. 하루에도 몇 번씩 다미를 떠올릴 때마다 '아, 이런 게 행복이구나.' 하고 생각한다니까."

"저도 마찬가지예요, 오빠. 결혼할 생각도 못 하고 있었던 내가 오빠를 만나서 이렇게 결혼까지 하게 된 게 정말 꿈만 같아요."

"언젠가 다미가 말했던 '모든 일은 때가 있다'는 말이 생각나네. 지금 이 순간이 우리가 사랑할 때인 거고. 다미야, 우리

원 없이 사랑하자."

  그래요, 오빠. 우리 원 없이 사랑하기로 해요."

  다미의 볼에 입을 맞춘 상엽은 무척 행복해하며 다미를 끌
어안았다. 마치 두 사람의 앞날을 축복하듯이 호텔 창문으로
서서히 스며드는 아침 햇살이 끌어안은 두 사람을 따스하게
감쌌다.

왁자지껄 심리상담소

초판 1쇄 발행 2024년 8월 30일
초판 2쇄 발행 2024년 9월 27일

지은이 이광
펴낸이 박세현
펴낸곳 서랍의 날씨

기획 편집 곽병완
디자인 김민주
마케팅 전창열
SNS 홍보 신현아

주소 (우)14557 경기도 부천시 조마루로 385번길 92 부천테크노밸리유1센터 1110호
전화 070-8821-4312 | **팩스** 02-6008-4318
이메일 fandombooks@naver.com
블로그 http://blog.naver.com/fandombooks

출판등록 2009년 7월 9일(제386-251002009000081호)

ISBN 979-11-6169-305-7 (03810)

서랍의날씨는 **팬덤북스**의 가정/육아, 문학/에세이 브랜드입니다.